Kathryn Cline

Second Sight
Verlorene Seelen

W0183381

Kathryn Cline

SECOND SIGHT

Verlorene Seelen

Aus dem Amerikanischen
von Sabine Rahn

Klopp · Hamburg

FSC
Mix
Produktgruppe aus vorbildlich bewirtschafteten Wäldern und anderen kontrollierten Herkünften

Zert.-Nr. GFA-COC-001223
www.fsc.org
© 1996 Forest Stewardship Council

© Erika Klopp Verlag GmbH, Hamburg 2010
Alle Rechte vorbehalten
Aus dem Amerikanischen von Sabine Rahn
Einband von Kerstin Schürmann, formlabor
Druck und Bindung: CPI – Clausen & Bosse, Leck
Printed in Germany 2010
ISBN 978-3-7817-0186-1

www.erika-klopp.de

Prolog

Blog-Eintrag von PrincessOfRain
am 15. Juli

Mir ist kalt. So kalt. Dabei sind es hier drin über 30°C. Meine Zähne schlagen aufeinander, obwohl ich mich in eine Decke eingewickelt habe.

Clara war vorhin hier und hat gefragt, ob ich mit zum See komme. Aber was, wenn er mich dort findet? Ich bin nirgends mehr sicher ...

Ich habe Clara gesagt, dass ich keine Lust habe, schwimmen zu gehen.

Heute Nacht habe ich wieder geträumt. Es ist immer derselbe Traum. Ich gehe zwischen Häusern entlang. Hinter mir höre ich Schritte. Jemand verfolgt mich. Ich laufe schneller, fange an zu rennen. Da ist eine Gasse, in die ich einbiege ..., aber es ist eine Sackgasse. Ich drehe um, will wieder zurück. Zu spät! Er steht vor mir. Ich kann sein Gesicht nicht sehen. Er hebt den Arm. Eine Klinge blitzt in seiner Hand auf ...

Ich wache von meinem eigenen Schrei auf. Vince schaut mich verständnislos an. Ich murmele etwas von einem Albtraum. Vince zieht sich an und geht, dabei wollten wir zusammen frühstücken.

Ich weiß, dass ich ihn allmählich vergraulen werde.

Aber der Traum war so schlimm. Ich kann alles noch immer fühlen. Meine Todesangst, als er mit der Klinge auf mich zukommt ...

Ich halte es nicht mehr aus. Ich glaube, ich verliere den Verstand. Ich weiß, ich werde sterben ...

Erster Teil
August

1

Jeff schob nervös seine Hand in die Jeanstasche. Wo blieb Laura nur? Es war schon zehn nach neun. Hatte sie es sich etwa anders überlegt?

Er zog das neue Handy, das ihm sein Vater vor zwei Wochen zum achtzehnten Geburtstag geschenkt hatte, heraus und las zum x-ten Mal die SMS, die ihm Laura gestern spätabends geschickt hatte. Er kannte sie längst auswendig.

Bin erst jetzt angekommen. Morgen Frühstück bei Bill? Treffen um 9 am Haupteingang. Wir sollten endlich Klartext reden. Du hast mir gefehlt. Laura :-x

Jeff ging ein paar Schritte und betrat die Eingangshalle des Instituts. Der süßliche Duft der exotischen Pflanzen schlug ihm entgegen. Er versuchte, seine Anspannung zu unterdrücken. Vor einem Jahr war er das erste Mal hierhergekommen. Seitdem hatte sich eine Menge verändert. Das Institut war so etwas wie sein zweites Zuhause geworden. Hier hatte er endlich gelernt, mit seiner Besonderheit besser umzugehen. Er hatte neue Freunde gefunden und gemeinsam hatten sie unglaubliche Dinge erlebt. Und vor einem Jahr war er Laura zum ersten Mal begegnet …

Am Anfang hatte er gedacht, dass Laura seine große Liebe war, doch schon nach ein paar Monaten hatte es angefangen zu kriseln. Seitdem war ihre Beziehung ein ständiges Auf und Ab, das an beider Nerven zehrte. Kurz vor Beginn der Sommerferien meinte Laura dann, dass sie Abstand brauche und es wohl besser sei, wenn sie sich in den Ferien nicht sehen würden. Sie antwortete nicht mehr auf seine E-Mails, und durch eine Postkarte erfuhr er schließlich, dass sie mit ihrer Familie mehrere Wochen auf Tahiti verbrachte.

Jeff war wütend darüber gewesen, dass sie es offenbar nicht für nötig gehalten hatte, ihn vorher darüber zu informieren. Er hatte beschlossen, sich erst mal nicht mehr bei ihr zu melden. Vor ein paar Tagen hatte dann sein neues Handy geklingelt. Als er abhob, hörte er Lauras Stimme. Anscheinend hatte Jeffs Mutter ihr seine Nummer gegeben. Nach wenigen Sätzen wussten allerdings beide nicht mehr, was sie sagen sollten, und Jeff beendete das Gespräch schließlich mit der Ausrede, er müsse seinem Vater helfen.

Du hast mir gefehlt. Die SMS klang so, als ob Laura Sehnsucht nach ihm gehabt hätte …

Jeff hatte auf einmal das Gefühl, in der Eingangshalle zu ersticken. Er beschloss, draußen auf Laura zu warten.

Er drückte die schwere Tür auf und stand auf der Treppe. Die Sonne schien ihm ins Gesicht. Jeff blinzelte und ging hinunter auf den Kiesweg. Auf dem Parkplatz stand Lauras rotes Auto. Er setzte sich in der Nähe des Wagens ins Gras und wartete.

Es vergingen noch einmal zehn Minuten, aber dann tauchte Laura in der Eingangstür auf. Sie sah sich suchend um. Als sie ihn entdeckte, lächelte sie. Eilig kam sie auf ihn zu.

»Tut mir leid, dass ich so spät dran bin.« Laura trug ein grünes Sommerkleid und Ballerinas. »Ich musste Mr Li beichten, dass mir drei Bibliotheksbücher abhandengekommen sind. Meine Story, dass sie von einem Hai gefressen worden sind, hat er leider nicht geglaubt. Er hat mir ungefähr zehn Mal erklärt, dass ich die Bücher bezahlen muss.«

»Als ob das für deine Eltern ein Problem wäre.«

»Das habe ich ihm auch gesagt. Aber er war total beleidigt und hat gemeint, ich würde mich über ihn lustig machen, bla bla … Hat überhaupt keinen Humor, der Kerl.« Laura rollte mit den Augen. »Na ja, egal. Schön, dich zu sehen.« Sie küsste ihn zur Begrüßung auf die Wange.

»Das finde ich auch. Du … du siehst toll aus.« Er grinste verlegen.

»Danke. Nur leider sieht man gar nicht, dass ich im Urlaub war. Meine Mutter und Phoebe sind richtig braun. Bloß Dad und ich sind wie immer kalkweiß geblieben.«

Jeffs Blick glitt über Lauras blasse Schultern. »Stimmt doch gar nicht. Du hast noch mehr Sommersprossen bekommen.«

»Sehr witzig.« Laura streckte ihm die Zunge heraus. Sie klimperte mit den Autoschlüsseln. »Wollen wir fahren?«

Jeff nickte und stand auf.

Wenig später waren sie unterwegs nach Riverside. Die Stimmung zwischen ihnen war entspannt, und obwohl sie nur Belanglosigkeiten austauschten, schöpfte Jeff Hoffnung, dass es zwischen ihnen vielleicht wieder wie früher werden könnte.

Laura parkte direkt vor *Bill's Corner.*

»Komisch, Jeff«, meinte sie mit einem Blick auf das Café. Die Fensterläden waren noch immer geschlossen, obwohl das Café eigentlich längst geöffnet haben sollte. »Hoffentlich hat der Laden nicht über die Sommerferien dichtgemacht.«

»Bill würde sterben, wenn er sein Café aufgeben müsste«, sagte Jeff. »Lass uns nachsehen.« Er hievte seine langen Beine aus dem Wagen.

Laura stieg ebenfalls aus und blickte auf ihre Armbanduhr.

»Wirklich merkwürdig, dass um die Zeit noch keiner da ist.«

Bill's Corner war so etwas wie ihr Stammlokal, nicht zuletzt, weil sie sich mit dem Besitzer Bill gut verstanden. Bill hatte immer ein offenes Ohr, wenn jemand Sorgen hatte, und meistens gelang es ihm und seinem Papagei Manolo innerhalb kürzester Zeit, denjenigen wieder aufzuheitern.

»Vielleicht hat Josie heute Frühschicht«, vermutete Laura. »Bill hat schon öfter angedeutet, dass sie in letzter Zeit nicht besonders zuverlässig ist. Einmal mussten sogar Phil und Rebecca hier aushelfen, weil Josie gar nicht zur Arbeit erschienen ist und der Laden brechend voll war.«

»Und warum schmeißt Bill sie dann nicht raus?«

»Du kennst ihn doch. Josie hat ihm vorgeheult, dass sie Schulden hat und auf den Job angewiesen ist. Bill hat es dann natürlich nicht übers Herz gebracht, sie auf die Straße zu setzen.«

»Hm«, machte Jeff. Er ging zur Tür und klopfte. Niemand antwortete.

»Lass uns zum Hintereingang gehen«, schlug Laura vor. »Vielleicht ist sie in der Küche und hört unser Klopfen nicht.«

Gemeinsam gingen sie um das Gebäude herum und klopften an die Hintertür. Wieder keine Antwort.

»Niemand da.« Jeff wollte sich schon umdrehen.

»Warte.« Laura berührte ihn an der Schulter. »Da war eben ein Geräusch.«

Beide lauschten. Nach einer Weile vernahmen sie ein leises Wimmern.

Jeff und Laura sahen sich an.

»Da ist jemand drin«, flüsterte Laura.

Jeff klopfte noch einmal. »Bill? Josie? Ist alles in Ordnung?«

Stille.

»Verdammt, irgendwas stimmt da nicht!« Jeff rüttelte an der Tür, doch sie bewegte sich nicht. Er versuchte, durchs Schlüsselloch zu spähen, aber offenbar steckte der Schlüssel von innen. War Bill etwas passiert?

Laura holte ihr Handy aus der Handtasche. Sie zögerte. »Sollen wir die Polizei anrufen?«

Jeff runzelte die Stirn. »Geh mal ein Stück zur Seite.« Er nahm Anlauf und warf sich mit seiner Schulter gegen die schwere Metalltür. Die Tür gab kein Stück nach.

»Verdammt.« Jeff rieb sich die schmerzende Schulter.

»Bitte … nicht!«, wimmerte drinnen eine Stimme.

Jeff drehte sich zu Laura um.

»Okay, dann müssen wir wohl mit anderen Mitteln da reinkommen!«

»Du meinst …?«

»Genau.«

Jeff ging einen Schritt zurück und richtete seinen Blick auf das Türschloss. Er versuchte, sich die Form genau einzuprägen, schloss die Augen und konzentrierte sich. Er stellte sich genau vor, wie er den Schlüssel im Schloss herumdrehte.

Es klickte.

Laura hinter ihm atmete tief, als Jeff die Klinke herunterdrückte. Die Tür klemmte, aber dann gab sie nach.

Es dauerte eine Weile, bis sich Lauras Augen an das dämmrige Licht gewöhnt hatten. Der Raum, in dem sie sich befanden, war offenbar die Vorratskammer. Während Jeff eine Getränkekiste in die Tür stellte, um zu verhindern, dass sie wieder zufiel, tastete Laura nach einem Lichtschalter. Ihre Finger streiften etwas, das sich wie Spinnweben anfühlte, doch als sie den Schalter gefunden hatte, geschah nichts. Sie fluchte leise. Je weiter sie hineingingen, desto stickiger schien es zu werden. In der Luft hing ein seltsamer, metallischer Geruch.

»Hier stinkt es, als ob seit Tagen nicht gelüftet wurde. Laura versuchte, ihre Aufregung zu unterdrücken. Bestimmt gab es eine harmlose Erklärung für alles.

»Wahrscheinlich ist der Strom ausgefallen«, sagte Jeff mit gedämpfter Stimme. »Weder das Licht noch die Klimaanlage scheinen zu funktionieren. Vermutlich tauen hier gerade Bills gesamte Vorräte auf.«

»Das würde den Geruch erklären.« Laura schob sich langsam vorwärts.

Da war wieder das Wimmern. »Ich glaube, es kommt aus dem Nebenraum.«

Jeff ging voran und zog die Jalousien hoch. Sie standen in einem kleinen Zimmer, das Bill als Büro benutzte. Neben dem Schreibtisch befand sich Manolos Käfig. Der Gelbbrust-Ara hockte auf dem Boden.

»Hey, Manolo, bist du okay?«, sagte Laura sanft und steckte den Finger zwischen die Käfigstäbe.

Der Papagei blickte sie an und wimmerte erbärmlich.

Jeff lachte. »So ein Schauspieler! Dabei hat er Futter und Wasser in seinem Käfig.«

»Mensch, du hast uns einen ganz schönen Schrecken eingejagt!« Laura atmete erleichtert aus.

Der Vogel fing an, aufgeregt hin- und herzutrippeln.

»Was hat er denn?« Laura sah Jeff fragend an. »Glaubst du, er ist krank?«

Jeff hob ratlos die Schultern.

Laura überlegte und griff dann nach einer Tüte mit Nüssen, die auf dem Schreibtisch stand. Sie hielt dem Papagei eine Paranuss hin. »Möchtest du ein Leckerli, Manolo?« Der Vogel beäugte die Nuss misstrauisch, stieß einen Pfiff aus und pickte dann halbherzig danach.

»Er sieht eigentlich nicht krank aus. Vielleicht hat er sich nur im Schlaf erschreckt«, meinte Jeff. »Ich ziehe mal die Rollläden im Restaurant hoch.«

Während Jeff nach nebenan ging, redete Laura Manolo gut zu und fütterte ihn mit weiteren Nüssen. Langsam schien der Vogel seinen Appetit wiedergefunden zu haben und kletterte schließlich auf seine Schaukel.

Plötzlich hörte Laura ein dumpfes Geräusch aus einem der anderen Räume. »Jeff?«

»Mist! Ich bin ausgerutscht.«

»Hast du dir wehgetan?«

»Nein, aber irgendwas ist hier ausgelaufen.«

Laura hörte, wie die Jalousien hochgekurbelt wurden. Sie wollte sich gerade wieder Manolo zuwenden, als sie Jeffs erstickte Stimme hörte. »Oh, mein Gott …«

Laura stürzte aus dem Zimmer. An der Tür zur Küche kam ihr Jeff entgegen. Er war kreidebleich.

»Was ist denn los?«

»Laura, du … solltest da lieber nicht reingehen.« Er sah aus, als müsse er sich gleich übergeben. Laura griff nach seinem Arm, doch er hob abwehrend die Hände. Sie blickte auf den Boden. Jeffs Fußspuren waren deutlich zu sehen. Er war in rote Farbe getreten. Oder war es …

Laura fühlte Panik in sich hochsteigen. »Jeff, was –«

Jeff stöhnte. »Josie …«, flüsterte er.

Laura starrte ihn an, dann lief sie nach nebenan in die Küche.

Grelles Sonnenlicht fiel durch ein kleines Fenster, ein heller Korridor, während der größte Teil des Raumes im Schatten lag. Bruchstückhaft nahm Laura die Umgebung wahr. Der Staub, der in den Lichtstrahlen tanzte. Heruntergefallene Gläser. Die stickige Luft, der erdrückende Geruch nach Eisen. Auf dem Küchenboden, mit dem Rücken zur Wand, saß eine Gestalt.

Laura stieß einen Schrei aus. Der Kunststoffboden war bedeckt mit einer dunkelroten Flüssigkeit.

Laura wurde übel. Josie saß reglos da, die Beine ausgestreckt, den Oberkörper an die Wand gelehnt, den Kopf zur Seite gedreht. Ihr langes schwarzes Haar hing ihr strähnig ins Gesicht, Haut und Kleidung hatten dunkle Flecken. In ihrem linken Unterarm klaffte eine tiefe Wunde.

»Josie … Josie …« Laura unterdrückte den Brechreiz und näherte sich ihr. Vorsichtig berührte sie Josies rechtes Handgelenk. Die Haut war eiskalt und Laura konnte keinen Puls fühlen. Sie versuchte behutsam, Josies Kopf zu drehen, und erschrak, als sie in die starren Augen blickte. Voller Entsetzen ließ Laura sie los. Erst jetzt sah sie den tiefen Schnitt in Josies Hals. Das Blut war bereits geronnen.

Josie war tot.

Passierte das gerade wirklich? Laura fühlte sich wie betäubt, als die Polizei eintraf, die Jeff mit seinem Handy alarmiert hatte. Mechanisch antwortete sie auf die Fragen und kämpfte dagegen an, dabei umzukippen. Ein junger Officer brachte ihr ein Glas Wasser, während zwei weitere Beamte den Tatort mit einem Band absperrten. Wenig später kam auch die Gerichtsmedizinerin, die Josies Tod offiziell feststellte. Kurz darauf war die Spurensicherung da.

Jeff hatte den Arm um Lauras Schulter gelegt und verfolgte stumm das Geschehen. Sie saßen auf einer Bank vor dem Gebäude. Die Hitze wurde langsam unerträglich. Laura suchte in ihrer Tasche nach einem Haargummi und zwirbelte ihre Haare zu einem Knoten zusammen. Plötzlich stand Bill neben ihnen. Laura hatte gar nicht mitbekommen, dass er hier war.

Bill war völlig aufgelöst. »Mein Gott … Das darf doch alles nicht wahr sein … Josie …« Ohne sich um die Absperrung zu kümmern, ging er ins Haus, um Manolo zu holen. Laura hörte, wie er von einem Mitarbeiter der Spurensicherung einen Anpfiff bekam.

»Also, hören Sie mal«, protestierte Bill. »Schließlich bin ich der Inhaber des Cafés …«

»Die Vorschriften gelten auch für Sie!«

»Ich muss meinen Papagei hier rausholen, das arme Tier wird noch verrückt!«

Lauras Aufmerksamkeit fiel auf Deputy Sheriff Curtis Rodgers, der unruhig vor seinem Dienstwagen auf und ab ging und dabei mit seinem Handy telefonierte. Auf seinem Hemd hatten sich dunkle Schweißflecken gebildet. Laura versuchte zu verstehen, was er sagte, konnte aber nur Gesprächsfetzen aufschnappen. »Halsschlagader durchtrennt … Tatwaffe vermutlich ein Fischmesser … keine Spur des Täters … Suizid nicht auszuschließen …«

»Suizid?«, murmelte Laura. »Josie kam mir nicht wie jemand vor, der sich einfach so umbringt.«

»Na ja, wir kannten sie ja nicht besonders gut«, meinte Jeff. »Und man weiß nie, was in den Leuten so vorgeht. Offensichtlich hatte sie ja private Probleme, und wir wissen nicht, wie groß die wirklich waren.«

Laura hob den Kopf und sah, wie Bill mit zwei Coladosen auf sie zukam. Der große Afroamerikaner wirkte kraftlos und müde. Manolo hockte auf seiner Schulter und spreizte die Flügel ab. Anscheinend litt auch er unter der Hitze.

»Hier, ihr habt bestimmt Durst. Leider sind sie nicht gekühlt.«

»Kein Problem. Danke«, sagte Jeff.

Bill setzte sich zu ihnen. »Wer kann das nur getan haben?«

Manolo hüpfte von Bills auf Lauras Schulter und pfiff aufmunternd.

»Schade, dass man dich nicht als Zeuge befragen kann«, sagte Laura und schnitt eine Grimasse. Sie öffnete ihre Coladose. Es zischte. Die Flüssigkeit schoss aus der Öffnung, floss über ihre Hände und tropfte auf ihr Kleid.

»Mist.« Sie schüttelte ihre Hände ab und nippte an der Dose. Das lauwarme Getränk schmeckte widerlich süß und pappig.

»Ich verstehe es einfach nicht«, sagte Bill schließlich. Er schüttelte den Kopf. »Wer macht so was bloß?«

Jeff räusperte sich. »Die Polizei schließt Selbstmord nicht aus.«

Bill sah Jeff an. »Nein«, sagte er bestimmt. »Das würde Josie nicht tun. Sie war nicht … so jemand.«

Stumm sahen die drei zu, als zwei Männer eine Bahre aus dem Café trugen. Auf der Bahre lag ein geschlossener Leichensack.

Laura schossen die Tränen in die Augen. Manolo flatterte zu Bill zurück.

Der massige Deputy Sheriff hatte aufgehört zu telefonieren und kam zu ihnen hinüber, eine junge Beamtin im Schlepptau.

»Mr Marshall, ich möchte Ihnen Officer Mae Zamora vorstellen«, sagte Rodgers. »Sie wird Ihnen ein paar Fragen über Ms Bennett stellen.«

Er bedeutete Laura und Jeff mit einer Kopfbewegung, ihm zu folgen. »Wir müssen noch eure Aussagen zu Protokoll nehmen. Immerhin habt ihr die Tote gefunden.«

DAILY REPORT

30. August

Schockierender Tod einer jungen Frau in Riverside

Verbrechen oder Selbstmord?

von Helen Rutherford

Riverside, New York. Einen erschreckenden Fund machten gestern Morgen zwei Schüler der Oakwood-Schule für Hochbegabte. Jeffrey Davis (18) und Laura Matthews (17) hatten sich zum Frühstück im Café *Bill's Corner* verabredet. Sie fanden die 20-jährige Josephine Bennett, eine Angestellte des Cafés, tot in der Küche. Die junge Frau hatte tiefe Schnittwunden in Hals und Unterarm, die offenbar von einem scharfen Fischmesser stammten, das die Polizei am Tatort sicherstellte. Sie starb wahrscheinlich an den Folgen des großen Blutverlustes. Außerdem wurden an ihrem Hals Würgemale festgestellt.

Die Polizei geht derzeit von einem Verbrechen aus, kann jedoch nicht ganz ausschließen, dass es sich um einen Selbstmord handelt. Es gibt bislang keine Hinweise auf den möglichen Täter. Der Besitzer des Cafés, William Marshall (29), äußerte sich dem *Daily Report* gegenüber schockiert: »Das ist das Werk einer Bestie! Der Mörder muss vollkommen krank sein. Josie hat doch niemandem was getan.« Dass seine Angestellte sich die tödlichen Wunden selbst zugefügt hat, hält er für unwahrscheinlich.

Deputy Sheriff Curtis Rodgers sagte gestern der Presse: »Wir haben es hier mit einem besonders rätselhaften Fall zu tun. Bisher gibt es keinerlei Spuren des Täters. Wer immer Josephine Bennett getötet hat, ist dabei ausgesprochen grausam und berechnend vorgegangen.«
Die Ermittlungen dauern an. Sachdienliche Hinweise richten Sie bitte an die Polizeidienststelle in Riverside.

2

Der Lärmpegel, der im Foyer des Instituts herrschte, war beachtlich. Es war gerade acht Uhr, der erste offizielle Schultag nach den Ferien, und alle Schüler redeten durcheinander. Eine Gruppe Jungs war besonders laut, anscheinend führten sie sich gegenseitig Handy-Videos vor.

Rebecca rutschte unruhig auf ihrem Stuhl hin und her. »Ich bin echt mal gespannt, was uns jetzt erwartet«, murmelte sie.

Phil, der links neben ihr saß, drückte ihre Hand. »Du musst nicht so nervös sein, Becky. Dieses Intensivtraining wird bestimmt interessant.«

Rebecca erwiderte den Druck und lächelte. Phil und sie waren nun schon seit acht Monaten zusammen, aber es war ihr immer noch ein wenig peinlich, in der Öffentlichkeit ihre Gefühle zu zeigen.

»Interessant vor allem für Rutherford und seine Forschung«, meinte Laura, die neben Rebecca saß und Phils letzten Satz gehört hatte.

Rebecca schmunzelte. Früher war ihr Lauras direkte Art unangenehm gewesen, aber inzwischen waren sie beste Freundinnen geworden.

Vor den Sommerferien hatte Professor Rutherford, der Leiter des *Instituts zur Erforschung parapsychologischer Phänomene*, kurz *IPP*, angekündigt, dass in den ersten acht Wochen kein regulärer Unterricht stattfinden würde. Stattdessen sollten die Schüler durch ein besonderes Training lernen, ihre jeweilige Fähigkeit noch besser zu beherrschen. Der Unterschied zum bisherigen Training war, dass ihnen für zwei Monate sogenannte Mentoren zur Verfügung gestellt wurden, die selbst über paranormale Fähigkeiten verfügten. Die Schüler rätselten, wer diese Mentoren sein würden, und es waren bereits allerhand Gerüchte im Umlauf. AJ behauptete steif und fest, gehört zu haben, dass die Telekineten von niemand anderem als Mia Malloy trainiert werden sollten. Sie war so etwas wie ein weiblicher Uri Geller. Allerdings ging es bei ihren Auftritten nicht darum, stehen gebliebene Uhren zum Ticken zu bringen oder Besteck zu verbiegen. Mias Spezialität waren die Elemente. Es hieß, dass sie durch bloße Gedankenkraft Feuer entfachen oder Wasser gefrieren lassen konnte.

Rebecca sah Laura von der Seite an. Sie war blass. In den letzten zwei Tagen war kaum eine Minute vergangen, ohne dass jemand an die Tür des Zimmers geklopft hatte, das Rebecca gemeinsam mit Laura bewohnte. Alle hatten genau wissen wollen, was passiert war. Irgendwann war es Laura zu bunt geworden. Sie hatte die Musik laut aufgedreht und einen Zettel mit dem Satz »Lest es in der Zeitung nach!!« draußen an die Tür gehängt.

Nachdem Laura und Jeff ihre Aussagen bei der Polizei gemacht hatten, hatten ihnen bereits Journalisten vor der Schule aufgelauert, die Rutherford nur mit Mühe abgewimmelt hatte. Dass Rutherfords Ehefrau für den *Daily Report* schrieb, war der Sache nicht gerade zuträglich. Sie ließ einfach nicht locker. Nach Absprache mit dem Professor hatten Laura und Jeff schließlich zugestimmt, ihr telefonisch einige Fragen zu beantworten. Dabei hatten sie mehr oder weniger das wiederholt, was sie bereits der Polizei erzählt hatten: Sie waren durch die Hintertür ins Café gelangt, die bereits offen gewesen war. Dass Jeff nachgeholfen hatte, durfte natürlich niemand wissen ... In der Küche hatten sie Josie dann in ihrem eigenen Blut gefunden. Nein, sie hatten Josie nicht näher gekannt, aber als Kellnerin war sie immer sehr freundlich gewesen.

»Ich glaube, Helen Rutherford war ziemlich enttäuscht«, hatte Laura hinterher zu Rebecca gesagt. »Sie hat wohl auf skandalöse Insider-Infos gehofft, zum Beispiel, dass Josie heroinabhängig war oder schon mal von Aliens entführt wurde.«

»Mysteriös ist das schon. Ich kann's mir einfach nicht erklären«, sagte Rebecca plötzlich.

Laura sah sie an. »Was genau meinst du denn?«

»Ach, ich musste gerade wieder an Josie denken«, sagte Rebecca. »Wenn die Hintertür abgeschlossen war, kann ja vor euch gar niemand im Café gewesen sein.«

»Was glaubst du, wie oft ich mich das in den letzten achtundvierzig Stunden gefragt habe.« Laura spielte mit einer Haarsträhne. »Ich weiß, eigentlich hätten wir der Polizei das mit der Tür sagen müssen. Aber abgesehen davon, dass wir damit die Geheimhaltung des IPP gefährdet hätten, hätte uns sowieso keiner geglaubt. Also, entweder es gibt noch einen anderen Weg ins Café, den wir übersehen haben, oder ...«

»Oder was?«

»... oder der Mörder war noch im Café, als Jeff und ich hineingegangen sind. Aber daran will ich gar nicht denken.«

Rebecca sah zu Phil, doch der diskutierte inzwischen mit Carl und AJ über Computerspiele.

»Warum bist du eigentlich so überzeugt davon, dass jemand Josie umgebracht hat?«, fragte Rebecca. »Jeff hat gesagt, dass es auch Selbstmord gewesen sein könnte, und die Polizei ist sich ja auch nicht sicher.«

Laura zuckte mit den Schultern. »Keine Ahnung, es ist einfach so ein Gefühl. Aber das ist natürlich kein Beweis ...«

»Wir sollten Josie persönlich fragen«, sagte Rebecca leise. Sie wusste selbst nicht genau, was sie dazu veranlasste, aber in diesem Moment erschien es ihr als logischer nächster Schritt. Das vergangene Jahr hatte Rebecca gezeigt, dass sie ihre Fähigkeit, mit Toten zu kommunizieren, gezielt einsetzen konnte. Gemeinsam mit Laura, Jeff und Andy hatte sie auf diese Weise geholfen, zwei Fälle aufzuklären.

Laura sah ihre Freundin überrascht an. »Du meinst ... du willst Kontakt zu ihr aufnehmen? Aber Rutherford hat doch verboten, dass wir uns einmischen!«

Der Professor hatte sie gestern in sein Büro gerufen, um ihnen einzuschärfen, die Ermittlungen im Fall Josie zu unterlassen. Das Ziel ihrer Ausbildung am IPP war zwar unter anderem, sie als *Spezialteam* bei der Aufklärung von Kriminalfällen einzusetzen. Dass sie dafür geeignet waren, hatten sie in der Vergangenheit gezeigt. Aber er wollte, dass sie sich jetzt ganz auf das Intensivtraining konzentrierten.

Rebecca wunderte sich. Laura schien das einfach so hinzunehmen. Seit wann hielt sie sich an solche Verbote? Wo war ihr Kampfgeist geblieben?

»Wir können ja heute Nachmittag noch mal mit ihm reden. Vielleicht schaffen wir es, ihn zu überzeugen«, schlug Rebecca vor.

Laura schnaubte verächtlich. »Meinst du wirklich, dass das irgendwas bringt? Der Herr Professor würde doch nichts erlauben, was sein ultrageheimes Forschungsprojekt gefährden könnte.«

»Aber er weiß doch, wie gut wir schon zusammengearbeitet haben. Das wäre eine echte Gelegenheit, unser Können unter Beweis zu stellen.«

»Rebecca, glaubst du ernsthaft, dass es darum geht? Rutherford will in erster Linie seinen Geldgebern etwas beweisen. Und natürlich sich selbst. Wir sind hier die *Forschungsobjekte* und dürfen nur agieren, wann es ihm passt.«

Rebecca seufzte. Warum musste Laura immer dermaßen übertreiben? »Ich glaube, du tust ihm Unrecht. Lass es uns doch wenigstens versuchen.«

Laura schnitt eine Grimasse. »Na gut, von mir aus. Wir können ja Andy mitnehmen. Vorausgesetzt, er redet noch mit uns.«

Rebecca sah sich nach Andy um und entdeckte ihn einige Reihen weiter hinten.

Er war in ein zerfleddertes Taschenbuch vertieft und schien sie nicht zu bemerken.

»Hey, Andy!« Rebecca winkte ihm zu.

Er sah hoch und lächelte kurz in ihre Richtung, bevor er sich wieder seiner Lektüre zuwandte.

Enttäuscht drehte Rebecca sich wieder um. Sie hatte das Gefühl, dass Andy ihr aus dem Weg ging. Er wirkte noch verschlossener als früher und in den Ferien hatte er sich fast gar nicht bei ihr gemeldet. Hatte es etwas mit Phil zu tun? Eigentlich müsste er sich doch langsam daran gewöhnt haben, dass Rebecca mit ihm zusammen war. Sie hatte Andy schon mehr als einmal gesagt, dass das an ihrer Freundschaft nichts änderte. Aber vielleicht sah er das anders …

Rebecca kam nicht dazu, sich weiter den Kopf darüber zu zerbrechen, denn in diesem Moment betrat Professor Rutherford den Raum, gefolgt von seinem Assistenten Jasper van Baarle und Rachel Morgenstern, der Psychotherapeutin des Instituts.

Rutherford rückte das Mikrofon zurecht und räusperte sich. Wie immer trug er einen eleganten grauen Anzug.

»Ruhe bitte! Darf ich euch bitten, Platz zu nehmen!«

Fast augenblicklich verstummte das Gemurmel. Alle starrten gebannt auf das Rednerpult, an dem der Institutsleiter stand.

»Zunächst möchte ich euch herzlich im neuen Schuljahr begrüßen«, begann Rutherford. »In diesem Jahr wird einiges anders werden als im vergangenen. Da dies euer letztes Schuljahr ist, wollen wir euch ganz gezielt auf das vorbereiten, was danach kommt. Nächstes Jahr werdet ihr euren Abschluss machen, und wir werden euch dabei helfen, herauszufinden, was ihr danach tun wollt. Vielleicht werden einige von euch auf ein ganz normales College gehen oder einen ganz gewöhnlichen Job annehmen. Aber vielleicht werdet ihr auch für ... andere Aufgaben herangezogen. Alles hängt davon ab, wie ihr euch in eurem letzten Jahr entwickelt. Und natürlich davon, wie ihr euch letztendlich selbst entscheidet.«

»Pfff«, machte Laura. »Alles nur Gelaber.«

Rebecca sah sie vorwurfsvoll an.

»Wie dem auch sei, ganz am Anfang dieses Schuljahres steht die vielleicht größte Änderung«, sagte Rutherford.

»Bla bla bla ...«, murmelte Laura provozierend.

Rutherford blickte irritiert zu ihr hinüber. »Laura, hast du eine Frage?«

»Ja. Kriegen wir einen neuen Hausmeister?«, erkundigte sich Laura.

Die anderen Schüler brachen in Gelächter aus und einige

applaudierten. Rebecca glaubte zu sehen, wie Rutherfords Mundwinkel zuckten. Alan Cutter war nicht besonders beliebt. Nicht, dass er Wert darauf gelegt hätte.

Rutherford blieb souverän. »Nein, Mr Cutter wird euch noch eine Weile erhalten bleiben.«

In der Halle breitete sich allgemeines Murren aus und es gab ein paar Buhrufe. Der Professor hob die Hände.

»Bitte beruhigt euch wieder.« Nachdem es still geworden war, fuhr er fort: »Wie ihr bereits wisst, konnten wir dank einer großzügigen Spende unser sogenanntes Mentoring-Programm realisieren. Hierfür haben wir vier Spezialisten ausgewählt, die übersinnliche Kräfte besitzen und ihr Wissen an euch weitergeben werden. Ich möchte diese vier Personen nun auf die Bühne bitten.«

Im Raum herrschte gebanntes Schweigen, als vier Gestalten nacheinander die Bühne betraten: ein kleiner, untersetzter Mann mit einer runden Brille, eine streng dreinblickende ältere Frau mit grauem Dutt und einem altmodischen Kleid, ein hagerer Hüne mit Schnauzbart – und die berühmte Mia Malloy. Wie eine Elfe schwebte sie in einem fliederfarbenen Kleid auf die Bühne. Ein Raunen ging durch die Menge.

»Es stimmt also tatsächlich«, flüsterte Phil ungläubig.

»Darf ich vorstellen – Hugo Rosenfeld, Experte für außerkörperliche Erfahrung und Astralreisen.« Der kleine Mann machte einen sympathischen Eindruck. Als er sich umdrehte, klatschten die Schüler.

»Madam Clothilda Fairweather, ein erfahrenes Medium«, sagte Rutherford, als die ältere Dame nach vorne trat. »Sie ist für dieses Projekt aus England angereist.«

»Die sieht für mich eher nach Regenwetter aus«, meinte Laura. »Na, dann viel Spaß, ihr beiden!«

Der Applaus war eher verhalten. Madam Fairweather blickte würdevoll in die Runde und machte dann Platz für den Mann mit dem Oberlippenbart.

»Liebe Schüler, das ist Dr. Jean-Jacques Guillory«, erklärte Rutherford. »Er verfügt über starke telepathische und hellseherische Fähigkeiten.« Rebecca hatte das Gefühl, dass die schwarzen Augen des Mannes sie durchbohrten. Sie senkte den Blick.

»Und zu guter Letzt, wie ihr bereits richtig vermutet habt – Miss Mia Malloy!« Bei Mia war der Beifall mit Abstand am größten. Aus der Reihe, in der Carl und seine Freunde saßen, kamen auch einige Pfiffe. Mia machte einen Knicks und lächelte. Sie wirkte so zerbrechlich, beinahe kindlich. Mit ihrem Kleidchen und den messingfarbenen Korkenzieherlocken hätte sie ohne Weiteres als eine Schülerin durchgehen können. Nichts an ihr ließ vermuten, dass sie imstande war, die Elemente zu beherrschen und vielleicht sogar in tödliche Waffen zu verwandeln.

Als Nächstes erklärte Rutherford, wie das Training ablaufen würde. Die Schüler sollten zunächst in vier Gruppen eingeteilt werden. Den Vormittag würden sie in ihrer Gruppe mit dem jeweiligen Trainer verbringen. Er würde ihnen für die Nachmittage Aufgaben zuteilen, die sie selbstständig üben sollten. Schüler mit überdurchschnittlich guten Leistungen hatten die Möglichkeit, ab der dritten Woche Einzelunterricht bei ihrem Trainer zu nehmen, der in den Abendstunden stattfinden würde.

Rebecca schwirrte der Kopf nach dem Vortrag. In den kommenden acht Wochen kam offensichtlich eine Menge Arbeit auf alle zu …

Nach Rutherfords Einführung richtete jeder der vier Experten noch ein paar Worte an die Jugendlichen. Als Madam Fairweather sprach, wurde Rebecca hellhörig.

»... auch wenn meine Gruppe die kleinste ist, sollt ihr nicht denken, dass ihr es dadurch einfacher haben werdet«, sagte sie mit britischem Akzent. »Ich erwarte von meinen Schülern bedingungslosen Einsatz und toleriere keine Faulenzer in meiner Gruppe. Es wird nur *ein Einziger* von euch in den Genuss meines Privatunterrichts kommen, der im Übrigen täglich stattfinden wird ... auch am Wochenende!«

Phil sog neben Rebecca hörbar die Luft ein.

»Das hört sich nach Stress an«, flüsterte Rebecca ihm zu. »Sie scheint Riesenansprüche zu stellen.«

»Ja«, wisperte Phil zurück, »und ich weiß auch gar nicht, ob ich so scharf auf die Einzelstunden bei dieser Gewitterhexe bin!«

3

»Auf gar keinen Fall!«, sagte Professor Kenneth Rutherford. »Ich dachte eigentlich, ich hätte mich gestern deutlich genug ausgedrückt. Ich möchte nicht, dass ihr euch in diesen Fall einmischt. Überlasst die Ermittlungen bitte der Polizei.« Obwohl der Professor ruhig und freundlich blieb, schaffte er es, seine Worte so zu wählen, dass jeder Widerspruch zwecklos schien. Andy fragte sich, wie er das machte.

Laura versuchte es dennoch.

»Aber Professor Rutherford«, begann sie. »Wir haben doch schon mehrfach bewiesen, dass wir für solche Einsätze geeignet sind. Sie haben selbst gesagt, dass wir die Besten in unserem Jahrgang sind. Der Fall mit dem Mörder in Andys Heimatort oder die Sache mit Sam im Frühjahr …«

»Danke, Laura, ich erinnere mich sehr gut an die beiden Fälle«, erwiderte Rutherford. »Aber ihr scheint vergessen zu haben, dass ihr beide Male in sehr große Gefahr geraten seid.«

Beim Gedanken an den Fall mit dem Serienkiller musste Andy schlucken. Der Geisteskranke hatte vor einem Jahr mehrere Mädchen getötet und beinahe wäre ihm auch Andys kleine Schwester zum Opfer gefallen. Was, wenn es auch ein Serientäter war, der sich in Riverside herumtrieb – unmittelbar in der Nähe?

»Davon abgesehen«, fügte Rutherford hinzu, »solltet ihr euch jetzt wirklich voll und ganz auf das Mentorentraining konzentrieren.«

Laura schien den gleichen Gedanken gehabt zu haben wie Andy: »Und wenn Josie nicht das einzige Opfer bleibt? Vielleicht rennt da draußen ein Irrer rum, der einfach wahllos Leute umbringt! Und Sie erwarten von uns, dass wir tatenlos rumsitzen?«

Während Laura und Rutherford diskutierten, schweiften Andys Gedanken ab. Er hatte natürlich von dem Fall in der Zeitung gelesen und wusste, dass es noch keine Hinweise auf den Täter gab. Aber das, was Laura sagte, machte ihm Angst. Sie glaubte fest daran, dass die Kellnerin ermordet worden war. Josie war nur ein paar Jahre älter gewesen als er. Man hatte sie gewürgt und dann brutal erstochen. Vielleicht handelte es sich um einen Frauenhasser. Und dann waren auch alle anderen jungen Frauen im Umkreis in Gefahr. Auch Rebecca.

In den Ferien hatte sie ihm mehrere Briefe geschrieben und ihm sogar Fotos von sich und ihrer Familie geschickt. Phil hatte sie nur selten erwähnt, und Andy hatte insgeheim gehofft, dass ... ja, was eigentlich? Waren seine Gefühle für sie doch mehr als freundschaftlich? Andy wusste es nicht. Und anscheinend war sie nach wie vor glücklich mit Phil. Andy musterte Rebecca. Sie saß ein Stück von ihm entfernt und hörte aufmerksam zu, was Rutherford sagte. Erst jetzt fiel ihm auf, wie sehr sie sich verändert hatte. Sie hatte ihr schulterlanges Haar auf Kinnlänge kürzen lassen und einige Strähnen waren durch die Sonne beinahe weißblond geworden. Ihre Haut war leicht gebräunt, und obwohl sie kaum Make-up benutzte, wirkte sie älter, erwachsener.

»Die Polizei nimmt doch immer noch an, dass der Täter durch die Hintertür hereingekommen ist«, sagte Laura gerade. »Aber sie war verschlossen. Falls es noch einen anderen

Weg gibt, hat er dort vielleicht Spuren hinterlassen. Wir könnten zumindest nachsehen.«

Rutherford kratzte sich mit seinem Kugelschreiber an der Schläfe. Er schien ernsthaft über Lauras Vorschlag nachzudenken.

»Angenommen, es gibt einen weiteren Ausgang«, sagte er dann, »wie wollt ihr weiter vorgehen? Selbst wenn du recht hast, Laura, ist es unwahrscheinlich, dass wir auf diese Weise herausbekommen, wer der Täter ist.«

»Vorausgesetzt, es *gibt* einen Täter«, bemerkte Jeff nüchtern. Er hatte sich in seinem Stuhl zurückgelehnt und sah skeptisch in die Runde.

»Richtig«, stimmte Rutherford zu. »Wir müssten mehr über Josie herausfinden. Erst wenn wir sicher sind, dass es kein Selbstmord war, ist es sinnvoll, über weitere Schritte nachzudenken.«

Jetzt meldete sich auch Rebecca zu Wort. »Na ja, ich könnte versuchen, mit Josie zu reden. Wenn es mir gelingt, erfahren wir vielleicht mehr über die genaueren Umstände ihres Todes.«

»Und möglicherweise liefert sie uns sogar Hinweise zum Täter«, ergänzte Laura.

Rutherford seufzte tief. »Na ja, wenn ich es euch verbiete, haltet ihr euch ja sowieso nicht daran …«

Laura grinste triumphierend.

»Aber ihr wisst, dass das zusätzliche Arbeit bedeutet. Und in den nächsten Wochen wird euch einiges abverlangt werden, wie ihr heute Morgen gehört habt. Nehmt das Intensivtraining ernst, es ist wirklich eine einmalige Chance!«

Laura sprang auf. »Danke, Professor Rutherford! Sie werden es nicht be–«

»Moment!«, sagte Rutherford. »Ich möchte nicht, dass ihr irgendetwas tut, das gefährlich ist.«

Laura verstummte und setzte sich.

»Ich erwarte von euch, dass ihr mich über jeden eurer Schritte in Kenntnis setzt. Eventuell werde ich die anderen Lehrer und vielleicht auch die Mentoren einweihen müssen. Es stimmt, dass ihr im Vergleich zu euren Mitschülern schon sehr weit seid. Aber eure größte Stärke war bislang immer eure Fähigkeit, als Team zu arbeiten. Ich muss mich auf euch *alle* verlassen können.«

Er ließ seinen Blick von einem zum anderen gleiten. »Laura und Rebecca, ihr seid ja offensichtlich ziemlich entschlossen.« Die beiden Mädchen nickten eifrig. »Aber was ist mit den anderen beiden? Jeffrey und Andrew – seid ihr bereit, eure Fähigkeiten zur Verfügung zu stellen, um Josies Mörder zu finden?«

»Ja, natürlich, ich bin dabei«, sagte Jeff. Andy hatte den Eindruck, dass er nicht sehr begeistert war.

Rutherford sah Andy fragend an. »Und du, Andrew? Du hast noch gar nichts dazu gesagt.«

Andy wurde nervös. Er wusste nicht genau, was er von der Sache halten sollte. Was konnte er bei diesem Fall schon ausrichten? Seine Träume konnte er nicht steuern und Telepathie war bei einer Toten ziemlich sinnlos. Er sah die anderen Hilfe suchend an. Sein Blick blieb an Rebecca hängen, die ihn anlächelte.

»Andrew?«, fragte Rutherford noch einmal.

Andy zögerte. »Ja, ich bin bereit«, sagte er dann. Er würde seine Freunde nicht im Stich lassen.

4

DAILY REPORT

2. September

Neue Hinweise im Fall Josie Bennett

Verdächtiges Auto am Vorabend in Riverside gesichtet

von Helen Rutherford

Im Fall der getöteten Josephine Bennet (wir berichteten) gibt es vielleicht eine erste Spur: Einer Anwohnerin ist am Vorabend ein schwarz gekleideter Mann aufgefallen. Er hielt sich in der Nähe des Restaurants auf, in dem Josie Bennett arbeitete. Die Zeugin behauptet, sein schwarzer Kleinwagen habe mehrere Stunden auf dem Parkplatz vor *Bill's Corner* gestanden.

Der Wagen ist am selben Abend außerdem noch mehreren anderen Bewohnern aufgefallen, da er mit überhöhter Geschwindigkeit und lauter Musik durch Riverside fuhr. Zwei der Beobachter sagten, die Heckscheibe des Wagens sei mit einem Aufkleber in Form eines Totenschädels verziert gewesen. Das Kennzeichen des Wagens ist leider unbekannt.

Der Mann, den die erste Zeugin beschreiben konnte, ist dringend tatverdächtig, da er unmittelbar vor Josie Bennetts Tod in der Nähe des Tatorts gesehen wurde.

Die Polizei fahndet nun nach einem etwa 20 bis 30 Jahre alten Weißen mit langen schwarzen Haaren und dunkler Kleidung sowie seinem Fahrzeug, einem älteren Toyota-Modell. Auffällig an dem Wagen sind dunkel getönte Scheiben sowie ein weißer Totenkopf auf der Heckscheibe. Wer dieses Auto gesehen hat oder weitere Hinweise zu dem Verdächtigen liefern kann, wird gebeten, sich an die Polizeidienststelle in Riverside zu wenden.

Rebecca fiel es schwer, sich zu konzentrieren. Immer wieder musste sie an den Zeitungsartikel denken, den Andy ihr vor dem Unterricht in die Hand gedrückt hatte. Sie hätte sich gern mit ihm darüber unterhalten, aber da war bereits Madam Fairweather erschienen und hatte Andy zu Monsieur Guillory gescheucht, seinem Mentor.

»Wir treffen uns in der Mittagspause«, hatte Rebecca Andy schnell noch zuflüstern können.

Der Unterricht bei Madam Fairweather war furchtbar langweilig. Gestern hatte sie zuerst in aller Ausführlichkeit über ihre Prinzipien monologisiert und anschließend haarklein erzählt, wie sie entdeckt hatte, dass sie eine mediale Begabung besaß.

»Ich konnte schon als Kind manchmal Stimmen hören, die mir Ratschläge gaben. Anfangs dachte ich, es seien die Gedanken anderer Leute und ich hätte vielleicht telepathische Kräfte – bis mein älterer Bruder im Krieg fiel und ich ihn … sehen konnte. Er tauchte einfach in meinem Zimmer auf und unterhielt sich mit mir, genau wie früher. Eine Zeit lang war ich sehr verwirrt. Ich war damals knapp sechs. Es hat lange gedauert, bis ich verstanden habe, dass er wirklich tot ist.« Sie hatte eine kurze Pause gemacht, um ihre Worte auf die Anwesenden wirken zu lassen. »Es passiert oft, dass eine paranormale Begabung nicht sofort erkannt wird. Vielleicht kann das auch jemand von euch bestätigen.«

Daraufhin hatte Phil sich gemeldet und erzählt, dass er jahrelang geglaubt hatte, die Gedanken von jemand anderem zu empfangen. Erst nach seiner Aufnahme am IPP hatte sich herausgestellt, dass es sein verstorbener Großvater war, der mit ihm sprach. Durch die Experimente, die Rutherford und Dr. Crane durchgeführt hatten, war es ihm auch ein paarmal geglückt, seinen Großvater vor sich zu sehen, wenn auch nur äußerst schemenhaft.

Bei Rebecca hingegen war die Sache wesentlich klarer gewesen. Als sie ans IPP gekommen war, hatte sie schon lange gewusst, über welche Fähigkeit sie verfügte. Bereits als kleines Kind hatte sie ihre Eltern sehen können, die bei einem Autounfall ums Leben gekommen waren. Da niemand ihr glaubte, war Rebecca lange in Therapie gewesen. Eines Tages konnte sie mit ihren toten Eltern nicht mehr kommunizieren und nahm sie auch nicht mehr wahr. Rebeccas Fähigkeit tauchte jedoch wieder auf, als ihre beste Freundin Jennifer mit dreizehn bei einem Reitunfall starb. Rebecca konnte Jenny weiterhin sehen und auch mit ihr sprechen. Diesmal war sie schlauer und erzählte niemandem etwas über ihre besondere Begabung. Erst Rutherford hatte ihr Vertrauen gewinnen können …

Madam Fairweather klopfte jetzt mit ihrem Kugelschreiber aufs Pult, um sich Aufmerksamkeit zu verschaffen.

»Eine Séance ist eine sehr heikle Angelegenheit. Wenn man dabei nur den kleinsten Fehler macht, kann es passieren, dass der Kontakt abreißt und in derselben Sitzung auch nicht wiederaufgebaut werden kann.«

Das, was Madam Fairweather erzählte, war für Rebecca

nichts Neues. Sie unterdrückte ein Gähnen. Während Phil jedes Wort mitschrieb, warf Rebecca noch einmal unauffällig einen Blick auf den Zeitungsartikel. Sie hatte ihn bereits zweimal durchgelesen. Was darin stand, beschäftigte sie schon den ganzen Vormittag. Es sah ganz so aus, als ob Laura recht gehabt hatte – Josie war ermordet worden. Aber wer konnte dieser mysteriöse Fremde sein? Die Beschreibung klang so, als gehöre er der Gothic-Szene an.

Rebecca überlegte. War es möglich, dass Josie Kontakt zu solchen Leuten gehabt hatte? Eigentlich hatte sie nicht wie ein »Grufti« gewirkt, bis auf die Tatsache, dass sie vor einiger Zeit ihre Haare schwarz gefärbt hatte. Allerdings hatte Josie bereits alle möglichen Haarfarben gehabt, seit sie im Restaurant arbeitete. Sie hatte einmal zu Laura und Rebecca gesagt, sie habe einfach manchmal das Bedürfnis, sich zu verändern. Außerdem habe Bill sie gezwungen, ihre Piercings herauszunehmen, als er sie eingestellt hatte. Waren Piercings nicht ein Kennzeichen für Anhänger dieser Szene? Vielleicht kannte Laura sich damit ja besser aus. Rebecca erinnerte sich, dass Laura und Josie sich vor einiger Zeit über Musik unterhalten hatten.

»Miss Hamilton!«

Rebecca zuckte zusammen. Madam Fairweathers durchdringende Stimme verhinderte jeden weiteren Gedanken an Josie. »In meinem Unterricht wird nicht geträumt!«

Rebecca fühlte, wie ihr das Blut in den Kopf schoss. »Ich … ich habe nicht …« Sie versuchte, den Zeitungsausschnitt mit ihrem Notizblock zu verdecken, aber Madam Fairweather war schneller. Sie hielt das graue Stück Papier hoch, betrachtete es und stieß dann einen übertrieben klingenden Seufzer aus.

»Das ist ja alles sehr tragisch, aber ich wüsste nicht, was es mit unserem Thema zu tun hat.« Sie sah Rebecca streng an. »Miss Hamilton, welche Bedingungen sollten erfüllt sein, damit eine Séance zum Erfolg führt?«

Rebeccas Herz fing an, wie wild zu klopfen. Sie hatte den letzten Teil des Vortrags überhaupt nicht mehr mitbekommen.

»Also, äh ... der Raum sollte abgedunkelt werden und ...«

Madam Fairweather hob die rechte Augenbraue.

»Nun ja, das kann durchaus hilfreich sein. Aber was ist für ein Medium am wichtigsten?«

»Äh ...« Rebecca spürte, wie sich die Blicke der fünf anderen auf sie richteten. Es hatte keinen Sinn, sie würde sich nur lächerlich machen. Es war wohl am besten, die Wahrheit zu sagen.

»Es tut mir sehr leid, Madam, aber ich weiß es nicht.«

Rebecca hörte, wie Emily hinter ihr kicherte. Madam Fairweathers Lippen wurden noch schmaler, als sie ohnehin schon waren.

»Wenn Sie aufgepasst und sich vielleicht sogar Notizen gemacht hätten, wie alle anderen, dann wüssten Sie, worauf es ankommt. Aber Sie werden noch genügend Zeit haben, sich mit dieser Frage zu beschäftigen – wenn Sie heute Abend bei mir nachsitzen.«

»Das darf doch nicht wahr sein«, stöhnte Rebecca beim Mittagessen. »Ich habe wirklich nur kurz nicht zugehört und die Fairweather verpasst mir gleich so eine Strafe!«

»Na ja«, warf Phil ein. »Echt Pech für dich. Aber irgendwie war doch klar, dass sie Zeitunglesen im Unterricht nicht duldet. Du hättest vorsichtiger sein müssen.«

Rebecca verdrehte die Augen.

»Außerdem war es wirklich interessant, was sie über spiritistische Sitzungen erzählt hat«, fügte Phil hinzu.

Sie saßen zu fünft an einem Tisch in der Kantine und tauschten sich über ihre ersten beiden Tage mit den Mentoren aus. Es gab heute Spaghetti, die in einer merkwürdigen Brühe schwammen, bei der es sich laut Speiseplan um eine Käsesoße handeln sollte. In solchen Momenten wünschte Jeff sich zurück nach Boston. Das Essen zu Hause hatte hervorragend geschmeckt – auch wenn seine Mutter manchmal ziemlich genervt hatte und Jeff erleichtert gewesen war, als er die zweite Hälfte der Ferien bei seinem Vater hatte verbringen dürfen.

»Sei doch froh«, sagte Jeff zu Rebecca, »immerhin kommst du auf diese Weise schon früher zu einer Einzelstunde.«

»Ich glaube nicht, dass heute Abend meine Fähigkeit zum Einsatz kommen wird«, schnaubte Rebecca. »Wahrscheinlich lässt sie mich hundert Mal schreiben *Ich darf während des Unterrichts nicht Zeitung lesen.* – Nachsitzen … das musste ich nicht mal in der Grundschule!«

Laura grinste. »Ach, komm, ärgere dich nicht. Ich musste in meiner alten Schule ständig nachsitzen.«

»Bestimmt, weil du auf dem Schulklo geraucht hast«, spottete Andy.

»Ich glaube eher, dass den Lehrern ihre große Klappe nicht gepasst hat«, sagte Jeff. Für einen kurzen Moment sahen er und Laura sich in die Augen. Da war es wieder, dieses Ziehen in der Magengegend …

Laura lachte. »Beides.«

»Das klingt, als wärst du stolz darauf«, stellte Phil fest.

»Nein«, sagte Laura. »Zumindest nicht auf das Rauchen.

Und immerhin hat uns meine ›große Klappe‹ auch schon geholfen.«

»Das stimmt«, meinte Rebecca. »Ohne dich hätte sich Rutherford sicher nicht umstimmen lassen, was den Fall Josie angeht.«

»Ja, du warst sehr überzeugend, Laura.« Andy lächelte.

Jeff sagte nichts. Er hatte eigentlich gehofft, dass sie fürs Erste nichts mehr mit Verbrechen zu tun haben würden. In letzter Zeit fragte er sich immer häufiger, ob eine Karriere als Spezialagent das Richtige für ihn war. Er hatte zwar am IPP gelernt, seine Fähigkeit besser zu kontrollieren, aber er war sich nicht sicher, ob das für derartige Einsätze ausreichte. Und außerdem: Wollte er das überhaupt? Seine Eltern glaubten immer noch, dass Jeff eine Karriere als Profisportler anstrebte, und wenn er ehrlich war, erschien ihm das als gar keine so schlechte Alternative. Bislang hatte er darüber jedoch mit niemandem gesprochen. Von Laura konnte er in dieser Hinsicht wohl kaum Verständnis erwarten; sie spottete manchmal darüber, dass er ihrer Meinung nach zu hart trainierte …

Jeffs Blick wanderte wieder zu ihr. Laura wickelte gerade einige Spaghetti um ihre Gabel und schob sie sich in den Mund.

»Die Soße schmeckt irgendwie chemisch«, stellte sie angewidert fest. »Warum hat Rutherford das Spendengeld nicht in besseres Essen investiert? Diesen Fraß kann man doch niemandem zumuten!«

»Tja, man muss eben Prioritäten setzen«, sagte Phil. »Ich glaube jedenfalls, dass das Intensivtraining sehr spannend wird. Madam Fairweather ist zwar streng, aber sie hat echt viel Ahnung. Wie ist es denn bei euch gelaufen?«

Andys Gesichtsausdruck verriet, dass er alles andere als begeistert war. »Dieser Franzose ist ein totaler Widerling. Er greift sich ständig Leute heraus, um sie zu schikanieren. Und seine Fähigkeit ist echt beängstigend. Er liest Gedanken und stellt denjenigen dann vor der ganzen Klasse bloß. Zum Beispiel wusste er ganz genau, woran Carl gedacht hat, als er nicht aufgepasst hat.«

Laura schob ihren Teller von sich. »Unser Mentor ist ziemlich locker drauf. Er erlaubt uns sogar, ihn Hugo zu nennen. Ich bin mir noch nicht ganz sicher, ob ich bei ihm viel dazulernen werde – die Übungen, die wir bisher gemacht haben, sind eher Standard. Auf jeden Fall ist der Unterricht bei ihm recht witzig. – Aber Jeff, jetzt erzähl doch mal: Wie ist euer Training bei der *berühmten* Mia Malloy?«

Jeff stocherte nachdenklich in seinem Essen herum. »Ach, im Prinzip ist sie ganz in Ordnung … denke ich. Ein bisschen zu sehr von sich selbst überzeugt. Sie erzählt andauernd von ihrer Fernsehshow.«

»Ach, du bist also noch nicht ihrem Charme erlegen?«, fragte Laura.

»Nein.« Jeff lächelte. »Sie ist nicht ganz mein Typ.«

»Hat sie euch wenigstens etwas beigebracht?«

»Wir sollten das Wasser in einem Glas zum Überschwappen bringen – natürlich ohne dass das Glas dabei bewegt wird.«

»Ein Sturm im Wasserglas sozusagen.«

»Ungefähr. Bei mir klappt es leider noch nicht so gut. Ich werde heute Nachmittag üben müssen.«

»Warum versuchst du es nicht gleich jetzt?«, schlug Laura vor und schob ihm ihr Glas hin. »Das geht bestimmt auch mit Limonade.«

»Ich weiß nicht …«

»Jetzt stell dich nicht so an.«

Auch die anderen schienen ganz versessen darauf zu sein, das Experiment zu beobachten.

Jeff gab nach. »Okay, okay. Aber ich kann es wirklich nicht so gut.« Bisher war sein Glas entweder heruntergefallen oder die Wasseroberfläche hatte sich nur ganz kurz bewegt.

Er schob seinen Teller beiseite und fixierte das Glas. Laura rückte näher an ihn heran, um ja nichts zu verpassen. Sie war so dicht neben ihm, dass er ihren Atem spüren konnte. Jeff versuchte, sich ganz auf die gelbe Flüssigkeit und die Kohlensäurebläschen darin zu konzentrieren. Was hatte Mia heute Vormittag gesagt? Er musste es schaffen, einen Wirbel zu erzeugen. Jeff atmete tief durch. Er bündelte seine Energie und richtete sie auf den Boden des Glases. Nach einiger Zeit schien sich die Flüssigkeit zu bewegen. Oder war jemand gegen den Tisch gestoßen? Nein, tatsächlich – es stiegen jetzt immer mehr Bläschen auf.

Laura schnappte überrascht nach Luft. Jeff hielt den Blick weiter auf das Glas gerichtet. Plötzlich fing die Limonade an, wie verrückt zu blubbern und zu schäumen.

»Sie *kocht*!«, rief Laura.

Erschrocken sprang Jeff auf. Keine Sekunde zu früh, denn das Glas zerplatzte in tausend Scherben und die Limonade ergoss sich über die Tischplatte.

Die anderen saßen wie erstarrt da und blickten ungläubig auf die Überreste von Lauras Glas. Jeder hatte ein paar Splitter auf der Kleidung.

»Tut mir leid, das war so nicht beabsichtigt«, sagte Jeff zerknirscht.

»Wow, echt beeindruckend«, murmelte Phil.

Laura hatte sich als Erste wieder gefangen. »Das war doch gar nicht übel. Außerdem bringen Scherben Glück.« Mit spitzen Fingern zupfte sie eine kleine Glasscherbe von Jeffs T-Shirt und lächelte ihn an.

Jeff spürte, wie ihm warm wurde. Sie mussten eine ganze Weile so dagestanden haben, denn auf einmal sagte Andy grinsend: »Sagt mal, wollen wir jetzt mal über den Fall reden oder wollt ihr lieber weiterflirten?«

Sie beschlossen, am Abend gemeinsam zu Bill ins Restaurant zu fahren. Er konnte bestimmt etwas Hilfe gebrauchen. Außerdem konnten sie auf diese Weise vielleicht etwas über Josie herausbekommen oder sich sogar auf die Suche nach einem bisher unentdeckten Fluchtweg machen.

»Ich kann leider nicht mitkommen«, sagte Rebecca. »Ich muss um acht Uhr bei Madam Fairweather erscheinen.« Sie seufzte.

»Sei nicht traurig, Becky«, versuchte Andy sie zu trösten. »Wir bringen dir ein Stück von Bills leckerem Schokoladenkuchen mit.«

Phil warf ihm einen irritierten Blick zu, den außer Jeff aber niemand bemerkte.

»Es sei denn, du möchtest lieber dieses appetitliche Kantinen-Dessert essen.« Laura zeigte auf ein Schälchen am Nebentisch. Darin befand sich eine Masse, die entfernt an Quark erinnerte und eine ungesunde pinke Farbe hatte.

»Danke, mir ist schon von der Käsesoße übel.« Rebecca lächelte gequält.

Während eine schlecht gelaunte Küchenhilfe die Scherben aufwischte, dachte Jeff nach. Zumindest ein Gutes hatte ihre gemeinsame Arbeit an diesem Fall: Er und Laura würden wieder mehr Zeit miteinander verbringen.

5

Rebecca war sich sicher, dass dies die längste Stunde ihres Lebens werden würde. Vor ihr lag ein dickes, in Leder gebundenes Buch. Madam Fairweather hatte ihr aufgetragen, die verschiedenen Formen von Geistererscheinungen zusammenzufassen, die darin beschrieben wurden.

»Das Ergebnis Ihrer hoffentlich ergiebigen Recherche werden Sie dann morgen früh dem Rest der Klasse vorstellen. Auf diese Weise haben alle etwas davon.«

Rebecca schlug widerwillig das Buch auf. Konnte es sein, dass ihre Mentorin auch Gedanken lesen konnte und auf diese Weise herausgefunden hatte, wie sehr Rebecca Referate hasste? Oder hatte sie nur ganz einfach ein besonderes Gespür dafür, wie sie ungeliebten Schülern das Leben schwer machen konnte?

Der Text war in Frakturschrift gedruckt, die Rebecca nur mit Mühe entziffern konnte. Sie blätterte im Stichwortverzeichnis am Ende des Buches.

Geistererscheinungen, Kategorien. S. 89–109.

Zwanzig Seiten? Rebecca unterdrückte ein Stöhnen. Wie sollte sie das schaffen? Sie suchte das Kapitel und überflog die ersten Zeilen. Das Englisch war derart veraltet, dass sie jeden Satz dreimal lesen musste, um ihn überhaupt zu begreifen.

Madam Fairweather saß nur wenige Meter von Rebecca entfernt an ihrem Schreibtisch und las in einem spiritistischen Magazin. Obwohl sie ganz in ihre Lektüre vertieft schien, hatte Rebecca das Gefühl, dass ihr dennoch nichts entging. Sie traute sich fast nicht, sich zu bewegen, aus Angst, das Knarren ihres Stuhls könnte Madam Fairweathers Aufmerksamkeit erregen. Im Raum war es mucksmäuschenstill. Rebecca sah auf ihre Armbanduhr. Es waren gerade einmal sechs Minuten vergangen, seit sie den Raum betreten hatte.

»Das ist ja echt ätzend«, sagte plötzlich eine Stimme zu ihrer Linken. Rebecca erschrak und ließ ihren Stift fallen. Sie bückte sich, um ihn aufzuheben. Als sie hinter ihrem Tisch wiederauftauchte, waren Madam Fairweathers Augen auf sie gerichtet.

»Entschuldigung …«

Madam Fairweather nickte.

Rebecca tat so, als ob sie sich Notizen machte, und versuchte, sich nichts anmerken zu lassen. Erst als sie sicher war, dass die Mentorin wieder in ihr Magazin vertieft war, sah sie zum Fenster.

Dort stand Jennifer und betrachtete die Kakteen auf der Fensterbank.

Stachelig wie ein Kaktus, diese Madam Fairweather. Der Spitzname Gewitterhexe *passt echt gut zu ihr, das muss ich Phil lassen.*

Rebeccas Kinnlade klappte herunter.

»Du hast uns beobachtet?«, fragte sie ihre Freundin in Gedanken.

Klar, was denkst du denn? Ich muss mir ja irgendwie die Zeit vertreiben.

»Du hättest dich wenigstens bemerkbar machen können.« Rebecca war ein bisschen beleidigt.

Ach, ich wollte dich nicht stören. Du hast im Moment so viel um die Ohren.

»So ein Blödsinn. Ich würde mich freuen, wenn du mich wieder öfter besuchst. Ich hab mir schon Sorgen gemacht.«

Du würdest dich wundern, wie oft ich da bin. Jenny kicherte. *Ich mag euer Institut. Hier habe ich schon ein paar … aufschlussreiche Dinge gesehen und gehört.*

Rebecca fragte sich, was Jenny damit meinte.

»Heißt das, du beobachtest mich … uns öfter?«

Klar, ich weiß zum Beispiel, dass Phil sich neulich in der Umkleide mit Tom über dich unterhalten hat.

Rebecca war viel zu überrascht, um zu fragen, was Jenny in der Jungs-Umkleide verloren hatte. Sie starrte Jenny an. Schließlich siegte ihre Neugier.

»Was haben sie gesagt?«

Jenny grinste. *Phil möchte gerne … mehr, wenn du verstehst, was ich meine.*

Rebecca wurde rot. Madam Fairweathers Büro war beim besten Willen nicht der richtige Ort für eine solche Unterhaltung.

»Was geht dich das an?«

Ich finde, dass Phil nicht der Richtige für dich ist, sagte Jenny.

»Warum?«, fragte Rebecca erstaunt. »Ich meine, wie kommst du dazu, so was zu sagen?«

Er ist laaaaangweilig. Jenny simulierte ein Gähnen. *Und außerdem ist er ein Streber.*

»Ist er nicht! Phil ist total nett und ich … liebe ihn.«

Bist du dir sicher? Siehst du nicht, wie sehr der arme Andy deinetwegen leidet?

»Was hat denn Andy damit zu tun?«

Andy ist in dich verliebt, das sieht doch ein Blinder. Oder in meinem Fall ein … ähm, nichtmaterielles Wesen. Sehr in-

teressantes Buch übrigens. Aber du solltest dich mit dem Lesen beeilen, wenn du kein Donnerwetter erleben willst.

Rebecca konnte nicht glauben, was Jenny da gerade gesagt hatte.

»So ein Quatsch, du spinnst ja!«

Jenny winkte ihr zu und verschwand. Im selben Moment wurde Rebecca klar, dass sie die letzten Worte laut ausgesprochen hatte. Madam Fairweather hatte ihre Lesebrille abgenommen und musterte sie mit einem frostigen Blick.

»Miss Hamilton, was wollen Sie mir damit sagen?«

»Ich ... ich habe nicht Sie gemeint ...«

»Sondern?« Die Stimme der Mentorin war kalt und schneidend.

»Jennifer«, sagte Rebecca kleinlaut.

Madam Fairweather sah sie an, als sei sie ein besonders ekelerregendes Insekt.

»Jennifer«, wiederholte sie langsam, so als ließe sie jede Silbe auf der Zunge zergehen.

»Meine ... meine beste Freundin. Sie ist vor drei Jahren bei einem Reitunfall gestorben und sie ... besucht mich manchmal ...«

»Jetzt, in meinem Büro.« Madam Fairweather kräuselte die Lippen.

»Ja ... Hätte ich ... sie wegschicken sollen?«

Madame Fairweather ging nicht auf Rebeccas Frage ein. »Sie scheinen sich ja sehr für das zu interessieren, was Ihnen hier beigebracht wird.« Die Ironie war nicht zu überhören.

»Es tut mir leid.« Rebecca war so mit den Nerven fertig, dass ihr die Tränen in die Augen stiegen. »Auch, dass ich heute Morgen in Ihrem Unterricht gelesen habe. Es kommt nicht wieder vor, Ehrenwort. Es ist nur so, dass mich die

Sache mit Josie Bennett ziemlich beschäftigt. Wir sind oft in dem Café, in dem sie gearbeitet hat. Meine Freunde und ich ... wir haben uns schon überlegt, ob wir ... ob wir mithilfe unserer Fähigkeiten vielleicht etwas herausfinden können. Ich dachte, ich könnte versuchen, mit Josie zu sprechen.«

Während die Worte aus ihr heraussprudelten, verengten sich die Augen der Mentorin zu schmalen Schlitzen. Rebecca verstummte. Es war zwecklos. Wahrscheinlich würde sie nun eine ganze Woche lang jeden Abend nachsitzen müssen.

Madam Fairweather erhob sich und trat an Rebeccas Tisch. Sie musterte sie prüfend. Rebecca wünschte sich, sich in Luft auflösen zu können wie Jennifer. Doch zu ihrer großen Überraschung verschwand die Falte zwischen den Augenbrauen und der Gesichtsausdruck der Lehrerin wirkte plötzlich entspannter.

»Glauben Sie denn, dass Ihnen das gelingen wird?«

Rebecca schluckte. »Ich ... ich denke schon.«

Madam Fairweather verschränkte die Arme.

»Gut, dann versuchen wir es«, sagte sie.

Laura, Jeff und Andy saßen an einem kleinen Tisch in *Bill's Corner* und teilten sich eine Riesenpizza. Bill hatte ihnen erzählt, dass er am Vormittag zwei Stunden lang von der Polizei verhört worden war.

»Die Bullen denken, ich könnte Josie umgebracht haben. Das ist so was von hirnrissig!«

»Ich finde, Bill wirkt ziemlich mitgenommen«, meinte Laura, als sich Bill um die anderen Gäste kümmerte.

»Wen würde so eine Sache nicht mitnehmen?«, gab Andy zu bedenken.

Laura beugte sich vor und flüsterte: »Oder was glaubt ihr?

Könnte Bill etwas mit dem Mord zu tun haben? Das würde erklären, warum die Tür abgeschlossen war …«

»Und sein Motiv?«, fragte Andy.

»Vielleicht eine Beziehungstat«, überlegte Jeff laut. »Bill war in Josie verliebt und sie hat ihn abgewiesen.«

Laura sah ihn an, als käme er vom Mars. »Das ist doch nicht dein Ernst.« Sie blickte sich über die Schulter nach Bill um, doch der befand sich ganz am anderen Ende des Raumes. »Jede Wette, dass Bill schwul ist!«, teilte sie den anderen im Flüsterton mit.

Jeff zog die Augenbrauen hoch. »Oh. Ein ganz neuer Aspekt. Wie kommst du darauf?«

Laura blieb eine Antwort erspart, denn Bill kam wieder an ihren Tisch.

»Ich mache mir große Sorgen«, sagte er. »Durch den Stromausfall sind die meisten Vorräte verdorben, ich musste alles ersetzen. Ich weiß gar nicht, wie ich das finanziell auf die Reihe kriege. Außerdem fehlt mir Personal. Jetzt hat auch noch Sarah gekündigt.« Er blickte in die Runde. »Ich brauche so schnell wie möglich Ersatz. Falls ihr jemanden wisst, gebt mir Bescheid.«

Laura versuchte noch einmal, das Thema Josie anzuschneiden: »Ist dir denn in den letzten Wochen nichts an ihr aufgefallen? War sie irgendwie anders als sonst?«

Bill schüttelte den Kopf. »Nicht wirklich. Sie war vielleicht in letzter Zeit etwas unkonzentriert. Hat öfter mal eine Bestellung vergessen und kam auch manchmal zu spät. Mir hat sie nur gesagt, dass sie Geldprobleme hat. – Ja, ich komme gleich«, signalisierte Bill einem Gast, der sich bemerkbar gemacht hatte. »Wenn ihr mich jetzt entschuldigt, die Arbeit ruft.«

Trotz der Schlagzeilen über Josies mysteriösen Tod war der Laden gut gefüllt. Bill und die Kellnerin Melanie hatten alle Hände voll zu tun. Laura fragte sich, ob die Leute vielleicht aus Sensationslust hierherkamen. Sie kaute nachdenklich auf einem Stück Pizza herum, das inzwischen ziemlich kalt geworden war.

Schließlich brach Andy das Schweigen. »Ich glaube, heute kommen wir nicht mehr weiter, was Josie angeht. Außerdem müssen wir bald ins Institut zurück.«

Es war zwanzig nach acht. Normalerweise durften sie unter der Woche bis zehn Uhr abends wegbleiben, aber für die zwei Monate, in denen das Intensivtraining stattfand, hatte Professor Rutherford diese Regelung geändert. Spätestens um neun mussten sie sich bei Alan Cutter zurückmelden.

»Ihr braucht eure Kraft für das Training«, hatte Rutherford gesagt. Er war auch nicht bereit gewesen, ihnen eine Sondergenehmigung zu erteilen.

Laura stand auf. »Ich gehe mal zur Toilette«, sagte sie und zwinkerte den beiden Jungs verschwörerisch zu.

Und sehe mich dabei ein bisschen um.

»Sei vorsichtig«, sagte Jeff leise.

»Klar.« Laura nickte.

Bei dem Betrieb, der im Moment herrschte, war die Gefahr, dass Laura beim Schnüffeln erwischt wurde, eher gering. Im Notfall konnten die Jungs ja Bill ablenken. Laura ging in Richtung Toiletten und blickte sich kurz um, um sich zu vergewissern, dass niemand auf sie achtete. Dann bog sie links ab. Sie schlich an der Küche vorbei, in der der Koch gerade Fleisch anbriet, während sein Gehilfe Gemüse klein schnitt. Die Tür zu Bills Büro stand offen und Laura konnte Manolo pfeifen hören. Neben der Vorratskammer führte eine kleine Treppe in den Keller. Diese Treppe war ihr letzte Woche gar nicht aufgefallen – wahrscheinlich vor lauter Aufregung. Laura sah sich noch einmal um, bevor sie die Treppe hinabstieg. Links und rechts auf den Stufen lagen Schachteln und anderes Gerümpel, sodass nur ein schmaler Durchgang frei blieb. Als sie unten angekommen war, ertastete ihre Hand einen Lichtschalter. Eine Neonröhre flammte auf und erhellte den Gang vor ihr. Rechts befand sich ein Abstellraum und links ein weiterer Vorratsraum, in dem Weinflaschen und jede Menge Kartoffeln lagerten. Weiter vorne war ein Heizungsraum, auch uninteressant ... Am Ende des Ganges stieß Laura auf eine Tür, die offenbar in den Keller des Nachbargebäudes führte.

»Bingo«, murmelte Laura. Es gab also doch noch einen weiteren Zugang. Doch als sie die Klinke herunterdrückte, stellte sie fest, dass die Tür abgeschlossen war. Lauras Blick fiel auf ihre Finger, die auf einmal ganz schmutzig waren.

»Mist ...«

Natürlich war die Polizei auch hier unten gewesen. An ihren Händen klebten Reste des Grafitpulvers, das die Spurensicherung verwendet hatte, um Fingerabdrücke abzunehmen. Laura wischte sich die Finger an ihrer Jeans ab. Die Beamten hatten also auch den Keller gründlich unter die Lupe genommen. Das war ja eigentlich klar. Zwecklos, hier unten nach weiteren Spuren zu suchen ...

Laura beschloss, wieder nach oben zu gehen. Sie knipste das Licht aus. Auf der Treppe kam ihr plötzlich eine Idee. Wenn die Tat geplant gewesen war, hatte der Mörder Josie höchstwahrscheinlich gekannt. Und vielleicht gab es dann in ihrer Wohnung einen Hinweis auf ihn. Sie musste Josies Adresse herausfinden!

Laura duckte sich an der Küche vorbei, huschte in Bills Büro und lehnte die Tür an.

»Hey, Süße!«, rief Manolo und tänzelte auf seiner Stange hin und her.

Doch Laura hatte jetzt keine Zeit für den Vogel. Glücklicherweise schien Bill jemand zu sein, der Ordnung schätzte. In einem Regal standen mehrere Ordner, die alle sorgfältig beschriftet waren: Rechnungen, Versicherungen, Steuern. Laura ging die Ordner der Reihe nach durch und fand schließlich, wonach sie gesucht hatte: einen grünen Ordner mit der Aufschrift *Personal.* Sie zog ihn heraus und fing an, die Seiten durchzublättern. Ganz oben befanden sich ein paar leere Bewerbungsformulare, darunter die ausgefüllten Bögen der Bediensteten, die momentan in *Bill's Corner* angestellt waren. Josies Personalbogen war auch dabei. Name, Adresse, Alter, alle Felder waren ordentlich ausgefüllt.

Laura nahm das Blatt heraus. Oben in der Ecke klebte ein Foto von Josie. Sie hatte darauf platinblonde Haare und lächelte freundlich in die Kamera. Und jetzt war sie tot. Laura lief ein Schauer über den Rücken. Plötzlich hörte sie Schritte.

»Mist!« Blitzschnell stellte sie den Ordner zurück ins Regal und schob den Zettel unter ihr T-Shirt. Die Tür ging auf und Bill stand vor ihr. Er schaute sie verdutzt an.

»Was machst du in meinem Büro?«

»Oh, äh … hi, Bill. Tut mir leid. Ich wollte nur Manolo Guten Tag sagen.« Sie hoffte, dass er ihre Nervosität nicht bemerkte.

Bill musterte sie schweigend.

Laura strahlte ihn an. »Als ich auf dem Klo war, habe ich Manolo pfeifen gehört. Ich dachte, er fühlt sich vielleicht einsam.«

Zu ihrer Erleichterung schien Bill die Geschichte zu glauben.

Er seufzte und hielt Manolo seinen Arm hin. Der Papagei flatterte zu ihm und knabberte an seinem Ohrläppchen.

»Ja, ich glaube, er fühlt sich tatsächlich etwas vernachlässigt. Ich werde nächste Woche mal ins Tierheim fahren und nach einer Gefährtin für ihn schauen.«

»Super Idee!«, rief Laura. Ihr fiel selbst auf, dass es ein wenig zu überschwänglich klang. »Ich meine nur … dann gibt es vielleicht bald kleine Manolos!«

Bill grinste. »Daran hab ich noch gar nicht gedacht.«

Laura schaute hektisch auf ihre Armbanduhr. »Schon so spät! Ich muss leider weg, Bill. Jeff und Andy warten bestimmt schon auf mich. Wenn wir zu spät kommen, gibt es Ärger. Also, mach's gut, bis bald!«

Bevor Bill etwas sagen konnte, war sie an ihm vorbeigerannt.

Jeff und Andy warteten bereits auf dem Parkplatz vor Lauras Auto.

»Wo warst du denn so lange?«, fragte Jeff.

»Ja, wir haben uns schon Sorgen gemacht«, meinte Andy.

Laura schloss das Auto auf und setzte sich hinters Steuer. »Bill hätte mich beinahe erwischt. Es war ganz schön knapp.«

»Hast du was rausgefunden?«, wollte Andy wissen.

Laura startete den Motor und fuhr auf die Straße. »Leider nicht viel. Ich dachte erst, dass der Mörder durch den Kellerausgang geflohen ist, aber auf die Idee sind die Bullen auch schon gekommen.«

»Na klar, das sind ja keine Idioten.« Jeffs Stimme klang etwas genervt. »Und sonst?«

Als sie an einer Ampel hielten, zog Laura den Zettel unter ihrem T-Shirt hervor.

»Dafür habe ich das hier mitgehen lassen.« Sie hielt Jeff den Bogen hin.

Er warf einen kurzen Blick darauf und reichte ihn dann nach hinten zu Andy.

»Josies Bewerbung? Was sollen wir damit?«, fragte Andy.

»Da steht ihre Adresse drauf«, antwortete Laura.

»Ja, und?«

»Ich denke, wir sollten mal ihre Wohnung unter die Lupe nehmen.«

»Ach, und du glaubst, auf *die* Idee sind die Bullen noch nicht gekommen«, sagte Jeff.

Laura musste zugeben, dass er recht hatte.

»Trotzdem – vielleicht haben sie ja was übersehen«, beharrte sie. »Lass uns wenigstens mal zu der Adresse hinfahren.«

»Von mir aus.« Jeff seufzte. »Übrigens, du schuldest mir acht Dollar.«

Rebecca hatte ein mulmiges Gefühl, während sie zusah, wie Madam Fairweather mehrere weiße Kerzen auf den Tisch stellte. Die unerwartete Hilfe ihrer Mentorin verwirrte sie. Vielleicht war sie doch nicht so gemein …

Während Madam Fairweather die Vorbereitungen für eine Séance traf, spukten Rebecca noch immer Jennifers Worte im Kopf herum.

Andy ist in dich verliebt.

Sie hatte den Satz in Gedanken inzwischen unzählige Male wiederholt. War Andy tatsächlich in sie verliebt? Sie konnte es nicht recht glauben. Aber es würde zumindest erklären, warum er sich seit dem Frühjahr so von ihr zurückgezogen hatte. Genauer gesagt, seit sie mit Phil zusammen war …

Ach was, Jennifer hatte sie bestimmt nur ärgern wollen! Wahrscheinlich war sie eifersüchtig und erfand deswegen Dinge, die gar nicht zutrafen.

Es war sinnlos, sich jetzt den Kopf darüber zu zerbrechen. Rebecca brauchte ihre Kraft für die Sitzung.

Madam Fairweather hatte ihr eingeschärft, Josie nicht gleich auf die Umstände ihres Todes anzusprechen.

»Viele Geister reagieren empfindlich auf solche Fragen. Gerade, wenn sie gewaltsam umgekommen sind. Es kann sein, dass sie feindselig werden oder einfach verschwinden. Man muss ihr Vertrauen gewinnen.«

Vertrauen gewinnen … Rebecca fühlte sich schon überfordert, bevor die Sitzung überhaupt angefangen hatte.

»Keine Sorge, Miss Hamilton. Ich werde Sie unterstützen, so gut es geht. Aber da Sie Josie persönlich kannten, sollten lieber Sie mit ihr sprechen.«

Sie befanden sich in dem kleinen Konferenzraum neben Rutherfords Büro. Hier würden sie um diese Zeit niemanden stören.

Madam Fairweather platzierte eine Schale mit Räucherwerk in der Mitte des Tisches. »Weihrauch. Das ist zwar nicht unbedingt erforderlich, aber den meisten hilft es, sich zu entspannen. Eine positive Aura ist wichtig bei einer Séance.«

Während Madam Fairweather die Vorhänge zuzog, atmete Rebecca den Weihrauch ein. Sie mochte den Geruch. Er erinnerte sie an die Sonntage, an denen sie mit ihren Großeltern den Gottesdienst besucht hatte.

Rebecca merkte, wie sich ein Teil ihrer Anspannung löste. Sie lehnte sich in ihrem Stuhl zurück. Madam Fairweather hatte ihr gegenüber Platz genommen und die Augen geschlossen, die Unterarme locker auf den Tisch gelegt. Ihre Mimik war völlig unbewegt. Ihr Gesicht wirkte, als sei es in Stein gemeißelt.

»Versuchen Sie, sich von allen Gedanken zu befreien«, sagte sie zu Rebecca. »Atmen Sie ruhig und entspannt.« Ihre Stimme klang ungewöhnlich sanft.

Rebecca konzentrierte sich darauf, langsam ein- und auszuatmen.

»Nun stellen Sie sich Josephine Bennett vor.«

Rebecca schloss die Augen und versuchte, sich Josies Aussehen ins Gedächtnis zu rufen. Ein herzförmiges Gesicht, große blaue Augen mit langen Wimpern. Geschwungene Augenbrauen, eine Stupsnase, volle Lippen …

»Josie, wir brauchen deine Hilfe«, wisperte Rebecca.

Zuerst geschah nichts. Im Raum herrschte Totenstille. Als Rebecca die Augen öffnete, sah sie einen Lichtpunkt über das Flipchart in der Ecke tanzen.

»Josie, bist du da?«, fragte sie leise.

Keine Antwort. Rebecca fühlte sich allmählich etwas benebelt. Rauchschwaden zogen durch das Zimmer. Der Weihrauchduft wurde immer penetranter. Sie musste husten.

»Konzentrieren Sie sich«, flüsterte Madame Fairweather. Ihre Stimme schien aus einer anderen Welt zu kommen.

Rebecca machte die Augen wieder zu und versuchte es noch einmal. »Josie, bitte sprich mit mir.«

Plötzlich hörte sie ein Rascheln. Rebecca schlug die Augen auf. Madame Fairweather musste das Geräusch ebenfalls gehört haben, denn sie sah sich aufmerksam im Zimmer um.

Die Kerze, die rechts von Rebecca auf dem Tisch stand, begann zu flackern. Rebecca hielt den Atem an. Vor ihren

Augen fing die Luft an zu flimmern. Langsam konnte sie die Umrisse einer Gestalt erkennen. Es war eindeutig eine Frau, denn sie trug ein langes Kleid.

»Josie«, wiederholte Rebecca.

Die Gestalt wurde deutlicher. Jetzt konnte Rebecca auch ihr Gesicht sehen. Die Frau hatte große traurige Augen und eine Stupsnase. Josie …

Bis auf die Tatsache, dass ihre Füße mehrere Zentimeter über dem Boden schwebten, wirkte sie vollkommen real. Das Einzige, was Rebecca irritierte, war ihre Kleidung. Sie trug ein altertümliches Kleid, das aussah, als käme es aus einem Kostümverleih. Ihr langes Haar war zu einem Zopf geflochten. Sie hielt ein Bündel aus Lumpen im Arm.

»Ist sie das?«, fragte Madame Fairweather leise. Offensichtlich konnte sie den Geist auch sehen.

Rebecca nickte.

»Danke, dass Sie gekommen sind, Josephine. Rebecca möchte Ihnen gerne ein paar Fragen stellen.«

»Warum nennt ihr mich Josephine? Mein Name ist Adele!« Josie wirkte verstört.

Rebecca starrte den Geist an. War Josie durch ihren gewaltsamen Tod so durcheinander, dass sie sich nicht einmal mehr an ihren Namen erinnern konnte? Aber es war eindeutig Josie! Rebecca warf Madam Fairweather einen fragenden Blick zu. Die Mentorin nickte unmerklich.

Rebecca holte tief Luft. »Gut, Adele. Wie … wie geht es dir?«

Kaum hatte sie die Frage ausgesprochen, biss sich Rebecca auf die Lippen. Warum war ihr nichts Besseres eingefallen? Welchen Sinn hatte es, einen Geist zu fragen, wie es ihm ging?

Josie ließ den Kopf hängen. *»Wie soll es mir schon gehen? Sie haben mich verurteilt.«* Sie fing an zu weinen.

Verurteilt – Was hatte das zu bedeuten? War Josie eine Verbrecherin?

»Dabei bin ich doch unschuldig!«, schluchzte die Erscheinung.

Rebecca zögerte. »Was haben sie dir denn vorgeworfen?«, fragte sie schließlich.

Josie hob ruckartig den Kopf. *»Ich … ich habe es nicht getötet!«*, rief sie, beinahe hysterisch. *»Es war bereits tot! Bitte, ihr … ihr müsst mir glauben!«* Dabei presste sie ihr Bündel noch fester an sich.

Was war Josie nur zugestoßen, dass sie sich so benahm?

»Warum … warum hat er mir das angetan? Warum hat er mir nicht geholfen? Ich habe ihn doch geliebt!«

»Wen?«, fragte Rebecca.

»Laurence! Er hat mich im Stich gelassen …« Josies Stimme zitterte. *»Nur deshalb musste ich sterben … Ich habe in die Augen des Henkers gesehen. Er hatte so kalte, böse Augen …«*

Das klang nun wirklich mehr als bizarr.

»Du … du wurdest hingerichtet?«, fragte Rebecca ungläubig. »Aber das …«

Josie sah sie an, als zweifle sie an ihrem Verstand. Die Gestalt fing an zu verschwimmen.

Rebecca spürte, wie sich eine knochige Hand auf ihre eigene legte und zuckte zusammen. Madam Fairweather hatte sich über den Tisch gelehnt und signalisierte ihr, still zu sein.

»Adele, welches Jahr haben wir?«, fragte sie.

»1756«, antwortete Josie.

Rebecca sog die Luft ein. Offenbar war Josie verrückt geworden.

Da flog die Tür auf und Laura, Jeff und Andy standen im Zimmer. Augenblicklich verschwand Josie und alle Kerzen erloschen.

Es herrschte völlige Dunkelheit und für einen Moment sagte keiner ein Wort. Schließlich stand Madam Fairweather auf und knipste das Licht an.

»Sorry«, murmelte Laura betreten. »Wir haben Stimmen gehört. Du warst nicht in unserem Zimmer, Rebecca, und Madam Fairweathers Büro war abgeschlossen, deshalb ... tut mir wirklich leid.«

»Ja, wir hatten bestimmt nicht vor, Ihre ... Geisterbeschwörung zu stören, Madam«, sagte Jeff zerknirscht.

»Das hätten Sie sich überlegen sollen, bevor Sie hier hereingeplatzt sind«, sagte die Mentorin streng, während sie anfing, ihre Utensilien einzusammeln.

»Davon abgesehen war unsere Unterhaltung mit Josephine äußerst interessant. Ich habe schon von derartigen Fällen gehört, aber es noch nie selbst erlebt.«

Rebecca konnte ihr nicht ganz folgen.

»Wovon sprechen Sie?«, wollte sie wissen. »Ich meine ... ich bin mir ziemlich sicher, dass es Josie war – aber wie sie angezogen war und was sie gesagt hat ... sie hat doch nur wirres Zeug geredet!«

»Im Gegenteil«, sagte Madam Fairweather. »Sie war vollkommen klar. Und dass es Josephine Bennett war, ist nur bedingt richtig. Ich bin mir relativ sicher, dass es sich um eine frühere Inkarnation handelte.«

Die vier Freunde starrten sie mit offenem Mund an.

6

Rutherford ging unruhig auf und ab. »Sind Sie ganz sicher, dass es die richtige Person war?«, fragte er noch einmal.

Madam Fairweather schien langsam die Geduld zu verlieren. »Professor Rutherford, ich bin keine Anfängerin. Und soweit ich das beurteilen kann, hat Miss Hamilton ihre Fähigkeit sehr gut im Griff. Sie hat Miss Bennett eindeutig identifiziert.«

Rutherford strich sich nachdenklich übers Kinn. *»Reinkarnation«*, brummte er. »Es ist nicht einmal bewiesen, dass es so etwas gibt.«

Madam Fairweather lachte spöttisch. »Beweise! Sie sind durch und durch Wissenschaftler, nicht wahr? Ich frage mich, wie jemand wie Sie dazu gekommen ist, sich für die Grenzgebiete der Psychologie zu interessieren.«

»Glauben Sie mir, ich hatte meine Gründe«, entgegnete Rutherford kühl und setzte sich.

»Jedenfalls gibt uns das Ergebnis dieses … Gesprächs erst recht Rätsel auf«, schaltete sich nun Jasper van Baarle ein. Nachdem Rutherford von den Neuigkeiten erfahren hatte, hatte er seinen Assistenten eingeweiht.

Andy fand die ganze Sache ziemlich gruselig. Er hätte die Geschichte wahrscheinlich nicht geglaubt oder sie für eine Halluzination gehalten, wenn es nicht Rebecca gewesen wäre, die sie ihm erzählt hatte. Es klang viel zu abstrus, um wahr zu sein. Anstelle von Josie war der Geist einer jungen

Frau aus dem 18. Jahrhundert aufgetaucht, die von ihrem Liebhaber verlassen und wegen Kindesmord zum Tode verurteilt worden war ... So etwas kannte Andy nur aus Romanen. Und nun behauptete Madam Fairweather auch noch, dass dieser Geist eine frühere Inkarnation von Josie war ... Josie sollte also schon einmal gelebt haben. Andy erinnerte sich daran, dass er einmal von Reinkarnation gehört hatte – in einer dieser Talkshows, die seine Mutter ständig anschaute. Eine Frau hatte behauptet, dass der Geist ihres verstorbenen Mannes in ihrer Katze weiterlebte. Zugegeben, zwischen der Katze und dem Foto des Ehemannes hatte eine gewisse Ähnlichkeit bestanden: Beide waren außerordentlich fett. Andy und sein Bruder Steve hatten sich damals darüber lustig gemacht.

Aber was, wenn es gar nicht so abwegig war? Viele Leute hielten auch Hellsehen für Humbug, und Andy wusste aus eigener Erfahrung, dass es das nicht war. Schon oft hatte er von Ereignissen geträumt, die kurze Zeit später tatsächlich eingetreten waren. Allerdings hatte Andy keinen Einfluss auf die Träume. Er konnte keine Vorhersage bewusst herbeiführen. Laut Dr. Guillory waren seine hellseherischen Fähigkeiten »ähär durchschnittlisch«. Der Mentor hatte ihm geraten, seine Aufmerksamkeit verstärkt auf seine telepathischen Kräfte zu richten, denn da bestünde noch »erhäblisches Potenzial«. Aber so, wie es im Moment aussah, hatte Andy keine Chance, in Monsieur Guillorys Einzelunterricht aufgenommen zu werden. Bei der letzten Aufgabe, bei der es darum ging, die Objekte zu erkennen, die ihm ein Sender telepathisch mitteilte, hatte er kläglich versagt. Selbst Carl war es gelungen, die meisten Gegenstände richtig zu benennen. Andy hatte Angst, seine Kräfte könnten völlig schwinden.

»Es kann nicht schaden, wenn ihr euch mal anseht, wo Josie gelebt hat«, sagte Jasper jetzt. »Ich gehe zwar davon aus, dass die Wohnung versiegelt sein wird, aber ihr könnt euch zumindest mit der Umgebung vertraut machen. Das ist sicher hilfreich, falls wir uns für weitere Schritte entscheiden, bei denen eure Fähigkeiten eingesetzt werden könnten.« Er schaute dabei Laura an. »Vielleicht könnt ihr auch versuchen, über die Nachbarn etwas über Josie zu erfahren. Wenn ihr euch als Freunde von ihr ausgebt, erzählen sie euch vielleicht mehr als der Polizei. Ihr könnt herausfinden, wo Josie normalerweise eingekauft hat. Oder wie sie ihre Freizeit verbracht hat.«

»Ihr solltet aber aufpassen, dass ihr euch dabei nicht zu auffällig verhaltet«, warf Rutherford ein. »Wenn ihr zu viert dort auftaucht, wirkt es vielleicht etwas seltsam.«

»Das stimmt.« Jasper fuhr sich mit der Hand durch seine kurzen aschblonden Haare. »Es reicht, wenn zwei von euch hinfahren. Am besten die beiden Mädchen.«

»Aber das ist unfair«, protestierte Jeff. »Sie haben doch gesagt, dass ich mich sehr verbessert habe. Und meine Fähigkeit könnte hilfreich sein …«

»Ich halte Jaspers Vorschlag für sinnvoll«, sagte Rutherford. »Tut mir leid, Jeffrey. Das hat nichts mit deiner Leistung zu tun. Falls du vorhattest, mittels Telekinese in Josies Wohnung zu gelangen, muss ich dich ohnehin enttäuschen. Das wäre viel zu gefährlich, ihr könntet dabei gesehen werden. Für diesen Zweck ist wohl Lauras Fähigkeit geeigneter.«

»Genau, Laura könnte die Wohnung per *Out-of-body* auskundschaften«, sagte Jasper. »Das ist wesentlich unauffälliger.«

Laura nickte.

»Aber was soll das bringen?«, fragte Jeff. »Bei einem Astral-Trip kann sie keine Gegenstände anfassen. Was, wenn es in der Wohnung einen Hinweis auf den Mörder gibt und dieser irgendwo versteckt ist?« Man merkte Jeff deutlich an, wie sehr es ihn ärgerte, nicht dabei sein zu dürfen.

»Hugo hat gesagt, dass es durchaus möglich ist, in körperlosem Zustand Gegenstände zu bewegen«, widersprach Laura. »Es ist ziemlich schwierig und man muss seine Fähigkeit sehr gut im Griff haben, um das zu lernen. Aber ich bin zuversichtlich, dass ich bald Einzelunterricht bei ihm bekomme. Ich werde ihn bitten, es mir beizubringen.«

»Dann ist es vielleicht sinnvoll, auch ihn ins Vertrauen zu ziehen«, sagte Rutherford. »Mr Rosenfeld hat sich bislang nur positiv über dich geäußert, Laura. Er scheint große Stücke auf dich zu halten.«

Andy fühlte sich immer mehr wie ein Fremdkörper. Offensichtlich war er der Einzige der vier, dem es nicht gelungen war, seinen Mentor zu beeindrucken. Es dauerte zwar noch eine Woche bis zu den Einzelstunden, aber Andy war ziemlich pessimistisch. Monsieur Guillory schien ihn nicht sonderlich zu mögen. Der Franzose flößte ihm außerdem Unbehagen ein. Er wirkte undurchschaubar. Wenn er Andy aus seinen schwarzen Augen ansah, hatte er das Gefühl, als könne der Mann tief in seine Seele blicken. Und diese Vorstellung behagte ihm ganz und gar nicht. Carl fand, dass Guillory den Eindruck machte, als sei er ständig hungrig. »Bestimmt ist er ein Vampir! Wenn er das Blut von anderen *Paranormalen* trinkt, kann er deren Fertigkeiten in sich aufsaugen und bekommt mehr Lebenskraft. Und dann wird er irgendwann unbesiegbar.«

»Dir sind deine Horrorspiele wohl zu Kopf gestiegen«, hatte Andy gesagt.

Jetzt fragte er sich, ob seine Fertigkeit bei diesem Fall überhaupt zu etwas nutze war. Was sollte er eigentlich hier? Er kam sich völlig überflüssig vor.

Nachdem sie abgesprochen hatten, dass Laura und Rebecca am nächsten Tag zu Josies Wohnung fahren und anschließend Bericht erstatten sollten, verließ einer nach dem anderen Rutherfords Büro. Der Professor war damit beschäftigt, etwas in seinen Kalender zu schreiben, als er bemerkte, dass Andy sitzen geblieben war. Rutherford sah ihn fragend an.

»Ist noch etwas, Andrew?«

Andy räusperte sich. »Sir, ich frage mich, ob ich überhaupt in diese Gruppe gehöre. Ich kann mir einfach nicht vorstellen, dass ich … gut genug bin.«

»Wie kommst du darauf?«, fragte Rutherford verwundert.

»Na ja, Sie wissen doch, dass ich meine Träume nicht kontrollieren kann. Ich kann nicht in die Zukunft blicken, wann immer ich möchte. Und Monsieur Guillory hat mir keine allzu großen Hoffnungen auf Einzelunterricht gemacht. Ich glaube, er kann mich nicht leiden.«

Rutherford seufzte. »Andrew, ich glaube, du setzt dich viel zu sehr unter Druck. Ich kann mir nicht vorstellen, dass Dr. Guillory etwas gegen dich hat.«

Andy starrte auf seine Schuhe und sagte nichts.

Rutherford nahm seine Brille ab und beugte sich vor. »Kann es sein, dass dich noch etwas anderes bedrückt?«

Andy sah auf. »Was meinen Sie?«

Rutherford lächelte freundlich. »Es ist zwar schon eine Weile her, aber auch ich war mal siebzehn. Ich weiß, dass man in diesem Alter oft alle möglichen Sorgen hat, die nicht unbedingt mit der Schule zu tun haben. Streit mit den Eltern, Ärger mit Klassenkameraden … oder Liebeskummer.«

Das letzte Wort hörte sich ein wenig wie eine Frage an. Oder bildete Andy sich das nur ein? Das Büro kam ihm plötzlich unerträglich stickig vor.

»Du musst nicht darauf antworten«, sagte Rutherford. »Aber vielleicht hilft es dir, mit jemand anderem darüber zu sprechen. Du weißt, dass du jederzeit zu Dr. Morgenstern gehen kannst.«

Andy nickte genervt. Was würde die Psychotherapeutin schon sagen? Konnte sie seine Gedanken und Gefühle für Rebecca einfach wegtherapieren? Wohl kaum.

Andy stand auf. »Ich … ich denke, ich gehe dann mal. Danke für Ihre Zeit, Sir.«

»Nichts zu danken, Andrew. Und bitte versuch das Training etwas lockerer zu sehen. Es ist kein Wettbewerb, sondern ein Angebot an euch, eure Fähigkeiten zu verbessern. Du kannst von Dr. Guillory einiges lernen, selbst wenn du nicht zu denjenigen gehören solltest, denen er Zusatzunterricht gibt.«

»Ich werde mir Mühe geben«, sagte Andy und verließ Rutherfords Büro. Langsam hatte er das Gefühl, dass es niemanden auf der Welt gab, der ihn wirklich verstand. Nicht einmal er selbst.

7

Josies Haus lag ein ganzes Stück von Riverside entfernt. Laura saß hinter dem Steuer, während Rebecca versuchte, den Plan zu entziffern, den sie aus dem Internet-Routenplaner ausgedruckt hatten. Es war Samstagnachmittag. Im Radio lief eine Ballade von *Razorlight*, die Laura gedankenverloren mitsang.

»*What is love but the strangest of feelings?*
A sin you swallow for the rest of your life?
You've been looking for someone to believe in
To love you, until your eyes run dry.«

»Du fährst schon wieder viel zu schnell«, sagte Rebecca vorwurfsvoll.

Laura nahm den Fuß vom Gas. »Tut mir leid. Toller Song, oder?«

»Mhm. Phil hat sich das Album gekauft.«

»Er hat gar keinen schlechten Geschmack, dein Freund.« Laura zwinkerte ihr zu.

»Im Gegensatz zu dir beurteile ich Leute nicht nach ihrem Musikgeschmack«, antwortete Rebecca gereizt.

Laura sah überrascht zu ihr herüber. »Hey, ist alles in Ordnung?«

»Ja, ja.« Rebecca starrte geradeaus.

»Aber dich bedrückt doch etwas«, bohrte Laura nach. »Seit der Séance mit Madam Fairweather bist du irgendwie komisch. Ist dabei vielleicht etwas vorgefallen, was du uns nicht erzählt hast?«

»Nein … doch.«

Laura starrte sie an. »Hat Josie doch irgendwas über den Mörder gesagt?«

»Bitte achte auf die Straße. Nein, es hat gar nichts mit Josie zu tun. Aber vor der Séance ist Jenny aufgetaucht.«

»Ach, die lässt sich noch bei dir blicken? Ich dachte schon, die Ghostbusters hätten sie erwischt.«

»Sehr witzig. Jedenfalls hat Jenny behauptet … na ja, dass Andy … dass er in mich verliebt ist.«

Laura lächelte. »Und das wirft dich derart aus der Bahn?«

Rebecca wurde sauer. »Nein, aber ich frage mich eben, ob es stimmt oder ob sie mich nur ärgern wollte.«

»Hmm, ich könnte es mir schon vorstellen«, meinte Laura. »Vielleicht geht er dir deshalb aus dem Weg. Unglücklich verliebt zu sein ist nicht schön.«

Es war also nicht nur Rebecca aufgefallen, dass Andy ihre Gegenwart mied.

»Was soll ich denn machen? Ich kann ihn ja wohl schlecht darauf ansprechen.«

»Willst du, dass ich mit ihm rede?«

»Nein, auf gar keinen Fall!«, rief Rebecca entsetzt.

Laura seufzte. »Die eigentliche Frage ist doch: Würde sich für dich etwas ändern, wenn es wahr wäre?«

Rebecca zögerte. »Nein«, sagte sie dann. »Ich bin mit Phil zusammen. Aber Andy ist mein bester Freund, und ich wüsste gerne, was mit ihm los ist.«

»Dann musst du ihn schon fragen. Ich kann mir jedenfalls nicht vorstellen, dass er es dir von sich aus erzählt. Du kennst ihn doch …«

»Ja, ich weiß … Ach, Mist, warum muss das so kompliziert sein!«

»Liebe ist eben nicht einfach«, sagte Laura nachdenklich. »Ich wünsche mir auch, dass zwischen Jeff und mir alles wieder in Ordnung kommt …«

»Oh, wir müssen links fahren!«, rief Rebecca.

Beinahe hätten sie die Abzweigung verpasst. Nach ein paar Minuten ging die schmale Straße in einen nicht asphaltierten Feldweg über. Sie fuhren durch ein kleines Wäldchen und kamen an einem Baggersee vorbei. Kurz darauf erreichten sie eine heruntergekommene Siedlung. Zwischen ein paar halb zerfallenen Holzhäusern reihten sich Wohnwagen aneinander.

»Bist du sicher, dass wir hier richtig sind?«, fragte Laura zweifelnd. »Sieht ziemlich abgewrackt aus.«

»Das hier ist doch die Hazel Street.« Rebecca sah noch einmal auf ihren Plan. »Wir müssen ein Stück geradeaus und dann rechts in die Willow Street.«

Laura folgte ihren Anweisungen, und wenig später standen sie vor einem kleinen blauen Haus, das aussah, als würde es beim nächsten Windstoß weggeweht.

»Nummer siebzehn. Hier hat Josie also gewohnt.«

»Nicht gerade einladend«, bemerkte Laura. Als sie ausstiegen, schlug ihnen ein Schwall heißer Luft entgegen, sodass sie sofort zu schwitzen anfingen. Es roch unangenehm nach Müll, der in der Sonne verrottete. Überall schwirrten Insekten herum. In der Nähe machte jemand Barbecue.

Laura und Rebecca stiegen über eine morsche Holztreppe auf Josies Veranda. Wie befürchtet war die Haustür mit Klebeband versiegelt worden. Rebecca spähte durch ein kleines Fenster. Die Vorhänge waren zugezogen und durch den Spalt konnte sie nicht viel erkennen. Sie sah einen umgefallenen Stuhl und ein paar Gegenstände, die auf dem Boden lagen. Offenbar hatte die Polizei bereits alles durchsucht.

»Hey, was wollt ihr hier?«, rief jemand hinter ihnen.

Laura und Rebecca fuhren gleichzeitig herum. Aus einem der gegenüberliegenden Wohnwagen war ein Mann um die vierzig getreten, der sie argwöhnisch beäugte. Er hatte ein rotes Gesicht und längeres, fettiges Haar, das sich am Oberkopf lichtete. Seine Kleidung wirkte ungewaschen und in der rechten Hand hielt er eine Bierdose.

»Die kleine Schlampe wohnt hier nicht mehr. Der ha'm sie das Licht ausgeknipst.« Er spuckte auf den sandigen Boden.

Rebecca verzog angewidert das Gesicht. Der Mann kam näher und glotzte sie aus fiebrigen Augen an. Er roch nach Alkohol und Tabak.

»Also, was wollt ihr hier?«, wiederholte er, während er eine selbst gedrehte Zigarette aus seiner Hemdtasche fischte und sie sich in den Mundwinkel steckte. Rebecca konnte sehen, dass er dabei zitterte.

Sie war froh, dass Laura das Reden übernahm.

»Wir sind Freunde von Josie«, erklärte sie. »Wie Sie vielleicht mitbekommen haben, ist ihr Mörder immer noch auf freiem Fuß, und wir würden gerne wissen, ob Sie vor Josies Tod etwas Auffälliges beobachtet haben.«

»Freunde von Josie, soso«, sagte der Mann. Sein Mund verzog sich zu einem Grinsen, sodass seine gelben Zähne sichtbar wurden. »Seid ihr etwa auch welche von diesen … Satanisten?«

»Sehen wir etwa so aus?«, fragte Laura. »Sie wollen uns wohl nicht helfen. Komm, Rebecca, wir gehen.«

»Nicht so schnell, Schätzchen!«, rief der Mann. »Ich weiß genau, was eure Freundin für eine war! Die wollte doch sterben!«

Laura blieb stehen und sah ihn an. »Wie kommen Sie darauf?«

Der Mann spuckte auf den Boden. »Wie die rumgelaufen ist, ganz in Schwarz. Als hätte sie ein Rendezvous mit dem Leibhaftigen. Und ständig sind diese komischen Leute hier aufgetaucht, auch alles Teufelsanbeter. Das Mädel war nicht gerade wählerisch, wenn es um Männer ging.«

»Woher wissen Sie das?«, fragte Laura.

»Meine Frau hat sie manchmal beobachtet. Dauernd stand irgendeine andere Karre vor dem Haus und die Typen sind bis morgens geblieben. Hab auch gehört, dass die Schlampe auf Schläge stand.«

Er lachte hässlich und wurde von einem heftigen Hustenanfall geschüttelt. Laura warf Rebecca einen alarmierten Blick zu.

»Haben Sie das auch der Polizei erzählt?«, fragte sie.

Er spuckte wieder aus. »Die verdammten Bullen können mich mal!«

»Was wissen Sie noch über Josie?«

»Soll das 'n Verhör werden, Schätzchen? Sonst weiß ich gar nix. Mit mir hat das Miststück ja nicht geredet.«

Rebecca konnte sich nur zu gut vorstellen, warum.

Laura gab so schnell nicht auf. »Können wir dann vielleicht mit Ihrer Frau sprechen?«

Der Mann schüttelte den Kopf. Seine Augen wurden plötzlich wässrig. »Is' inner Klinik. Entzug …« Er holte ein schmutziges Taschentuch hervor und putzte sich geräuschvoll die Nase.

Die beiden Mädchen wechselten einen Blick.

»Aber wenn ihr mehr rausbekommen wollt, müsst ihr Clara Hendricks fragen«, fuhr er schließlich fort. »Die hing ständig mit Josie zusammen. Wohnt die Straße runter in dem gelben Wohnwagen, Nummer 38.« Er deutete mit dem Zeigefinger in die Richtung, dann drehte er sich um und ging wieder zu seinem eigenen Wohnwagen.

»Danke«, rief Laura ihm hinterher und zog Rebecca mit sich.

Als sie klopften, tat sich zunächst nichts. Sie befürchteten schon, der Mann habe sie angelogen. Erst beim zweiten Klopfen wurden im Inneren des Wohnwagens Stimmen laut. Kurz darauf ging die Tür auf. Eine junge Frau, etwa Anfang bis Mitte zwanzig, trat heraus. Ihre Haare waren gelblich blondiert und hatten einen zentimeterdicken dunklen Ansatz. Zu einer abgeschnittenen Jeans trug sie ein bauchfreies Top, das einen gepiercten Nabel sehen ließ.

»Wer seid ihr?«, fragte sie. Ihre Stimme hatte einen melodischen Klang und sie machte einen etwas abwesenden Eindruck.

»Wir sind Bekannte von Josie«, sagte Laura.

»Josie«, murmelte die Frau leise.

»Ach du meine Güte, die ist voll auf Drogen«, flüsterte Laura Rebecca zu. »Bist du Clara Hendricks?«, fragte sie dann.

Es dauerte einen Moment, bis die Frau reagierte. »Ja«, antwortete sie. »Tut mir leid, wie unhöflich von mir.« Sie kicherte. »Setzt euch doch, Freunde von Josie.« Sie wies lächelnd auf ein paar Campingstühle, die vor dem Wohnwagen standen.

Laura und Rebecca setzten sich zögernd, während Clara ihnen gegenüber Platz nahm.

»Ich bin Laura und das ist meine Freundin Rebecca«, sagte Laura. »Wir kennen … kannten Josie aus dem Café.«

»Josie«, sagte Clara und starrte auf ihre Füße. »Ich hab ihr oft gesagt, sie soll aufpassen. Aber sie wollte nicht auf mich hören.« Sie fing an zu schluchzen. »Sie war nicht vorsichtig und jetzt … ist es zu spät.«

Laura legte ihre Hand auf Claras Arm. »Was genau meinst du damit?«

»Ich meine ihre Freunde … männliche Freunde, wenn ihr versteht. Josie war viel zu leichtsinnig in der Hinsicht.« Sie wischte sich die Tränen aus dem Gesicht und setzte sich aufrecht hin.

»Der Typ, der ihr gegenüber wohnt, hat auch gesagt, dass sie … wechselnde Bekanntschaften hatte«, warf Rebecca ein.

»Ach, Butch, der alte Säufer!« Clara schlug ihre gebräunten Beine übereinander und zündete sich eine Zigarette an. Dann hielt sie Laura und Rebecca die Schachtel hin, doch die beiden lehnten ab.

»Er und seine Frau haben nichts Besseres zu tun, als Gerüchte in die Welt zu setzen«, sagte Clara. Sie stieß den Rauch ihrer Zigarette durch die Nase aus. »Aber es stimmt schon, dass Josie oft Typen mit nach Hause genommen hat. Sie hatte kein glückliches Händchen bei Männern … Ihr letzter Freund war besonders schlimm.«

Die beiden Mädchen sahen sich an.

»Was war denn mit ihm?«, wollte Laura wissen.

»Vincent.« Clara sprach den Namen verächtlich aus. »Er hat Josie wehgetan.«

»Hat er sie geschlagen?«

Clara nahm einen tiefen Zug. »Ja. Geschlagen … und gewürgt. Da stand er drauf.« Sie blies den Rauch in die Luft. Rebecca erinnerte sich mit Schaudern daran, dass die Gerichtsmedizin Würgemale an Josies Hals gefunden hatte.

»Glaubst du, dass er sie umgebracht haben könnte?«, fragte Laura.

Clara sah sie an. Ihre Augen wirkten matt und die Pupillen waren geweitet.

»Keine Ahnung. Der Kerl hatte echt komische Vorlieben. Und Josie hat das ihm zuliebe mitgemacht. Aber sie hat immer gesagt, dass er sie liebt. Sie wollte ihn sogar heiraten. Und dann hat er plötzlich mit ihr Schluss gemacht.«

»Wie sah er denn aus, dieser Vincent?«

»So'n Grufti eben. Schwarze lange Haare, schwarze Klamotten. Hatte 'nen Totenkopf auf seiner Karre.«

Laura stieß Rebecca in die Rippen. »Das ist der Typ, nach dem die Polizei sucht!«, zischte sie. »Der, der am Tatort gesehen wurde!«

»Warum hast du das nicht der Polizei erzählt?«, fragte Rebecca.

Clara drückte ihre Zigarette auf der Armlehne des Stuhls aus und warf die Kippe ins Gebüsch. »Die Bullen glauben mir doch sowieso nix. Mein Freund war schon ein paarmal im Knast. Ich bin froh, wenn die hier nicht aufkreuzen.«

»Weißt du, wie dieser Vincent mit Nachnamen heißt oder wo er wohnt?«

Clara schüttelte den Kopf. »Sorry.«

Laura hatte einen Kugelschreiber aus ihrer Handtasche geholt und notierte etwas auf einem Zettel.

»Das ist meine Handynummer.« Sie reichte Clara die Notiz. »Bitte ruf mich an, wenn dir noch was einfällt.«

Nach dem Gespräch gingen Laura und Rebecca wortlos zurück zum Auto. Eine kleine, zerrupft aussehende Katze sprang von der Motorhaube des Fords.

»Shit«, sagte Laura, während sie sich anschnallte. »Das hört sich alles nach einer ziemlich schmutzigen Geschichte an.«

»Glaubst du, dass es dieser Vincent war?«

»Ich weiß es nicht. Auf alle Fälle steht fest, dass Josie einige Geheimnisse hatte.«

8

Andy fröstelte. Es war bitterkalt. Langsam lief er durch den Wald. Er wusste, dass er auf dem richtigen Weg war, obwohl er noch nie hier gewesen war.

Am Himmel hing noch der Mond, eine sehr schmale Sichel, beinahe unsichtbar. Nebel stieg vom Boden auf. Außer Andy war niemand unterwegs.

Es war so still im Wald. Wie auf einem Friedhof.

Andy setzte einen Fuß vor den anderen. Er lief bergauf.

Plötzlich rief jemand seinen Namen. Andy erstarrte. Das war Rebeccas Stimme! Was machte sie hier, mitten in der Nacht?

»ANDY!« Sie klang verzweifelt.

Andy rannte los. Der Weg wurde immer steiler und steiniger. Je weiter Andy nach oben kam, desto kälter wurde es. Rechts und links ragten kahle Bäume empor. Das Atmen fiel ihm schwer, er schien nicht genug Luft zu bekommen. War er so weit oben?

Andy stolperte, rutschte aus und konnte sich gerade noch mit den Händen abfangen. Als er sich aufrichtete, stellte er fest, dass seine linke Handfläche blutete. Der Schmerz pochte in seiner Hand, als er weiter durch die schneidende Kälte lief. Sein Atem stieg in Wölkchen vor ihm auf.

»ANDY!« Da war wieder Rebeccas Stimme. »Hilf mir! Schnell!«

»Rebecca, wo bist du?«, wollte Andy rufen, aber seine Stimme gehorchte ihm nicht. Er versuchte es noch einmal. Wieder war sein Ruf viel zu leise. Sie hatte ihn bestimmt nicht gehört.

»Wo bist du?«, fragte er noch einmal. Diesmal war es eher ein Flüstern. Als wären seine Stimmbänder gefroren.

Plötzlich hörte der Weg auf. Vor ihm lag nur noch Gestrüpp. Keuchend rannte er durch das Dickicht. Der Nebel war nun so dicht, dass er nur wenige Meter weit sehen konnte. Der Aufstieg kam ihm vor wie eine Ewigkeit. Er spürte die spitzen Steine durch die Sohlen seiner Turnschuhe.

Andy blieb stehen und rang nach Luft. Er konnte Rebecca nicht mehr hören. Vielleicht war er doch in die falsche Richtung gelaufen.

Andy sah sich um. Der immer dichter werdende Nebel hüllte alles ein. Gerade als Andy umkehren wollte, wurde der Boden vor ihm wieder eben. Die Erde war lehmig und Andys Turnschuhe machten ein schmatzendes Geräusch. Als er genauer hinsah, konnte er Fußspuren erkennen. Sie mussten von Rebecca stammen. Aber da war noch ein zweites Paar. Sohlen von großen, schweren Stiefeln hatten sich tief in den Boden gepresst …

Plötzlich hörte er Rebeccas Stimme wieder. Sie klang jetzt ganz nah. Andy war auf einer Lichtung angelangt, weit und breit gab es weder Bäume noch Büsche – nur nackte, rohe Felsen. Und etwas weiter entfernt, im Nebel, stand Rebecca! Sie sah in seine Richtung und streckte dann abwehrend ihre Arme aus.

»Rebecca!« Seine Stimme war kaum mehr als ein Krächzen, als er auf sie zurannte.

Doch als er näher kam, erkannte er, dass Rebecca nicht ihn, sondern eine Gestalt anschaute, die vor ihr stand. Ihre Augen waren vor Angst geweitet.

Der große, kräftige Fremde trug eine schwarze Kutte – neben ihm wirkte Rebecca wie ein Zwerg. Etwas blitzte in seiner Hand auf. Eine Axt.

Rebeccas Lippen waren blau und zitterten. »N...n...nein, bitte nicht!«, schluchzte sie.

Keiner der beiden schien Andy zu bemerken. Jetzt wich Rebecca ein Stück zurück. Voller Entsetzen sah Andy, dass es nur ein paar Meter bis zum Abgrund waren. Sie machte noch einen Schritt nach hinten, ohne sich umzusehen.

»Rebecca, bleib stehen!«, wollte Andy rufen, doch aus seinem Mund kam kein einziger Ton.

Der Fremde hob die Axt.

Ohne nachzudenken, stürzte Andy auf die vermummte Gestalt zu. Der Fremde hielt mitten in der Bewegung inne und drehte den Kopf in Andys Richtung. Sein Gesicht war verhüllt, nur die Augen waren sichtbar. Noch nie hatte Andy so hasserfüllte Augen gesehen. Sie waren leuchtend gelb. Der Henker durchbohrte Andy mit seinem Blick. Dann wandte er sich blitzschnell wieder um und schwang sein Beil in Rebeccas Richtung.

Sie wich weiter zurück und die Waffe verfehlte sie nur knapp. Noch ein Schritt und sie würde abstürzen!

Der Henker holte noch einmal aus. Andy warf sich mit einem großen Sprung auf ihn. Doch seine Hände griffen ins Leere. Andy stürzte auf den Boden, völlig fassungslos, dass sich die Gestalt vor seinen Augen in Luft aufgelöst hatte.

Rebecca taumelte und verlor den Halt. Mit ihren glatten Sohlen rutschte sie hilflos über die feuchten Steine. Andy sah Todesangst in ihren Augen. Auf den Knien kroch er zu ihr hin und versuchte, ihre Hand festzuhalten, aber es war schon zu spät.

Rebecca stürzte in die Schlucht. Andy sah ihren Körper wie in Zeitlupe fallen. Ihr Schrei zerschnitt die Stille. Andy fühlte, wie etwas in ihm zerbrach. Dann hörte er nichts mehr. Kein Geräusch, kein dumpfer Aufprall. Totenstille.

Er lehnte sich vor und blickte in einen tiefen, dunklen Abgrund. Keine Spur mehr von Rebecca! Für einen Moment war Andy wie betäubt. Dann erst merkte er, dass er weinte.

»Rebecca ...«

Sein Gesicht war ganz nass. Sein ganzer Körper zitterte, als würde er geschüttelt.

»Mensch, Alter, wach auf!« Jemand rüttelte an seinen Schultern.

Andy fuhr hoch und blickte in Carls erschrockenes Gesicht.

Er stützte sich benommen auf die Bettkante. Erst langsam kam er zu sich. Durch das halb geöffnete Fenster konnte er Vogelgezwitscher hören. Draußen wurde es allmählich hell. Andy rieb sich die Augen.

»Meine Güte!« Carl ließ sich auf einen Stuhl fallen. »Du hast mir einen ganz schönen Schrecken eingejagt!«

»Was ... was hab ich denn gemacht?« Andys Herzschlag beruhigte sich wieder.

»Du hast geschrien. Und wie! Ich dachte, du wirst gefoltert oder so was.«

»Oh.«

»Und dann hast du angefangen, ›Rebecca‹ zu rufen.« Carl grinste. »Wusste gar nicht, dass du auf sie stehst.«

Andy schüttelte den Kopf. »Es war nur ... ein Albtraum.« Jedenfalls hoffte er, dass es ein Albtraum war – und nicht eine seiner Visionen.

Zweiter Teil
Zweiter Teil
September

1

Es wurde allmählich Herbst, und die Blätter der Bäume fingen an, sich zu verfärben. Tagsüber war es draußen noch warm, manchmal sogar richtig schwül. Für den heutigen Abend und die Nacht waren heftige Gewitter angekündigt und danach sollte es einen Temperatursturz geben.

Rebecca, Laura, Jeff und Andy saßen in der Sofaecke des Aufenthaltsraumes, während Carl und ein paar andere Jungs Dart spielten.

Seit die Mädchen die Wohnwagensiedlung aufgesucht hatten, war fast eine Woche vergangen, ohne dass sich etwas Neues ergeben hatte. Laura und Rebecca hatten den Eindruck, in einer Sackgasse zu stecken. Auch wenn Josies Freizeitaktivitäten mehr als dubios schienen und dieser Vincent höchst verdächtig war, fehlte ihnen einfach eine heiße Spur. Auch die Polizei schien im Dunkeln zu tappen, zumindest gab es in der Zeitung keinen weiteren Artikel über den Fall. Clara hatte sich bisher auch nicht gemeldet.

»Wir haben gar keine andere Wahl«, sagte Laura entschlossen. »Ich werde es spätestens morgen versuchen.«

»Bist du sicher?«, fragte Rebecca skeptisch.

Laura nickte. »Hugo ist der Meinung, dass ich gute Fortschritte mache. Bei der Übung gestern ist es mir gelungen, einen Briefbeschwerer mehrere Zentimeter über den Tisch zu schieben.«

»Ach, mehrere *Zentimeter.*« Jeff grinste. »Ich hätte nicht gedacht, dass du so schwach bist!«

Laura streckte ihm die Zunge heraus. »Im körperlosen Zustand natürlich, du Angeber! Außerdem solltest du nach deinem gestrigen Desaster lieber still sein.«

Rebecca konnte ihr nicht ganz folgen. »Was meinst du?«

Laura und Jeff wechselten einen Blick.

»Ach, komm, es ist doch lustig!«, meinte Laura schließlich.

Jeff seufzte. »Na gut. Wir sollten gestern in Mias Unterricht durch Gedankenkraft eine Kerze anzünden. Keinem ist es gelungen, aber dann kam Cutter rein, um den Müll auszuleeren – und irgendwie hab ich es wohl geschafft, seine Jacke in Brand zu setzen.«

»Was?«, rief Rebecca. »Ihm ist doch hoffentlich nichts passiert!«

»Nein, es waren nur ein paar kleine Flammen. Mia hatte das Feuer schnell unter Kontrolle. Aber ihr hättet sein Gesicht sehen sollen!«

Laura prustete los. »Ich hab doch schon immer gesagt, dass ihm der Kittel brennt!«

»Ich finde das gar nicht lustig.« Rebecca schüttelte den Kopf. »Du hättest ihn ernsthaft verletzen können.«

Jeff verdrehte die Augen. »Es war ja keine Absicht. Außerdem – wenn es einer verdient hat, dann Cutter. Wie der sich neulich aufgeführt hat, nur weil ich fünf Minuten zu spät kam …«

»Und Mia war offensichtlich beeindruckt«, fügte Laura hinzu.

Jeff lehnte sich triumphierend zurück. »Ich sage nur *Einzeltraining*!«

Heute waren die Ergebnisse der ersten beiden Wochen ausgewertet worden, und die Institutsleitung und die Mentoren hatten die Entscheidung getroffen, wer Einzelunterricht erhalten sollte. Rebecca war überrascht gewesen, als Madam Fairweather sie aufgerufen hatte, und wusste immer noch nicht, ob sie sich darüber freuen sollte. Auch Laura hatte es geschafft. Rebeccas Blick wanderte zu Andy, der niedergeschlagen wirkte. Bestimmt kam er sich ausgeschlossen vor.

»Hey, sei nicht traurig«, versuchte sie ihn aufzuheitern. »Du hast doch von Anfang an gesagt, dass dieser Guillory nicht besonders fair ist. Bestimmt kannst du dich auch ohne dieses Einzeltraining verbessern.«

Andy hob den Kopf. Rebecca sah, dass er dunkle Ringe unter den Augen hatte.

»Darum geht es nicht«, sagte er langsam. »Ich bin dabei. Monsieur Guillory hat mich heute sogar gelobt. Vielleicht hab ich ihm unrecht getan.« Es klang, als sei es ihm völlig gleichgültig.

»Das ist doch super!« Rebecca verstand nicht, warum Andy sich darüber nicht freute. Stattdessen sah er wirklich deprimiert aus.

Andy drehte den Kopf weg und sah aus dem Fenster. Der Wind wirbelte ein paar welke Blätter durch die Luft und es wurde langsam dunkel.

»He, was ist eigentlich los mit dir?«, fragte Rebecca.

»Nichts«, antwortete Andy knapp. »Ich kann nur in letzter Zeit nicht besonders gut schlafen, das ist alles.«

Rebecca glaubte ihm kein Wort. Dafür kannte sie ihn zu gut.

Laura räusperte sich. »Wollen wir jetzt vielleicht mal weiter über den Fall sprechen?«

Rebecca warf ihr einen Blick zu. »Du willst also heute eine OBE unternehmen? Rutherford hat doch gesagt, wir sollen lieber noch abwarten.«

»Abwarten, bis der Killer über alle Berge ist?«, fragte Laura. »Oder noch schlimmer – bis er wieder zuschlägt?«

»Und außerdem kann Rutherford es uns nicht verbieten«, sagte Jeff. »Er ist schließlich gar nicht da.«

Der Professor war übers Wochenende auf einer Konferenz.

»Er hat gesagt, dass wir uns an Jasper wenden sollen, wenn es etwas Wichtiges gibt«, entgegnete Rebecca, obwohl sie ahnte, dass ihre Einwände auf taube Ohren stoßen würden. Wenn Laura sich etwas in den Kopf gesetzt hatte, dann zog sie es normalerweise auch durch.

»Mal im Ernst, was soll denn schon passieren?«, wandte sich Jeff jetzt an Rebecca. »Im schlimmsten Fall findet Laura eben nichts, das uns weiterhilft. Aber dann haben wir es wenigstens versucht.«

Rebecca nagte an ihrer Unterlippe. Sie wollte vor den anderen nicht immer als Pessimistin dastehen, aber sie wollte auch nicht leichtsinnig sein. »Ihr wisst ganz genau, dass bei einer OBE auch einiges schiefgehen kann. Du hast wohl vergessen, was bei unserem letzten Fall passiert ist, Laura!« Sie erinnerte sich noch immer mit Grauen daran, wie damals eine Fremde Lauras Körper übernommen hatte.

Laura hingegen schien das Ganze inzwischen wesentlich lockerer zu sehen. »Ach, das ist doch ewig her. Außerdem stand ich damals etwas neben mir … emotional, meine ich. Das passiert mir bestimmt nicht noch mal!«

»Gut, aber dann will ich, dass wir alle dabei sind«, sagte Rebecca.

»Wie meinst du das?«, fragte Laura.

»Na ja, ich finde eben, dass wir auf dich aufpassen sollten, während du dich auf den Trip zu Josies Wohnung begibst. Dann können wir dich notfalls zurückholen.«

»Okay, okay«, lenkte Laura ein. »Ich habe nichts dagegen, wenn ihr auf meinen Körper aufpasst und verhindert, dass mir während der OBE eine Spinne übers Gesicht kriecht.« Sie grinste.

Sie beschlossen, sich am nächsten Tag nach dem Frühstück in Rebeccas und Lauras Zimmer zu treffen.

Rebecca wurde das Gefühl nicht los, dass Laura die OBE kaum erwarten konnte.

»Herein!«

Andy drückte die Klinke zu Dr. Morgensterns Büro herunter. Seine Hände waren eiskalt, und er merkte, dass seine Finger zitterten. Andy hatte lange mit sich gerungen, ob er überhaupt zu ihr gehen sollte, aber dann hatte er es einfach nicht mehr ausgehalten. Zum Glück war sie noch da, obwohl es Freitagnachmittag war.

Die Therapeutin saß an ihrem Schreibtisch hinter einem Stapel Akten. Als er eintrat, erhob sie sich und kam auf ihn zu.

»Hallo, Andrew. Was kann ich für dich tun?«

Sie hatte ein sympathisches Lächeln, das einem sofort das Gefühl gab, ihr vertrauen zu können. Dennoch zögerte Andy.

»Dr. Morgenstern, ich … ich weiß nicht, wo ich anfangen soll …«

»Setz dich doch.« Falls ihr seine Nervosität aufgefallen war, hatte sie offensichtlich beschlossen, darüber hinwegzusehen. Andy war ihr dankbar dafür. Er setzte sich auf das Sofa.

»Möchtest du etwas trinken? Ich habe leider nur Wasser da.«

»Gerne. Wasser ist in Ordnung.«

Dr. Morgenstern goss Wasser aus einer Karaffe in ein Glas und reichte es ihm. Sie nahm auf einem Stuhl gegenüber Platz.

»Also, warum bist du zu mir gekommen, Andrew?«

»Wie gesagt, es ist ... kompliziert.«

»Fang ruhig ganz von vorne an. Wir haben Zeit«, erwiderte Dr. Morgenstern.

Andy knetete nervös seine Finger. Es dauerte eine ganze Weile, bis er sich dazu durchringen konnte, ihr von seinem Traum zu erzählen. Er schilderte die düstere Umgebung, die bedrohliche Gestalt und seine Verzweiflung.

»Glauben Sie, es könnte mehr als ein Traum gewesen sein?«, fragte er. »Eine Vision zum Beispiel?«

Dr. Morgenstern sah ihn eine Weile nachdenklich an. »Für mich hört es sich eher nach einem Traum an«, sagte sie dann. »Ein ziemlich beängstigender Traum, zugegeben, aber es klingt nicht nach einer Vision.«

Andy atmete innerlich auf. »Ich war mir nicht ganz sicher. Zumindest hatte ich nicht die üblichen Symptome, die bei Visionen auftreten.«

»Keine Kopfschmerzen? Flimmern vor den Augen? Übelkeit?«

Andy schüttelte den Kopf.

»Gut. Auch das spricht dafür, dass es nur ein Traum war«, meinte Dr. Morgenstern. »Dennoch sollten wir herausfinden, was die Ursache dafür gewesen sein könnte. Immerhin hat er dich ziemlich mitgenommen. Um ihn richtig deuten zu können, müsste ich die genaueren Umstände kennen.«

»Was meinen Sie damit?«

»Wie ist das Verhältnis zwischen dir und Rebecca?«

Andy fühlte sich von der Frage überrumpelt, auch wenn sie im Grunde naheliegend war.

»Wir … wir sind nur gute Freunde.«

»Das klingt beinahe so, als ob du möchtest, dass sich das ändert.«

Peinlich berührt sah Andy zu Boden. Er wusste, dass es zum Job einer Psychotherapeutin gehörte, solchen Dingen auf den Grund zu gehen. Dennoch fiel es ihm schwer, darüber zu reden.

»Nein … ähm, also … wie Sie vielleicht wissen, ist Rebecca schon eine ganze Weile mit Phil zusammen.«

»Und das macht dir zu schaffen.« Es klang eher nach einer Feststellung als nach einer Frage.

Andy sagte nichts. Er spürte Dr. Morgensterns prüfenden Blick auf sich.

»Andrew, kann es sein, dass deine Gefühle für Rebecca über eine Freundschaft hinausgehen?«

Er wich ihrem Blick aus. Seine Gedanken überschlugen sich. Wieso ritt Dr. Morgenstern auf diesem Thema herum? Hatte Rutherford ihr von seinem Verdacht erzählt?

»Du musst nicht darauf antworten, wenn es dir unangenehm ist«, sagte die Therapeutin ruhig. »Aber ich fürchte, so kommen wir nicht weiter.« Sie lehnte sich in ihrem Sessel zurück und schlug die Beine übereinander. »Vermutlich weißt du bereits, dass ich als Therapeutin der Schweigepflicht unterliege, aber vielleicht hilft es dir, wenn ich dir noch einmal versichere, dass nichts, was du mir erzählst, diesen Raum verlassen wird.«

Andy trank einen Schluck Wasser und überlegte fieberhaft, was er sagen sollte, ohne sich zu blamieren. Warum war es so schwierig, seine Gefühle in Worte zu fassen? Auf dem Papier gelang ihm das mit Leichtigkeit, aber wenn es darum ging, das Gedachte laut auszusprechen, verließ ihn meistens der Mut.

»Ich … ich weiß selbst nicht so genau, wie das passiert ist«, begann er schließlich. »Ich habe früher nie darüber nachgedacht.« Er sah kurz auf und bemerkte, dass Dr. Morgenstern ihm aufmerksam zuhörte.

»Aber jetzt … jedes Mal, wenn ich Rebecca sehe, muss ich daran denken, was gewesen wäre, wenn … wenn ich letztes Jahr anstelle von Phil neben ihr unter dem Mistelzweig gestanden hätte.«

Jetzt war es heraus. Andy wusste nicht, ob er nun froh sein oder im Boden versinken sollte. Er hatte noch nie mit jemandem darüber gesprochen. Vielleicht war es ihm auch lange Zeit selbst nicht klar gewesen …

Dr. Morgenstern schrieb etwas in ein Notizbuch, dann wandte sie sich wieder Andy zu.

»Ich halte es für sehr wahrscheinlich, dass sich durch den Traum dein Unterbewusstsein zu Wort gemeldet hat.«

»Ich verstehe nicht ganz …«

»Du bist in Rebecca verliebt, aber sie hat schon einen Freund. Ich denke, dass in Rebeccas Sturz deine Angst zum Ausdruck kommt, sie ganz zu verlieren. Obwohl du versuchst, sie zu halten, entgleitet sie dir. Hast du denn das Gefühl, dass ihr euch voneinander entfernt habt?«

»Na ja … unsere Freundschaft ist nicht mehr so eng wie am Anfang, das stimmt schon.« Andy schluckte. »Vielleicht haben Sie ja recht. Aber was bedeutet dann der Henker in meinem Traum?«

Die Therapeutin notierte wieder etwas und machte ein nachdenkliches Gesicht.

»Nun, die schwarze Gestalt könnte ein Symbol für all das sein, was zwischen euch steht. Missverständnisse, enttäuschte Gefühle, deine unweigerliche Abneigung gegen Phil als deinen ›Rivalen‹, wenn ich es mal so nennen darf.«

»Und … und glauben Sie, dass man etwas dagegen tun kann? Ich möchte diesen Traum nicht noch einmal haben.«

»Das Wirkungsvollste wäre wahrscheinlich, du würdest mit Rebecca über deine Gefühle sprechen.«

Andy sah sie schockiert an. »Niemals!«

»Gut, ich sehe ein, dass dir das unter den gegebenen Umständen ziemlich schwerfallen dürfte. Aber es hilft dir nicht weiter, deinen Kummer in dich hineinzufressen. Das kann sonst zu schweren Depressionen führen.«

»Was raten Sie mir?«

»Ich würde vorschlagen, dass wir ab sofort einen regelmäßigen Termin ausmachen. Und du solltest dir unbedingt ein Ventil suchen. Etwas, wodurch du deine Gefühle besser verarbeiten kannst. Hast du irgendwelche Hobbys?«

Andy überlegte. »Ich lese sehr gerne. Aber ich weiß nicht, ob das ein richtiges Hobby ist. Früher habe ich auch oft selbst Gedichte geschrieben.« Er grinste verlegen.

»Das ist doch wunderbar!«, rief Dr. Morgenstern. »Warum fängst du nicht einfach wieder damit an?«

»Ich weiß nicht …«

»Versuche, deine Gefühle zu Papier zu bringen. Du musst es ja hinterher niemanden lesen lassen. Und wer weiß, vielleicht kommt sogar etwas ganz Unerwartetes dabei heraus.«

Sie lächelte ihm aufmunternd zu. Auch Andy zwang sich zu einem Lächeln. Dr. Morgenstern bemühte sich wirklich, ihm zu helfen. Und möglicherweise war es gar keine so schlechte Idee …

2

Laura lag auf dem Bett und versuchte, sich zu entspannen. Mit drei anderen Leuten in dem kleinen Zimmer war das gar nicht so einfach. Durch das offene Fenster hörte sie Grillen zirpen. Zwar war das angekündigte Gewitter bislang ausgeblieben, aber es war merklich kühler und auch ziemlich dunkel geworden. Nur Rebeccas Nachttischlampe brannte.

»Soll ich das Fenster lieber schließen?«, fragte Andy.

»Wir können das Licht auch ganz ausschalten«, schlug Jeff vor.

»Oder sollen wir etwas Musik anmachen?«, wollte Rebecca wissen. »Zur Entspannung.«

Laura seufzte. »Es würde mir schon sehr helfen, wenn ihr einfach mal eure Klappe halten würdet.«

Als sie Rebeccas Gesicht sah, merkte sie, dass das vielleicht etwas zu grob geklungen hatte. Ihre Freunde meinten es schließlich nur gut.

»Tut mir leid. Aber ich brauche einfach Ruhe, sonst klappt es garantiert nicht.«

Während die anderen sich auf Rebeccas Bett setzten, schloss Laura die Augen. Sie legte ihre Hände auf den Bauch und atmete tief ein und aus. Es war jetzt ganz still im Raum.

Nach ein paar Minuten fing Lauras Körper an zu kribbeln, als ob Millionen von Ameisen darüberlaufen würden. Wenig später setzten auch die Schwingungen ein, die Laura mittlerweile nur zu gut kannte. Sie konzentrierte sich ganz auf die

Vibrationen und spürte, wie sie stärker und stärker wurden.

Unmerklich wurde Laura leichter, schwerelos. Ihr feinstofflicher Körper löste sich von ihrem realen. Als sie die Augen aufschlug, stellte sie fest, dass sie bereits über den Köpfen der anderen schwebte, die noch immer auf Rebeccas Bett saßen und verkrampft auf den Boden starrten.

Diesmal war die OBE anders als sonst. Der Raum wirkte fast vollkommen real, ohne die verwaschenen Farben, die sie gewöhnt war.

Laura bewegte ihre feinstofflichen Arme, und ihr Astralkörper, der noch immer in der Waagerechten ruhte, schwebte mit den Füßen voran durch die Wand. Dann war Laura draußen auf dem dunklen Gang. Sie dachte sich weiter, glitt durch die Fensterfront, war im Freien. Unter ihr lag der Park. Laura stellte sich den Ort Riverside vor – und war sofort dort, unter sich *Bill's Corner*. Sie überlegte, in welcher Richtung die Wohnwagensiedlung gelegen hatte, und rief sich den Schauplatz ins Gedächtnis zurück.

Rasend schnell wie in einer Achterbahn glitt ihr Körper durch die Landschaft, wurde langsamer und schwebte schließlich auf der Stelle. Laura wusste, dass sie am Ziel war.

Im fahlen Licht des Morgens und von oben wirkte die Wohnwagensiedlung noch trostloser als bei ihrem ersten Besuch. Laura versuchte, sich zu orientieren. Da, links unter ihr stand der Wohnwagen, in dem Clara wohnte. Laura verfolgte den Weg zurück, den Rebecca und sie gegangen waren. Wenig später fand sie das schäbige kleine Haus, Willow Street Nummer 17. Die Tür war nach wie vor versiegelt.

Laura glitt mühelos durch das morsche Holz und fand sich in einem Wohn- und Schlafzimmer wieder, das genauso erbärmlich aussah, wie das Haus von außen vermuten ließ. Die Wände waren tapeziert mit Postern von Gothic-Bands und düster-kitschigen Zeichnungen. An den übrigen Stellen blätterte die Wandfarbe ab. Die Möbel waren bunt zusammengewürfelt. Die meisten sahen aus, als kämen sie vom Sperrmüll. Auf dem Boden stapelten sich CDs und zerfledderte Bücher. Die Pfosten von Josies Bett waren mit schwarzen Plastikrosen dekoriert. Links war ein Durchgang zu einer Kochnische und rechts befand sich ein winziges Badezimmer. Wo sollte sie bloß anfangen? Laura schwebte unschlüssig im Zimmer umher und entschied sich dann, das Regal unter die Lupe zu nehmen. Im untersten Fach standen einige Ordner, allerdings war keiner davon beschriftet. Laura streckte die Hand nach einer schwarzen Mappe aus. Ihre Finger berührten das Plastik. Hoffnungsvoll zog sie daran. Sie griff ins Leere.

Mist! Sie konzentrierte sich und erinnerte sich daran, was sie bei ihrem Mentor gelernt hatte. Beim zweiten Versuch klappte es. Langsam zog sie den Ordner aus dem Regal und schlug ihn auf. Jede Menge Fotos: Josie in einem schwarzen Kleid, an einem Baum lehnend. Josie auf einem Felsen, die Arme ausgebreitet wie ein schwarzer Engel. Eine Nahaufnahme von Josies Gesicht mit kunstvoll verwischtem Augen-Make-up. Sie sah darauf unglaublich traurig aus.

Laura blätterte weiter und fand ein Foto von Josie, das auf einem Friedhof aufgenommen worden war. Sie kauerte vor einem verwitterten Grabstein und hielt einen Strauß Rosen in den Händen. Laura musste schlucken. Offenbar hatte Josie wirklich eine Neigung zum Morbiden gehabt. War ihr das zum Verhängnis geworden?

Die Fotos sahen sehr professionell aus, aber Hinweise auf

den Fotografen gab es nicht. Ein paar davon zeigten Josie in Unterwäsche. Hatte vielleicht dieser Vincent die Bilder gemacht?

Etwas umständlich schob Laura die Mappe wieder zurück ins Regal und nahm eine andere heraus. Als sie sie aufschlug, flatterten ihr mehrere Blätter entgegen. Josie hatte sich offenbar nicht die Mühe gemacht, die Unterlagen ordentlich abzuheften, sondern sie einfach in die Mappe gestopft. Es waren nur Rechnungen: Strom, Telefon, ein Lieferschein von einem Gothic-Versandhandel.

Laura wollte den Ordner schon wieder zurückstellen, als ihr Blick auf einen Brief fiel. Es handelte sich um eine Mahnung über 1200 $. Laura sah sich den Absender an.

Zacharias White, Hypnose- und Rückführungstherapie.

Der geforderte Betrag war für vier Sitzungen. Laura pfiff durch die Zähne. Rückführungstherapie. Sie hatte den Begriff schon einmal irgendwo gehört, konnte sich aber nicht mehr genau erinnern.

Dahinter befanden sich noch mehr Mahnungen und die Aufforderung einer Bank an Josie, ihren Kredit abzubezahlen – ansonsten werde man rechtliche Schritte einleiten. Die Summe war beträchtlich. Bill hatte zwar erwähnt, dass Josie Geldprobleme gehabt hatte, aber offenbar hatte er keine Ahnung, wie hoch verschuldet sie tatsächlich gewesen war …

Plötzlich vernahm Laura ein Geräusch. Es kam von draußen. Stimmen! Vor lauter Schreck ließ sie die Mappe auf den Boden fallen. Sie hörte, wie das Siegel entfernt und ein Schlüssel ins Schloss gesteckt wurde. Laura zog sich an die Decke zurück, von der aus sie den Raum gut im Blick hatte. Zwei junge Polizisten betraten das Häuschen. Laura erkannte sie sofort – beide waren auch am Tatort gewesen. Die kleine, kräftige Polizistin war Officer Mae Zamora. An den Namen ihres Begleiters konnte sich Laura nicht erinnern. Beide schienen nicht sehr begeistert zu sein, dass sie hierherkommen mussten.

»Warum bewegt Rodgers nicht selbst seinen dicken Hintern hierher?«, schimpfte Zamora. »Würde ihm guttun.«

»Du weißt doch, er ist mit Wichtigerem beschäftigt. Und wir dürfen hier für ihn die Drecksarbeit erledigen. Ich hab ihm zwar gesagt, dass wir schon alles durchsucht haben, aber er ist überzeugt, dass wir bestimmt etwas übersehen haben.«

Sie fingen an, Josies Sachen zu durchwühlen. Lauras Blick fiel auf den Ordner, der am Boden lag, aber ihn jetzt wegzustellen war ausgeschlossen – ein scheinbar durch die Luft fliegender Ordner würde garantiert Aufmerksamkeit erregen. Davon abgesehen wusste sie auch nicht, ob es ihr überhaupt noch einmal gelingen würde, ihn anzufassen.

»Ich möchte gerne mal wissen, warum dieser Marshall nicht gleich die Wahrheit gesagt hat«, sagte der junge Mann. »Sein Alibi ist absolut wasserdicht. Er hätte uns eine Menge Arbeit erspart.«

Laura horchte auf. Sie redeten über Bill!

»Na, hör mal, Saunders«, entgegnete Zamora. »Würdest du etwa wollen, dass jeder erfährt, dass du dich nachts in Schwulenkneipen herumtreibst?«

»Bei mir besteht da Gott sei Dank keine Gefahr …«

Laura musste grinsen. Sie hatte also recht gehabt! Sie freute sich schon auf die ungläubigen Gesichter ihrer Freunde.

»Ich kann schon verstehen, dass er das nicht an die große Glocke hängen möchte«, fuhr die Polizistin fort, während sie den Inhalt einer Kommode inspizierte. »In so einem kleinen Ort wie Riverside gibt es eine Menge Idioten, die auf dumme Ideen kommen, wenn sie so was rauskriegen.« Sie nahm ein undefinierbares schwarzes Kleidungsstück heraus, betrachtete es eingehend und warf es dann achtlos zurück in die Schublade. »Hey, was ist das denn?«, rief sie plötzlich.

Laura fluchte unhörbar. Die Polizistin hatte den Ordner entdeckt!

Saunders war an Zamoras Seite getreten und die beiden sahen sich den Inhalt an. Als sie den Brief von der Bank fanden, wechselten sie einen vielsagenden Blick.

»Da ist uns wohl wirklich etwas entgangen«, sagte der junge Mann.

Zamora klappte den Ordner zu. »Hochinteressant. Wir nehmen das hier am besten mit.« Ihr Blick fiel auf den Schreibtisch. »Den Laptop auch. Vielleicht finden wir darauf noch mehr Hinweise zu ihrer finanziellen Situation.«

Sie packten den Laptop und den Ordner ein. Nachdem sie sich noch kurz in der Wohnung umgesehen und sonst offenbar nichts von Interesse entdeckt hatten, gingen sie wieder.

Laura hörte draußen ein Auto wegfahren und glitt von der Decke herab. Vielleicht gab es hier irgendwo noch einen Hinweis auf Vincent. Jetzt, wo sie schon einmal da war, durfte sie nichts außer Acht lassen.

Doch weder im Regal noch in einer der Schubladen fand sie einen Anhaltspunkt. Kein Foto, nichts. Vielleicht hatte Josie alles weggeworfen, was sie an ihn erinnerte. Laura hatte selbst damals sämtliche Briefe ihres Exfreundes Mark verbrannt, nachdem sie herausgefunden hatte, dass er sie betrogen hatte.

Laura ärgerte sich, dass sie nicht daran gedacht hatte, Josies Laptop zu untersuchen. Aber Hugo hatte ausdrücklich vor dem Gebrauch von elektronischen Geräten gewarnt. Berührte man sie im körperlosen Zustand, konnte das schwerwiegende Folgen haben, da sie die Schwingungsebene beeinflussten. Angeblich war es schon vorgekommen, dass es Leuten nicht mehr gelungen war, zu ihrem Körper zurückzufinden. Es war auf alle Fälle zu riskant, um es auszuprobieren.

Laura beschloss, zu ihren Freunden zurückzukehren.

Der Gedanke an ihren eigenen Körper genügte bereits. Laura wurde von einem Sog erfasst. Häuser und Bäume rasten an ihr vorbei. Kurz darauf fand sie sich in ihrem Bett wieder und schlug die Augen auf.

Sofort begannen die anderen drei auf sie einzureden.

»Hat es geklappt?«

»Was hast du rausgefunden?«

»Gibt es einen Hinweis auf Vincent?«

Laura setzte sich auf. Sie erzählte ihnen von ihrer Entdeckung und dem Auftauchen der beiden Polizisten.

»Dass Josie so hohe Schulden hatte, rückt die ganze Sache natürlich wieder in ein anderes Licht«, meinte Jeff, als sie fertig war. »Vielleicht hat sie keinen anderen Ausweg mehr gewusst, als sich umzubringen.«

Andy nickte. »Kann sein, dass sie einfach keinen Sinn mehr in ihrem Leben gesehen hat. Clara hat euch doch auch erzählt, dass sich ihr Freund vor Kurzem von ihr getrennt hat.«

Laura war nicht überzeugt. Sie schüttelte den Kopf. »Ich glaube trotzdem, dass noch mehr dahintersteckt. Diese Fotos ... irgendwas hat es damit auf sich ...«

»Am besten, wir fahren noch mal zu Clara und fragen sie«, schlug Rebecca vor.

»Hast du dir mal den Stundenplan für nächste Woche angeschaut?« Laura verdrehte die Augen. »Ich fürchte, wir werden kaum Zeit haben. Außerdem weiß ich nicht, ob es uns etwas bringt, diese Junkie-Braut noch mal zu besuchen.«

»Immerhin wusste sie von Vincent und seinen komischen Vorlieben«, meinte Rebecca. »Somit sind wir der Polizei einen Schritt voraus.«

»Das hat uns bisher herzlich wenig genützt«, stellte Jeff nüchtern fest. »Wir kennen weder seinen Nachnamen noch seine Adresse.«

Laura musste zugeben, dass er recht hatte. Plötzlich fiel ihr die Mahnung von Josies Therapeuten wieder ein.

»Sagt mal, wisst ihr, was Rückführungstherapie ist?«

Jeff und Andy verneinten.

»Rückführungs- oder Reinkarnationstherapie bedeutet, dass man die Ursache für gegenwärtige Probleme in früheren Leben sucht«, antwortete Rebecca. »Madam Fairweather hat mir davon erzählt. Wie kommst du jetzt darauf?«

»Weil Josie offenbar so eine Therapie gemacht hat«, sagte Laura.

Rebecca sprang auf. »Und das sagst du uns erst jetzt?«

Die anderen sahen sie verständnislos an.

»Was hat denn so eine Therapie mit dem Fall zu tun?«, fragte Laura.

»Versteh ich jetzt auch nicht ganz«, brummte Jeff.

Rebecca schlug sich gegen die Stirn. »Meine Güte, seid ihr schwer von Begriff? Es hat *sehr viel* damit zu tun! Die Person, die bei der Séance erschienen ist, war Josie in einer *früheren Inkarnation*. Und sie hat davon gesprochen, dass sie hingerichtet worden ist!«

Laura, Jeff und Andy starrten sie mit offenem Mund an.

3

Stille tropft vom Himmel
In die kalte Nacht

Schwarze Bäume recken
Tote Arme in den Nebel

Rabenflügel schlagen
Die frostige Luft

Du stehst am Abgrund
Ich will dich halten

Doch die Schwärze verschluckt dich
Und mit dir

Mich.

Andy las das Gedicht noch einmal durch, dann loggte er sich ins Literaturforum ein. Vor fast zwei Jahren hatte er die Seite entdeckt und eine Zeit lang regelmäßig Gedichte unter dem Nickname *Nevermore* veröffentlicht. Er war jedoch schon seit einigen Monaten nicht mehr hier gewesen. Zum Glück erinnerte er sich noch an sein Passwort.

Nachdem er das Gedicht gepostet hatte, überflog er die übrigen Threads. Ein paar der Benutzernamen erkannte er wieder, aber es waren auch viele neue dazugekommen. Andy klickte ein paar Themen an, die interessant klangen. *Darksider* hatte eine Kurzgeschichte über einen Mann geschrieben, der sich in einen Apfel verwandelte und am Ende versehentlich von seiner Frau aufgegessen wurde. Ein neuer User namens *bluedragon14* hatte sich offenbar einen Spaß daraus gemacht, über die Werke der anderen Mitglieder herzuziehen und die Urheber zu beschimpfen. Daraufhin war er aus dem Forum verbannt worden.

Eine Überschrift sprang Andy sofort ins Auge. »Wo ist *PrincessOfRain*????«

Melody fragte nach dem Verbleib einer Userin, deren Namen Andy noch aus seiner Anfangszeit im Forum kannte. Sie hatte Gedichte und Kurzgeschichten geschrieben, die zwar großes Talent bewiesen, aber selbst ihm zu düster waren. Es ging darin um Verzweiflung und Todessehnsucht.

»Ich hoffe, sie hat sich nichts angetan!«, schrieb *Melody*.

»Zuzutrauen wäre es ihr, nach all dem depressiven Zeug, das sie hier gepostet hat«, bemerkte *Manson18* trocken.

Andy wurde neugierig. Er tippte »PrincessOfRain« in die Forensuche ein. Kurze Zeit später erschienen etliche Treffer, sämtliche Threads, in denen sie gepostet hatte. Andy klickte auf den Namen und ihre Userpage baute sich auf.

Das Bild eines Mädchens erschien auf dem Bildschirm. Das Foto war offensichtlich auf einem Friedhof aufgenommen worden, denn sie lehnte an einem Grabstein. Sie trug ein langes schwarzes Kleid mit Korsett, ihre Augen waren dunkel geschminkt. Auf ihre Wange hatte sie mit Kajal schwarze Tränen gemalt. Sie sah aus wie eine Mischung aus Märchenprinzessin und Teufelsanbeterin. Andy klickte eines der Bilder an, auf dem ihr Gesicht zu sehen war – und erschrak.

»Josie!«

Sie war es, eindeutig. Trotz der ungewohnten Kleidung und des Make-ups erkannte er ihr kindliches Gesicht mit den großen Augen sofort. Rechts neben den Fotos befanden sich ihre Blogs. Der letzte Eintrag stammte vom 28. August, dem Tag vor Josies Tod.

Mit klopfendem Herzen klickte Andy darauf.

Blog-Eintrag von PrincessOfRain
am 28. August

So fühlt es sich also an, wenn die Seele gefriert. Ich stehe morgens auf, gehe zur Arbeit, rede mit Menschen - doch tief in mir drin ist diese Traurigkeit. Eine vollkommene Hoffnungslosigkeit. Ich ertrage es nicht mehr. Ständig die schlimmen Träume, die immer realer werden. Gestern habe ich den Vermummten sogar vor dem Café gesehen. Oder habe ich mir das nur eingebildet? Z. weigert sich, mir zu helfen, solange ich nicht bezahle. Zum Glück bekomme ich in ein paar Tagen mein Gehalt und kann wieder zu ihm gehen.
Vince fehlt mir so sehr. Ich weiß ja, dass er es nicht immer leicht mit mir hatte, aber ich bin überzeugt, dass er mich noch liebt. Deshalb habe ich ihm gestern einen Brief geschrieben. Er hat mich heute angerufen und gesagt, dass wir reden sollten. Er vermisst mich auch. Vielleicht gibt es ja doch noch einen Funken Hoffnung?

4

DAILY REPORT

15. September

Josie Bennett: War es doch Selbstmord?

Die junge Frau war hoch verschuldet

von Helen Rutherford

Josephine Bennett († 20), die am 29. August tot an ihrem Arbeitsplatz, dem Café *Bill's Corner* in Riverside, aufgefunden wurde, war nach neuen Erkenntnissen hoch verschuldet. Bislang ging man davon aus, dass die junge Frau einem Gewaltverbrechen zum Opfer fiel. Die brutale Vorgehensweise und Zeichen eines vorangegangenen Kampfes legten dies nahe. Zudem wurde am Vorabend ein Verdächtiger in der Nähe des Tatorts gesehen. Diese Spur scheint jedoch ins Leere zu führen.

Die Polizei fand nun heraus, dass Josie Bennett einen Kredit über 35.000 Dollar aufgenommen hatte. Wofür sie eine solche Summe benötigte, ist bislang unbekannt. Bennett stammte aus ärmlichen Verhältnissen. Nach dem Tod ihrer alkoholkranken Mutter wohnte sie allein in deren Haus, das sich in einer Wohnwagensiedlung befindet. Durch ihren Job als Kellnerin verdiente sie gerade so viel, dass es zum Leben reichte. Es wurden etliche unbezahlte Rechnungen in ihrem Haus gefunden. Hat Josie Bennett über ihre Verhältnisse gelebt? Der Verbleib des Geldes konnte anhand der vorliegenden Unterlagen nicht vollständig geklärt werden. Es ist aber nicht auszuschließen, dass die junge Frau aufgrund ihrer Geldsorgen in den Suizid getrieben wurde. Die Ermittlungen dauern weiterhin an.

»Seht ihr, wie ich gesagt habe!« Jeff warf die Zeitung auf den Frühstückstisch, an dem bereits Rebecca und Laura saßen. Der Artikel über Josie war aufgeschlagen und die Mädchen beugten sich neugierig darüber.

»Man könnte fast meinen, du freust dich«, bemerkte Laura, nachdem sie den Bericht überflogen hatte.

Rebecca schlürfte nachdenklich ihren Kakao, während die beiden diskutierten. Laura war nach wie vor felsenfest davon überzeugt, dass es kein Selbstmord gewesen war.

»Schulden sind doch kein Grund, sich umzubringen«, behauptete sie und schüttete zwei Tütchen Zucker in ihren Kaffee.

»Für dich vielleicht, weil dein Papi alles bezahlt«, gab Jeff bissig zurück.

Rebecca seufzte. Dass Lauras Eltern viel Geld hatten, war ein ewiger Streitpunkt zwischen den beiden. Laura hatte sich über Geld noch nie Gedanken machen müssen. Wenn ihr etwas gefiel, dann kaufte sie es sich. Jeff hatte deswegen oft das Gefühl, Laura nichts bieten zu können. Rebecca fand, dass er ihr ein bisschen Unrecht tat. Laura war beim besten Willen keines von diesen Mädchen, die ihren Reichtum ständig heraushängen ließen.

»Immerhin hat die Polizei diese neue Erkenntnis dir zu verdanken«, meinte Jeff und lächelte. »Hättest du den Ordner mit den Rechnungen nicht fallen gelassen, hätten sie ihn wahrscheinlich gar nicht gefunden.«

»Ach, willst du damit sagen, dass ich schuld daran bin, wenn die Polizei jetzt die Ermittlungen einstellt?« Laura schob sich einen Löffel voll Cornflakes in den Mund.

»Nein, aber wer weiß?«, erwiderte Jeff. »Vielleicht haben wir auch einfach einen Fall gewittert, wo eigentlich keiner war.«

Rebecca räusperte sich. »Trotzdem möchte ich gerne wissen, was es mit dieser Reinkarnationsgeschichte auf sich hat. Ich habe mal im Internet recherchiert.« Sie hatte gestern Abend eineinhalb Stunden im Computerraum verbracht, bis Mr Li gesagt hatte, dass er jetzt abschließen würde. Außer ihr war nur noch Andy im Raum gewesen, der aber unbedingt noch etwas ausdrucken wollte und sich deswegen beinahe mit Mr Li gestritten hatte. Rebecca hatte den Ausgang des Gesprächs nicht mehr mitbekommen, weil sie hundemüde gewesen war. Doch selbst vorm Einschlafen hatten sich ihre Gedanken noch um das gedreht, was sie im Internet gelesen hatte.

Sie holte tief Luft. Laura und Jeff hatten aufgehört zu essen und sahen sie erwartungsvoll an.

»Rückführungstherapie ist unter Psychotherapeuten eher verpönt. Ich habe etliche Seiten gefunden, die sich kritisch damit auseinandersetzen.«

»Es gibt aber viele Leute, die auf diesen Kram reinfallen«, sagte Jeff. »Meine Mutter hat in ihrem Buchladen auch ständig mit abgedrehten Kunden zu tun, die an so was glauben.«

»Es gibt auch Leute, die glauben, dass Telekinese möglich ist«, gab Rebecca zurück. »Hältst du die auch für Spinner?«

Jeff öffnete den Mund, als wolle er etwas sagen, schwieg dann aber.

»Ich bin mir noch nicht ganz sicher, was ich davon halten soll.« Rebecca spielte gedankenverloren mit ihrer Serviette. »Jedenfalls werden bei einer Rückführung Traumata aufgedeckt, die in früheren Leben liegen. Man geht davon aus, dass die Seele *damals* durch tief greifende Einschnitte so schwer verletzt wurde, dass die Wunden auch in nachfolgenden Leben nicht heilen können. Meist äußert sich das in Form von Ängsten – man hat unbewusst Angst, dasselbe noch mal zu erleben.«

»Zum Beispiel, wenn man hingerichtet wurde.«

Alle drei fuhren herum. Sie hatten nicht bemerkt, dass Andy hinter sie getreten war. Er hielt einen Stapel Papier in der Hand und wirkte übermüdet.

»Ihr werdet nicht glauben, was ich gestern entdeckt habe. Es passt haargenau zu dem, was Rebecca gerade erzählt hat.« Andy setzte sich zu ihnen und berichtete von dem Literaturforum und Josies Blogs, die er entdeckt hatte. Er redete dabei so schnell, dass er sich ab und zu verhaspelte. Während er sprach, beobachtete Rebecca ihn von der Seite und fand, dass er krank aussah. Seine Augen waren gerötet und hatten einen fiebrigen Glanz.

»Die Fotos, die sie auf ihrer Userpage hat, scheinen identisch mit denen zu sein, die Laura in Josies Haus gefunden hat.« Er zeigte ihnen das Foto von Josie auf dem Friedhof.

»Ja, genau! Das war auch in dem Ordner!«, rief Laura. »Konntest du sehen, wer die Fotos gemacht hat?«

Andy schüttelte den Kopf. »Da stand nur ›hochgeladen von *PrincessOfRain*‹, also Josies Nickname. Aber seht euch mal die Blogs an.«

Gemeinsam lasen sie Josies Blog-Einträge, die Andy ausgedruckt hatte. Rebecca bemerkte, dass Andy die ganze Zeit nervös mit dem Fuß wippte.

»Willst du nichts essen?«, fragte sie besorgt und schob ihm den Obstteller hin, der kaum angerührt worden war.

Andy griff halbherzig nach einem Stück Melone, vergaß aber gleich darauf wieder, was er damit machen wollte, und legte es zurück.

»Über die Therapie steht da ja fast nichts«, stellte Rebecca enttäuscht fest.

»Aber sie spricht häufig von einem gewissen Z. und davon, dass sie sich die Besuche bei ihm eigentlich nicht leisten kann«, sagte Andy. Offenbar hatte er die Einträge aufs Genaueste studiert.

»Ja, hier steht was«, sagte Jeff. *»Ich weiß, dass Z. der Einzige ist, der mir helfen kann. Er hat gesagt, dass ich die Angst nur durch Konfrontation loswerden kann.«*

»Und hier.« Laura hatte irgendwoher einen Stift gezaubert und markierte die entsprechende Stelle.

»Das Ziel ist, die Ereignisse dem Leben zuzuordnen, in das sie gehören«, las sie vor. *»Stattdessen habe ich das Gefühl, dass alles miteinander verschmilzt. Z. meint, dass das am Anfang durchaus normal ist und ich mir keine Gedanken machen soll.«*

»Aber etwas Genaueres über diesen Z. steht nirgends«, sagte Jeff.

»Kannst du dich vielleicht noch an den Namen auf der Rechnung erinnern?«, wandte sich Andy an Laura.

Laura überlegte. »Z. … Hmm, ich weiß es nicht mehr genau. Zach? Nein, es war ein längerer Name, glaube ich.«

»Zachary vielleicht?«, überlegte Jeff.

»Ja, das kann sein. Der Nachname war Wright, wenn ich mich nicht irre.«

»Zachary Wright«, murmelte Andy. Er nahm Lauras Stift und notierte den Namen. »Wir können es ja mal in eine Suchmaschine eingeben.«

Plötzlich kam Rebecca ein Gedanke. Sie drehte sich ruckartig zu Laura um und stieß vor Aufregung beinahe ihre Tasse vom Tisch.

»Du meinst doch nicht etwa Zacharias White?«

Laura starrte sie an. »Doch! Genau das war der Name! Jetzt erinnere ich mich wieder. Aber woher weißt du ...?«

»Der Mann ist so was wie eine lokale Berühmtheit. Er hat mehrere Bücher über Rückführungstherapie veröffentlicht und hatte Ende der Neunzigerjahre sogar eine eigene Fernsehshow bei einem Regionalsender. Er hat seine Praxis in der Nähe von Syracuse und gilt anscheinend als *der* Experte für Reinkarnationstherapie in der Gegend. Die Preise sind astronomisch.«

»Du bist ja echt gut informiert«, bemerkte Jeff anerkennend.

»Ich habe einfach mal nachgeschaut, welche Möglichkeiten es hier im Umkreis gibt, wenn man so eine Therapie machen möchte.«

»Du denkst doch nicht etwa selbst darüber nach?«, fragte Laura misstrauisch.

»Nein, natürlich nicht«, antwortete Rebecca. »Aber wenn Josie tatsächlich bei Zacharias White in Behandlung war, sollten wir uns überlegen, wie wir an ihn rankommen.«

»Ich verstehe immer noch nicht, wie der Mord an Josie und diese seltsame Therapie zusammenhängen sollen«, meinte Jeff skeptisch.

»Das will ich ja herausfinden«, entgegnete Rebecca. »Vielleicht hat beides gar nichts miteinander zu tun, aber Josies Aussage, dass sie hingerichtet wurde, macht mich stutzig.«

»Diese vermummte Gestalt, von der sie schreibt, ist mehr als mysteriös«, sagte Laura. »Vielleicht hat Vincent sie verfolgt, bevor er sie getötet hat.«

»Na ja, ich weiß nicht«, meinte Andy. »Es steht nirgends, dass sie sich von Vincent bedroht fühlt.«

Laura ließ nicht locker. »Aber wir wissen doch, dass er sie geschlagen hat. Und wer weiß, was sonst noch …«

»Wissen wir das sicher?«, gab Jeff zu bedenken. »Die Einzige, die das sagt, ist diese Clara. Nicht sehr vertrauenswürdig, wenn ihr mich fragt. Josie hat doch geschrieben, dass sie das Gefühl hat, dass alles miteinander verschwimmt. Vielleicht konnte sie einfach nicht mehr zwischen Traum und Realität unterscheiden.«

Rebecca beobachtete, wie sich Andys Gesicht verdunkelte, doch er sagte nichts dazu.

Sie war enttäuscht. Es sah im Moment so aus, als kämen sie einfach nicht weiter.

In den nächsten Tagen hatten sie auch kaum Gelegenheit, sich mit dem Fall auseinanderzusetzen. Das Intensivtraining nahm sie derart in Anspruch, dass an weitere Schritte nicht zu denken war. Auch Professor Rutherford hielt es für sinnvoller, erst abzuwarten, was die Ermittlungen der Polizei ergaben. Wenn es wirklich Selbstmord gewesen war, wären ihre ganzen Anstrengungen umsonst.

»Diese Einträge klingen, als hätte Josephine schwere Depressionen gehabt. Und dass sie mit zwanzig Jahren schon so hoch verschuldet war, hat sicher dazu beigetragen«, sagte er.

Zu Rebeccas Verwunderung ging er auf die Reinkarnationstherapie kaum ein.

»Aus Verzweiflung tun Menschen oft alles Mögliche. Es ist schade, dass wir nicht mehr über Josies Vergangenheit wissen. Dass ihre Mutter Alkoholikerin war, hat sie sicherlich geprägt. Und nach alldem, was ihr herausgefunden habt, hatte Josie auch nicht gerade eine glückliche Beziehung. Diese Therapie war wohl ein Versuch, ihre emotionalen Probleme zu lösen, aber sie hätte besser daran getan, zu einem Psychotherapeuten zu gehen.«

»Sie halten also nichts von dieser Reinkarnationssache?«, wollte Rebecca wissen.

»Ich kenne mich nicht gut genug damit aus, um darüber urteilen zu können.« Rutherford ließ seinen Blick über die Ausdrucke gleiten, die die vier Freunde ihm mitgebracht hatten. »Ich kann mir schon vorstellen, dass es Menschen gibt, denen eine solche Behandlung hilft. Aber bei so massiven Problemen, wie Josephine sie hatte, bezweifle ich, dass eine Rückführung der richtige Weg ist.«

»Glauben Sie denn, dass Josie sich umgebracht hat?«, fragte Jeff direkt.

Rutherford seufzte. »Natürlich dürfen wir andere Möglichkeiten nicht aus den Augen verlieren. Aber ich hatte früher oft mit suizidgefährdeten Personen zu tun, und nach dem, was ich jetzt über Josephine weiß, halte ich es für durchaus möglich, ja.«

»Seltsam sind nur die Umstände«, warf Laura ein. »Wenn sie sich umbringen wollte, warum hat sie das im Café getan, und dann auf eine Art und Weise, bei der man zuerst an einen Mord denkt?«

»Das kann ich leider nicht beantworten.« Rutherford hob

entschuldigend die Hände. »Aber ihr solltet euch jetzt wirklich erst einmal auf euer Training konzentrieren. Es hat keinen Sinn, eure Zukunft aufs Spiel zu setzen wegen eines Falles, der vielleicht gar keiner ist.«

Notgedrungen mussten sie ihm zustimmen. Trotzdem ließ das Thema Rebecca keine Ruhe. Zwischen dem Training und den Einzelstunden bei Madam Fairweather nutzte sie jede freie Minute, um sich mit der Materie vertraut zu machen. Sie stellte zu ihrer Überraschung fest, dass die Institutsbibliothek eines von Zacharias Whites Büchern besaß: *Spuren der Vergangenheit: Spirituelle Reinkarnation und Rückführungstherapie*.

Rebecca war von der ersten Seite an gefesselt. Während die anderen im Aufenthaltsraum Billard spielten, vertiefte sie sich in den dicken Wälzer.

Madam Fairweather befürwortete Rebeccas Interesse, und bei einer ihrer Sitzungen sprachen sie mit einem Geist, der behauptete, die Reinkarnation von Thomas Jefferson zu sein. Er erzählte ihnen Details über die Unabhängigkeitserklärung, die Rebecca noch nie zuvor gehört hatte. Es gelang ihnen allerdings nicht, seine Aussagen zu überprüfen.

Rebecca versuchte auch, nochmals Kontakt zu Josie herzustellen, aber leider vergeblich. Vielleicht passte es Josie nicht, dass sich jemand für ihre Vergangenheit interessierte? Oft ertappte sich Rebecca dabei, wie sie sich ausmalte, wie es wäre, wenn sie selbst schon einmal gelebt hätte. Vielleicht war sie ja eine berühmte Persönlichkeit gewesen, zum Beispiel eine bedeutende Naturwissenschaftlerin?

Rebecca lächelte bei dem Gedanken. Und auch wenn sie es ihren Freunden gegenüber nicht zugegeben hätte, kam ihr die Vorstellung gar nicht mal so abwegig vor.

5

Etwa eine Woche nach ihrem Gespräch mit Rutherford erschien in der Zeitung ein Artikel, der alles auf den Kopf stellte. Es gab einen weiteren Todesfall, diesmal in Cloverville, einem Ort in der Nähe von Riverside. Ein junger Mann namens Tyler Rooney hatte sich auf dem Dachboden seiner Eltern erhängt.

»Der Auftakt zu einer mysteriösen Selbstmordserie?«, fragte der *Daily Report*. Obwohl die Todesumstände völlig anders waren als bei Josie und der Fall diesmal sofort als Selbstmord erkennbar war, gab es Parallelen. Beide waren etwa im gleichen Alter (Tyler Rooney war zweiundzwanzig gewesen), Anhänger der Gothic-Szene und hatten hohe Schulden. In dem Zeitungsartikel stand, dass die Polizei Rooneys Tagebuch gefunden hatte. Daraus ging hervor, dass er drogenabhängig war und eine Hypothek auf das Haus seiner Eltern aufgenommen hatte, ohne dass diese davon wussten. Freunde hatte er keine und die Sucht bestimmte sein Leben. Er hatte sich immer weiter in ein Netz aus Lügen verstrickt, und irgendwann war der Druck offenbar so groß geworden, dass er keinen anderen Ausweg mehr gesehen hatte, als sich das Leben zu nehmen.

»Wow, das ist echt heftig«, sagte Laura in der Mittagspause. »Dem Typen muss es wirklich schlecht gegangen sein.«

Jeff und sie saßen auf einer Parkbank hinter dem Institut und aßen Sandwiches. Mittlerweile war es deutlich kühler geworden, auch wenn es in der Sonne immer noch angenehm warm war. Der Wind wirbelte die ersten bunten Blätter durch die Luft.

»Eigenartig ist es schon, dass in so kurzer Zeit zwei Selbstmorde in unmittelbarer Nähe passieren«, meinte Jeff.

»Schon, aber findest du es nicht ein bisschen weit hergeholt, dass die Zeitung gleich von einer Selbstmord*serie* spricht?« Laura nahm einen Schluck aus ihrer Wasserflasche. »Es gibt keinerlei Hinweise darauf, dass beide Fälle zusammenhängen. Außerdem ist doch noch gar nicht geklärt, ob es bei Josie tatsächlich Selbstmord war.«

»Jetzt fängst du schon wieder davon an.«

»Ich gebe eben nicht so schnell auf.« Laura lächelte ihn an, und für einen kurzen Augenblick hatte Jeff das Gefühl, dass sie nicht den Fall meinte. Jetzt erst fiel ihm auf, dass sie zum ersten Mal seit Langem wirklich ungestört waren. Durch die ganze Aufregung um Josie und das anstrengende Training war es nie zu einem klärenden Gespräch gekommen.

»Was ist? Du sagst ja gar nichts mehr.« Laura warf die Verpackung ihres Sandwiches in den Mülleimer.

Jeff beschloss, ehrlich zu sein. »Ich habe gerade daran gedacht, dass wir ja eigentlich reden wollten … bevor das mit Josie passiert ist, meine ich.«

Laura wirkte überrascht. »Ja, das stimmt«, sagte sie langsam. »Wir sollten wirklich mal ein paar Dinge klarstellen.«

Jeff fühlte, wie ihn der Mut verließ. Was, wenn er sie falsch verstanden hatte? Wenn sie sich nur mit ihm hatte treffen wollen, um die Sache ein für alle Mal zu beenden?

»Ich weiß ja, dass ich Fehler gemacht habe«, sagte Laura. »Die Geschichte mit Mark …«

Mark war Lauras Exfreund und mit ihm hatten die ganzen Probleme eigentlich erst angefangen.

»Aber das ist jetzt schon ewig her«, fuhr Laura fort, »und ich finde, du solltest langsam wissen, dass du mir vertrauen kannst. Deine ständige Eifersucht war der Grund dafür, dass ich eine Auszeit wollte. An … an meinen Gefühlen für dich hat sich nichts geändert.«

Sie sahen sich an. Lauras Augen funkelten.

»Geht mir genauso«, sagte Jeff leise. Sein Herz fing an zu pochen, als sie näher zu ihm rückte.

»Falls wir es noch einmal versuchen, möchte ich, dass wir uns gegenseitig unsere Freiheiten lassen. Wenn ich mich mit einem anderen Jungen unterhalte, heißt das nicht gleich, dass ich mit ihm flirte.«

Jeff strich ihr eine Haarsträhne aus dem Gesicht. »Ich weiß … ich gelobe Besserung.« Er beugte sich vor, um sie zu küssen.

Genau in diesem Moment klingelte Lauras Handy.

»Ach, Mist!« Sie wühlte in ihrem Rucksack. Als sie das Handy endlich gefunden hatte, wusste Jeff, dass der Moment vorüber war. Frustriert lehnte er sich zurück. Laura warf ihm einen entschuldigenden Blick zu, während sie ans Telefon ging.

»Ja? … Oh, hi … WAS? … Okay, wann? … Ja, das passt … *Bill's Corner*. Gut, bis dann.«

Kaum war das Gespräch beendet, sprang Laura auf.

»Ich muss sofort weg. Kannst du mich bei Hugo entschuldigen?«

Jeff verstand nicht, was plötzlich in sie gefahren war.

»Warum, was ist denn passiert?«

»Das weiß ich selbst noch nicht so genau. Clara hat eben angerufen. Sie will mir etwas Wichtiges erzählen. Etwas, das mit Josie zu tun hat. Es hörte sich dringend an.«

»Komisch, dass es ihr erst *jetzt* eingefallen ist.« Jeff konnte seinen Ärger kaum verbergen.

Laura zuckte mit den Achseln. »Ja, stimmt, aber ich werde hoffentlich gleich wissen, warum es so wichtig ist.«

»Soll ich mitfahren?«

»Nein, sie wollte, dass ich alleine komme. Ich melde mich danach bei dir. Tut mir wirklich leid.«

Sie gab ihm einen Kuss auf die Wange und war schon unterwegs zu ihrem Auto.

Jeff seufzte. Er hatte keinen blassen Schimmer, was diese Clara wollte. Jedenfalls hatte sie ein ausgesprochen schlechtes Timing.

6

»Mistör Gibson, reißen Sie sisch gefälligst zusammen! Sonst schmeiße isch Sie raus.« Jean-Jacques Guillory stemmte die Hände in die Hüften und schaute Andy an.

»Entschuldigung. Ich habe Ihnen doch gesagt, dass ich darin nicht besonders gut bin.«

Es war kurz nach halb drei am Nachmittag. Andy hatte Kopfschmerzen. Er verstand immer noch nicht, warum Guillory ihn in seinen Einzelunterricht aufgenommen hatte. Die einzige Erklärung war, dass er ihn fertigmachen wollte. Schon seit Tagen quälte er ihn mit einer Übung zur Gedankenübertragung und bislang hatte Andy auf ganzer Linie versagt. Also warum verschwendete Monsieur Guillory freiwillig seine Zeit mit ihm, wenn er ihn so offensichtlich nicht leiden konnte?

Für Andy waren die Einzelstunden eine Tortur. Allein Guillorys Akzent ging ihm schrecklich auf die Nerven, auch wenn der Franzose *dafür* nichts konnte. Andy beobachtete, wie der Blick des Mentors auf die Uhr fiel und dann sehnsüchtig an der Schachtel Zigarillos hängen blieb, die auf dem Schreibtisch lag.

»Sie ... äh, Sie denken gerade daran, dass Sie jetzt gerne rauchen würden«, sagte Andy. Es war natürlich geraten.

»Sie dummer Junge!«, brauste Guillory auf. »Das hier ist kein Ratespiel! Konzentrieren Sie sich! Sonst muss ich Professor Rutherford wohl sagen, dass er sich leider in Ihnen getäuscht hat.« Er verschränkte die Arme vor der Brust.

Überrascht sah Andy auf. »Professor Rutherford?«

Guillory schnaubte verächtlich. »Glauben Sie etwa, es war meine Idee, Ihnen Einzeltraining zu geben? Ich weiß weitaus Sinnvolleres mit meiner Zeit anzufangen.«

Andy sah zu Boden. Professor Rutherford steckte also dahinter. Anscheinend hatte er sich dafür eingesetzt, dass Guillory ihm Einzelunterricht erteilte. Andy hatte sich bereits gedacht, dass es nicht mit seinem Talent zusammenhängen konnte – seine Leistungen waren in letzter Zeit gleichbleibend schlecht. Wahrscheinlich dachte Rutherford, dass er sich sonst seinen Freunden gegenüber minderwertig fühlen würde. Dabei empfand Andy das Eingreifen des Institutsleiters als eine noch größere Blamage als sein eigenes Versagen. Er spürte, dass er immer wütender wurde.

»Es tut mir sehr leid, dass ich Ihre Zeit in Anspruch genommen habe.« Andy stand auf. »Wenn es Sie beruhigt, mir haben die Stunden mindestens genauso wenig Spaß gemacht wie Ihnen.« Er ging zur Tür.

Guillory lief rot an. »Setzen Sie sich hin!«, polterte er.

Andy reagierte nicht. In wenigen Sätzen war der Mentor bei ihm und versperrte ihm den Weg.

»Ich dulde keine Respektlosigkeit«, sagte er mit gefährlich leiser Stimme. »Noch eine solche Entgleisung, und Sie werden sich wundern, wozu ich fähig bin.«

Er deutete auf den Stuhl und Andy nahm widerwillig Platz. Was hatte Rutherford sich dabei gedacht? Dieser Kerl war mit Abstand der unsympathischste Mensch, der Andy je begegnet war.

»Es freut mich, dass ich einen so großen Eindruck auf Sie gemacht habe.« Guillory setzte ein süffisantes Grinsen auf.

Nicht einmal Andys Gedanken waren vor ihm sicher!

Während der Mentor ihm gegenüber Platz nahm, bemühte sich Andy, an etwas Unverfängliches zu denken. Seine Kopfschmerzen waren mittlerweile kaum noch auszuhalten. Zum Glück war die Stunde bald vorbei. Er würde sich bei Dr. Crane gleich ein Aspirin holen.

»Versuchen wir es noch ein letztes Mal«, sagte Monsieur Guillory jetzt sachlich. »Ich sende einen Gedanken, und Sie versuchen, diesen aufzufangen. Bitte denken Sie diesmal daran, den Blickkontakt zu halten.«

Andy legte die Unterarme auf die Tischplatte und bemühte sich, Guillory in die Augen zu sehen. Aber alles, was er darin erkennen konnte, war Verachtung. Es war unmöglich, sich jetzt noch zu konzentrieren. Der Schmerz pochte in seinen Schläfen. Doch Guillory war erbarmungslos. Er fixierte Andy mit seinen kalten schwarzen Augen. Die Kopfschmerzen wurden immer stärker, und Andy hatte das Gefühl, sein Schädel würde jeden Moment zerplatzen.

Und plötzlich waren Guillorys Augen nicht mehr schwarz. Sie waren gelb, leuchtend gelb, und sie schienen vor Hass zu sprühen. Der Rest seines Gesichts lag im Schatten.

Um sie herum war es stockdunkel geworden und Andy fror. Er sah seinen eigenen Atem in kleinen Wölkchen aufsteigen. Sein Gegenüber atmete nicht. Er stand nur regungslos da. Dann hob er den Arm und Andy sah etwas aufblitzen. Ein großes Beil. Das war der Henker aus seinem Traum!

Jetzt erst hörte Andy, dass neben ihm jemand wimmerte. Er drehte sich um und erblickte Rebecca, die am Abgrund stand. Sie schien ihn nicht wahrzunehmen. Sie zitterte vor Angst. Der Henker holte aus und verfehlte Rebecca nur knapp. Sie wich zurück, taumelte, verlor den Halt und für den Bruchteil einer Sekunde sah sie Andy in die Augen. Er versuchte, sie festzuhalten. Zu spät! Rebecca fiel, sekundenlang, ihr Schrei gellte in seinen Ohren.

Andy brach zusammen. Um ihn herum war nur noch Dunkelheit, er wusste nicht mehr, wo oben und unten war …

Jemand rüttelte ihn.

»Mr Gibson!«

Andy schlug die Augen auf und fand sich in Guillorys Büro wieder. Er lag schwer atmend auf dem Boden, sein T-Shirt war schweißnass.

Guillory hatte sich über ihn gebeugt und wirkte blass.

»Mr Gibson, was ist passiert?«

Andy stöhnte und versuchte, sich aufzurichten. In seinem Kopf hämmerte immer noch der Schmerz und ihm war speiübel.

»Möchten Sie ein Glas Wasser?« Die Stimme des Mentors hatte ihre gewohnte Schärfe verloren, doch sie schien von weit weg zu kommen.

Andy schüttelte benommen den Kopf. Alles drehte sich. Auf allen vieren kroch er über den Boden und hielt sich an einem Stuhlbein fest. Dann übergab er sich in Guillorys Papierkorb.

Wo blieb Clara bloß? Sie war schon zehn Minuten zu spät. Laura trommelte ungeduldig auf den Tisch. Ein paar der anderen Gäste sahen irritiert zu ihr hinüber. Im Café war viel los. Aus den Lautsprechern dröhnte ein Song von *Black Rebel Motorcycle Club*.

»No one knows her name, but they see her youth and
use her.
She's feeling free and everything she sees is truth.«

Immer wieder blickte Laura zur Tür.

»She's seventeen, she's got everything she needs to lose.
Yeah yeah yeah oh no.«

Endlich, nach weiteren fünf Minuten, tauchte ein Mädchen auf, das sich suchend umsah. Laura erkannte erst auf den zweiten Blick, dass es tatsächlich Clara war. Im Vergleich zu ihrer letzten Begegnung war sie einigermaßen ordentlich gekleidet: Sie trug einen knielangen Rock und ein schlichtes olivgrünes T-Shirt. Einzig ihre schlecht gefärbten und verfilzten Haare trübten das Bild.

Als Laura ihr zuwinkte, kam sie an ihren Tisch. Sie begrüßte Laura und lächelte flüchtig. Dann entschuldigte sie sich für die Verspätung – sie hatte den Bus verpasst. Nachdem sie Getränke bestellt hatten, kam Laura sofort zum Punkt.

»Du wolltest mir was Wichtiges über Josie erzählen. Was ist es denn?«

Clara fuhr sich nervös mit der Hand durch die Haare. Laura stellte fest, dass ihre Fingernägel völlig abgekaut waren.

»Na ja … es geht nicht direkt um Josie … oder vielleicht doch … ich weiß es nicht.« Claras Augen waren matt und gerötet. Sie wirkte fahrig, sah sich immer wieder um, so als fühlte sie sich verfolgt.

Laura bemühte sich, nicht die Geduld zu verlieren, obwohl sie das Mädchen am liebsten geschüttelt und angeschrien hätte: *Jetzt spuck's schon aus!*

Clara dämpfte ihre Stimme. »Du hast doch bestimmt in der Zeitung von dem armen Tyler gelesen …«

Laura war verblüfft. »Tyler Rooney?«

Wusste Clara etwas über ihn?

»Ja. Die Sache ist die …« Clara blickte wieder kurz zur Tür, dann beugte sie sich vor und flüsterte: »Tyler und Josie haben sich gekannt.«

Laura verschluckte sich beinahe an ihrer Cola. »Wie bitte?«

»Ja, sie sind zusammen zur Schule gegangen. Als Teenies waren sie sogar zwei Wochen lang ein Paar.«

»Und wieso erzählst du mir das?«, fragte Laura.

»Weil Tyler und Josie eine Zeit lang ziemlich gut befreundet waren. Sie hingen mit denselben Leuten rum.«

»Gothics?«

»Ja. Eine richtige Clique. Haben sich oft auf Friedhöfen getroffen und über tiefsinnige Sachen geredet.« Clara rollte mit den Augen. »Als Josie dann Vincent kennengelernt hat, ging die Freundschaft mit Tyler in die Brüche. Vincent war extrem eifersüchtig, das war schon richtig krankhaft.«

»Wie lange ist das her?«

»Weiß ich nicht genau. Muss so Anfang des Jahres gewesen sein. Tyler ist daraufhin ziemlich abgerutscht.«

»Inwiefern?«

»Na ja, er hat sich alle möglichen Drogen reingepfiffen. Ein paarmal ist er bei mir und meinem Freund aufgekreuzt und wollte Stoff haben, obwohl er keinen Cent mehr in der Tasche hatte. Der Typ war echt fertig, ich hatte Angst, der krepiert gleich.«

Laura nagte an ihrer Unterlippe. »Es muss ihn schwer getroffen haben, dass Josie nichts mehr mit ihm zu tun haben wollte.«

»So war es ja gar nicht. Josie hätte sich auch weiterhin mit ihm getroffen, wenn Vincent es ihr nicht verboten hätte.«

»Verboten?«

»Ich sag ja, der hat nicht alle Tassen im Schrank. Einmal kam er eher von der Arbeit nach Hause, als Tyler gerade da war. Tyler wollte sich nur mit Josie unterhalten, aber Vincent ist völlig ausgetickt und auf ihn losgegangen. Er hat geschrien, wenn er jemals wieder in Josies Nähe kommt, dann bringt er ihn um.«

Laura war schockiert. »Das ist ja unfassbar. Ich kann gar nicht glauben, dass Josie das mit sich hat machen lassen.«

»Ja, das hab ich auch nie verstanden.« Clara kaute auf einer Haarsträhne herum. »Ich meine, er sah ja nicht schlecht aus – wenn man auf lange Haare bei Männern steht. Aber mir war er eine Spur zu unheimlich.«

Nach einer Weile fügte sie hinzu: »Vielleicht hat er Josie deswegen so gefallen. Sie hatte manchmal eine ziemlich schräge Fantasie.«

Bei diesem Stichwort fielen Laura die Bilder wieder ein. »Sag mal, weißt du, ob Vincent die Fotos von Josie gemacht hat? Die auf dem Friedhof zum Beispiel?«

»Ja, klar. Dadurch haben sie sich doch kennengelernt. Hab ich das nicht erzählt, als du mit deiner Freundin da warst?«

»Nein.«

»Hab ich wohl vergessen. Ich stand ein bisschen neben mir.« Sie grinste verlegen.

»Vincent hat öfter Fotos für so ein Grufti-Magazin gemacht. *Dark Dreams* oder so. Soweit ich weiß, hat er auch ein kleines Studio. Josie hat sich für das Magazin beworben und dadurch kamen sie in Kontakt. Sie hat mir vorgeschwärmt, wie toll er ist. Schon beim zweiten Treffen sind sie miteinander im Bett gelandet.«

»Danke, so genau wollte ich es gar nicht wissen.«

»Aber die Bilder sind echt klasse geworden«, fuhr Clara fort. »Auch wenn ich sonst nicht auf Düsterkitsch stehe. Hat Josie sie dir mal gezeigt oder wie kommst du darauf?«

»Ähm … ja, hat sie. Waren nicht schlecht.«

»Ja, Josie war wirklich sehr hübsch.« Clara kämpfte auf einmal mit den Tränen. »Vielleicht hätte sie es sogar geschafft, noch mehr Modeljobs zu bekommen und den ganzen Mist hinter sich zu lassen. Ich hätte es ihr gewünscht.«

Claras wischte sich mit dem Handrücken übers Gesicht. Laura reichte ihr ein Papiertaschentuch.

»Danke.« Clara lächelte tapfer. »Es hat gutgetan, mit dir zu reden, Laura.«

»Das gebe ich gerne zurück«, sagte Laura. »Du hast mir sehr weitergeholfen.«

Schlagartig verschwand das Lächeln aus Claras Gesicht. »Aber komm bloß nicht auf die Idee, nach Vincent zu suchen! Der Typ ist gefährlich!«

»Ich werd's mir merken«, sagte Laura knapp. Genau das würde sie als Nächstes tun. Vincent hatte etwas mit der Sache zu tun, da war sie sich nun sicher.

»Und wenn du vorhast, zu den Bullen zu gehen, lass mich da bloß raus. Ich hab schon genug Probleme.«

»Keine Sorge, Clara. Ich weiß, was ich tue.«

7

»Die Idee finde ich gar nicht gut.« Phil sah Rebecca an. »Außerdem ist es viel zu teuer!«

»Er hat gesagt, für die erste Sitzung macht er einen Sonderpreis. Hundert Dollar.«

»Woher willst du hundert Dollar nehmen? Denkst du, deine Großeltern geben dir das Geld?«

Rebecca kniff die Lippen zusammen. »Nein.«

Eigentlich hätte sie sich denken können, dass er so reagieren würde. Aber sie hatte von ihrem Freund trotzdem etwas mehr Unterstützung erwartet. Seit Tagen ließ ihr die Sache keine Ruhe. Gestern hatte sie sich endlich ein Herz gefasst und in Zacharias Whites Praxis angerufen. Er war persönlich ans Telefon gegangen und hatte sehr freundlich und geduldig ihre Fragen beantwortet.

»Du musst ja nicht mitkommen. Es reicht, wenn du mich dort absetzt.« Phils Eltern wohnten in Syracuse und er fuhr meist übers Wochenende zu ihnen.

»Und wie kommst du zurück? Mit dem Taxi? Vielleicht kann dich dieser Quacksalber ja auch zurück*beamen*.« Die Ironie war nicht zu überhören.

»Du brauchst dich nicht über mich lustig zu machen«, regte Rebecca sich auf. »Wenn du sein Buch gelesen hättest, würdest du verstehen, dass das kein Blödsinn ist. Und im Internet stehen viele Berichte von Leuten, die schon eine Rückführung gemacht haben. Ich will einfach nur wissen, ob es bei mir auch funktioniert.«

»Und dann? Reicht es dir nicht, dass tote Menschen mit dir reden? Musst du jetzt auch noch in *vergangene Leben* reisen, um den richtigen Kick zu bekommen? Ich wünschte, du hättest auch nur annähernd so viel Zeit für mich.« Rebecca konnte sehen, dass er jetzt wirklich wütend war. Es kam äußerst selten vor, dass sie sich stritten, und Phil war normalerweise ein ruhiger, umgänglicher Typ.

»Was soll das heißen?«, fragte sie.

»In den letzten Wochen bist du ständig beschäftigt. Du musst zu diesem Einzeltraining, dann wieder musst du mit Laura etwas Superwichtiges besprechen, und schließlich steckst du dauernd deine Nase in dieses Buch. Manchmal denke ich, dass ich dir im Grunde ziemlich egal bin.« Phil hatte sich richtig in Rage geredet. Was er ihr da an den Kopf warf, war unfair – auch wenn Rebecca zugeben musste, dass es nicht komplett aus der Luft gegriffen war. Früher hatten sie viel mehr zusammen unternommen als jetzt.

»Das stimmt nicht«, sagte Rebecca kleinlaut. »Es ist nur momentan alles ein bisschen viel. Vor allem die Sache mit Josie …«

»Ach ja? Dann musst du dir ja nicht noch mehr zumuten und kannst dir diese Rückführung aus dem Kopf schlagen!«

»Du willst es einfach nicht kapieren, oder?« Es machte sie traurig, dass er so wenig Verständnis für sie aufbrachte. Dabei hatte sie es ihm lang und breit erklärt.

»Wenn du diesen Unsinn unbedingt machen willst, bitte«, war seine schroffe Antwort. »Ich fahre dich jedenfalls nicht hin.«

»Dann frage ich eben Laura«, entgegnete Rebecca trotzig.

»Weißt du was, mach doch, was du willst. Ich gehe jetzt

zum Sport.« Mit diesen Worten stürmte Phil aus dem Zimmer und knallte die Tür hinter sich zu.

Rebecca blieb für eine Weile wie gelähmt sitzen. So einen Streit hatte sie nicht gewollt. Aber Phil brauchte sich nicht einzubilden, dass sie ihm nachlief.

Schließlich stand sie auf und schaltete Lauras CD-Player ein. Johnny Cash. Rebecca legte sich aufs Bett und hörte der Musik zu.

»I hurt myself today
to see if I still feel
I focus on the pain
the only thing that's real.«

Sie versuchte sich zu beruhigen, aber das Lied deprimierte sie nur noch mehr. Laura hatte ihr erzählt, dass Johnny Cash es kurz vor seinem Tod aufgenommen hatte.

Plötzlich ging die Tür auf und Laura kam herein. Als sie Rebecca sah, blieb sie wie angewurzelt stehen. »Was ist denn mit dir los? Hast du dich mit Phil gezofft?«

Auch wenn Feinfühligkeit nicht unbedingt zu Lauras Stärken zählte, lag sie bei solchen Angelegenheiten oft richtig.

»Ja«, gab Rebecca zu.

»Oh. Das erklärt auch, warum er gerade an mir vorbeigerauscht ist, ohne ›Hallo‹ zu sagen.« Laura setzte sich neben Rebecca aufs Bett. »Willst du drüber reden?«

Rebecca seufzte. »Wahrscheinlich wirst du mich auch für total bescheuert halten …« Sie berichtete ihrer Freundin von ihrer Idee mit der Reinkarnationstherapie, die der Anlass für den Streit mit Phil gewesen war.

»Ich finde die Vorstellung, schon mal gelebt zu haben, einfach wahnsinnig spannend. Außerdem würde es uns vielleicht helfen, besser zu verstehen, was mit Josie los war.«

»Du willst dich als Versuchskaninchen zur Verfügung stellen?«, fragte Laura ungläubig.

»Nicht direkt. Ich erhoffe mir ja auch eine Erkenntnis für mich selbst. Vielleicht erfahre ich dadurch, warum ich so bin, wie ich bin – warum ich zum Beispiel über diese *Gabe* verfüge.«

»Hm, also, ich weiß nicht …« Laura zögerte. »Was ist, wenn du irgendwas ganz Schlimmes erfährst? Josie hat ja in ihrem früheren Leben keine besonders schönen Dinge erlebt. Ich würde mich wahrscheinlich nicht wohlfühlen, wenn herauskäme, dass ich im Mittelalter als Hexe auf dem Scheiterhaufen verbrannt wurde.«

»Ach, Quatsch, du hast eine völlig falsche Vorstellung davon.«

Sie erklärte Laura, dass es bei der Reinkarnationstherapie darum ging, etwas aus den früheren Leben zu lernen und sich weiterzuentwickeln. Sie zeigte Laura *Spuren der Vergangenheit*, das immer noch auf ihrem Nachttisch lag.

»Geistiges Wachstum, höhere Bewusstseinsebene …«, murmelte Laura, während sie darin blätterte. »Für mich hört sich das, ehrlich gesagt, nach Sektengeschwafel an. Hast du schon mit Rutherford darüber geredet?«

Rebecca hatte gewusst, dass diese Frage früher oder später kommen würde.

»Nein«, gab sie zu. »Aber er würde es mir ohnehin nur verbieten. Er hat selbst gesagt, dass er sich damit nicht auskennt. Bestimmt hat er die gleichen Vorurteile wie du.«

Laura sah sie von der Seite an. »Wenn er das rausbekommt, wirst du ganz schön Ärger kriegen.«

Rebecca schnitt eine Grimasse. »Als ob du dich an Verbote hältst, wenn du dir etwas in den Kopf gesetzt hast.«

»Wo du recht hast, hast du recht.« Laura grinste.

»Was ist? Hilfst du mir jetzt oder nicht?«

»Okay, okay. Von mir aus bringe ich dich zu dem Typen. Aber du musst mir versprechen, dass du vorsichtig bist. Wenn dir irgendwas komisch vorkommt, brich das Ganze lieber ab.«

»In Ordnung, mache ich.«

Rebecca fiel ein Stein vom Herzen. Sie hatte schon befürchtet, dass Laura es ablehnen würde.

»Laura? Da ist noch was.« Sie sah ihre Freundin an.

»Was denn?«

»Kannst du mir ein bisschen Geld leihen?«

Ein paar Tage später betrat Rebecca mit klopfendem Herzen die Praxis von Zacharias White. Sie wurde von seiner freundlichen Assistentin begrüßt und gebeten, kurz im Warteraum Platz zu nehmen.

»Mr White wird gleich fertig sein. Ich sage Ihnen dann Bescheid.«

Das Wartezimmer war nicht mit dem eines Arztes oder Therapeuten zu vergleichen. In der Mitte des Raumes plätscherte ein Zimmerspringbrunnen. Ein kleines Räuchergefäß verbreitete würzigen Duft und sphärische Klänge vermittelten sofort ein Gefühl der Ruhe und Ausgeglichenheit. Außer Rebecca war niemand da. Sie nahm in einem der gemütlichen Ledersessel Platz und versuchte, sich zu entspannen. Die gestrige Stunde bei Madam Fairweather war nicht besonders gut gelaufen. Sie hatte versucht, ihre Eltern zu kontaktieren, aber dann war Jennifer aufgetaucht und hatte

Rebecca mit ihren ständigen Frotzeleien derart aus dem Konzept gebracht, dass es nicht geklappt hatte. Phil ging ihr seit dem Streit aus dem Weg, Laura durchforstete sämtliche Gothic-Seiten im Internet nach Hinweisen auf Vincent, und mit Andy war auch nichts anzufangen.

Die Stimme der Assistentin riss sie aus ihren Gedanken. »Er ist jetzt so weit. Bitte folgen Sie mir.«

Die Frau führte Rebecca in ein großes, sonnendurchflutetes Zimmer. Auch hier roch es sehr aromatisch nach einer Räuchermischung. Rebecca fand den Duft angenehm. Ihr Blick glitt über eine Liege, ein paar Regale und einen riesigen Schreibtisch aus Mahagoniholz. Sie überlegte, ob sie sich hinsetzen sollte, blieb dann aber etwas unschlüssig stehen. Kurz darauf ging die Tür auf und ein Mann betrat das Zimmer. Er war etwa Anfang fünfzig, mittelgroß und hatte schulterlange graue Locken und einen Bart.

»Ah, Miss Hamilton. Herzlich willkommen. Ich bin Zacharias White.« Er reichte Rebecca die Hand. Seine Kleidung wirkte auf den ersten Blick etwas ungewöhnlich: Er trug ein weißes Leinenshirt, weiße Leinenhosen und Zehensandalen aus Leder. Um seinen Hals hing ein geheimnisvoller Anhänger an einem Lederband. Rebecca fand, dass er ein wenig wie ein alternder Hippie aussah.

»Ich habe Ihr Buch gelesen, *Spuren der Vergangenheit*«, sagte Rebecca. »Sehr aufschlussreich.«

»Und jetzt wollen Sie bei mir eine Rückführung machen.«

»Ja. Ich … äh … ich will einfach mehr über mich erfahren.«

»Bitte sag du zu mir, alles andere ist so förmlich.« Zacharias lächelte.

»Okay … danke.«

»Nimm doch Platz, Rebecca«, sagte Zacharias. »Am besten gleich dort auf der Liege, damit du dich entspannen kannst. Du kannst gerne die Schuhe ausziehen und deinen Gürtel lockern. Nichts soll dich stören oder einengen.«

Rebecca lächelte unsicher, ließ sich auf der Liege nieder und streifte die Schuhe ab.

»Liegst du wirklich bequem?«

»Ja, alles bestens.«

Zacharias reichte ihr eine Schlafbrille aus weichem Stoff. »Ich werde dich jetzt in Trance versetzen. Du brauchst keine Angst zu haben. Du wirst dich hinterher an alles erinnern können. – Sitzt die Brille richtig?«

»Ich muss mich erst ... daran gewöhnen«, murmelte Rebecca. »Ich hatte noch nie so ein Ding auf.«

»Wenn dich die Brille stört, dann können wir sie auch gerne weglassen«, meinte Zacharias.

»Nein ... ich meine ... schon gut.« Rebecca rückte die Stoffbrille zurecht. Sie war wirklich sehr weich und angenehm.

Sie hörte, wie Zacharias aufstand und durch den Raum ging. Gleich darauf schaltete er eine Stereoanlage an und es erklang sphärische Entspannungsmusik.

»Ich setze mich jetzt neben dich«, sagte Zacharias. Rebecca vernahm das leise Knirschen von Leder und sie roch ein dezentes Aftershave.

»Mach es dir ganz bequem. Entspann dich.«

Rebecca versuchte es, aber sie merkte selbst, dass sie sich ziemlich verkrampfte. Sie hatte einfach Probleme, in Gegenwart anderer locker zu werden, das war ihr früher auch schon so gegangen, als sie einmal bei Autogenem Training mitgemacht hatte.

»Vergiss, dass ich da bin«, sagte Zacharias. »Hör nur auf meine Stimme. Stell dir die Zahl Zehn vor. Schreib diese Zahl in den Sand. Du spürst die Sandkörner an deinen Fingern. Zehn. Deine Beine und Füße sind ganz entspannt. Du wirst ganz locker.«

Rebecca versuchte, seinen Anweisungen zu folgen.

»Neun. Du schreibst die Zahl in den Sand. Neun. Du entspannst deinen Bauch und deine Hüften. Alles ist ganz locker ...«

Er zählte langsam weiter, bis er bei der Zahl Eins angelangt war. Rebecca merkte, dass sie sich tatsächlich entspannte. Dann sollte sie sich vorstellen, über eine schöne Wiese zu gehen. Der Therapeut ließ sie an Blumen riechen, die Blätter befühlen, eine Quelle finden und trinken. Danach sollte sie sich vorstellen, auf einer Wolke über den Himmel zu segeln, in einem wunderbaren blauen Licht.

»Und nun siehst du mehrere Türen. Jede Tür führt dich in ein früheres Leben. Entscheide dich für eine Tür. Du fasst sie an, du spürst, wie du den Knauf drehst, die Tür geht auf, du gehst hindurch ... und bist in einem früheren Leben ...«

Rebecca hatte tatsächlich das Gefühl, eine Tür zu öffnen und hindurchzugehen.

»Du schaust auf deine Füße«, sagte Zacharias. »Welche Schuhe hast du an?«

Rebecca blickte auf ihre Zehen.

»Ich trage keine Schuhe ... ich laufe barfuß ...«

Ihre Füße waren braun. Im ersten Augenblick dachte Rebecca, dass sie schmutzig waren von der lehmigen Erde, auf der sie lief, aber dann entdeckte sie, dass ihre Beine dieselbe Farbe hatte. Sie war keine Weiße! Ihre Haut war tiefbraun.

»Ich ... ich bin farbig ...«

»Bist du ein Mann oder eine Frau? Was hast du an?«

Rebecca befühlte ihr dünnes Baumwollkleid, das an vielen Stellen zerschlissen war. Ihre Hüften waren breit, die Brust war groß, sie trug unter dem Kleid keinen BH.

»Ich bin … eine Frau …«

»Sehr gut. Wie heißt du und wie alt bist du?«

»Mein Name … ist Rose. Ich bin neunzehn. Sie sagen, dass ich Lebensmittel aus der Küche stehle. Das stimmt nicht. Mein Herr … oh, mein Gott … er sagt, dass er mich nicht verraten wird … jetzt fasst er mich an, streichelt mir über die Wange, berührt meine Brust … ich will das nicht … ich laufe weg …«

Sie wusste nicht, warum sie Angst vor ihrem Herrn hatte. Er war netter zu ihr als die Herrin des Hauses, der sie nie etwas recht machen konnte. Mal war das Essen zu versalzen, mal zu zerkocht … Sie nutzte jede Gelegenheit, Rose zu demütigen. Sie ließ sie von früh bis spät schuften, nannte sie ein »faules Stück« und schlug sie, wenn sie einen Fehler machte. Es war kein schönes Leben.

»Welches Jahr haben wir?«

»1800 … äh … 1830 …«

»In welchem Bundesstaat lebst du?«

»Mississippi.«

»Was arbeitest du?«

»Ich … bin Köchin bei Mr und Mrs Reynolds … Sie haben eine große Baumwollplantage … Ich muss den Pflückern das Essen aufs Feld bringen … Joe arbeitet am härtesten… Er ist Sklave wie ich … Er ist mein Freund … Ich liebe ihn …«

Sie hatten ihn wieder geschlagen, aber er ertrug die Schläge, ohne einen Ton von sich zu geben. Rose zeichnete die Striemen mit ihrem Finger nach, fuhr sanft über seine braune Haut. Er nahm sie fest in seine Arme. Sie wusste, dass er sie zu seiner Frau machen wollte, aber dazu brauchte es das Einverständnis von Mr und Mrs Reynolds. Joe hatte versprochen, sie zu fragen – bald. Rose weigerte sich, vorher mit ihm zu schlafen, aus Angst vor einer Schwangerschaft. Doch es fiel ihr bei jedem Treffen schwerer. Auch heute war es fast so weit – sie konnte sich kaum lösen.

»Bleib bei mir heute Nacht, Rose. Bitte.«

»Du weißt, dass es nicht geht, Joe. Lass mich.«

Sie riss sich los, verließ seine Hütte, stolperte den dunklen Weg zum Herrenhaus zurück. Hoffentlich war die Herrin schon zu Bett gegangen. Sie musste die Küche noch aufräumen.

Das Feuer war fast ausgegangen, sie kniete sich auf den Fußboden, blies in die Glut und legte Holzscheite nach. Plötzlich hörte sie, wie jemand in die Küche kam. Sie drehte sich um.

Es war Mr Reynolds. Sie merkte sofort, dass er wieder getrunken hatte.

»Na, Rose, noch so fleißig?« Seine Zunge war schwer.

»Das Feuer war fast aus, Herr, ich musste Holz nachlegen.« Sie richtete sich auf. Er stand dicht vor ihr. Sein Atem schlug ihr ins Gesicht. Er roch nach Branntwein.

»Immer fleißig, meine kleine Rose …« Er drängte sie an die Wand, in die Nische neben dem Küchenschrank. Ihre Körper berührten sich. Er versuchte sie zu küssen, aber sie drehte den Kopf zur Seite.

»Nicht, Herr.«

»Stell dich nicht so an, deinen Niggerfreund küsst du ja auch.« Er hielt ihren Kopf fest und presste seine Lippen auf ihre. Sie bekam fast keine Luft. Dann spürte sie voller Entsetzen, wie er ihr Kleid hochschob und seine Hose öffnete. Es war widerlich.

»Sie … tun … mir weh …«

»Halt still, du Schlampe!«

In ihrer Not griff Rose nach dem großen Küchenmesser, das in ihrer Reichweite lag, bekam den Griff zu fassen und stieß ihm die Klinge mit aller Kraft zwischen die Rippen. Er sank sofort über ihr zusammen. Eine warme Flüssigkeit durchtränkte ihr Kleid …

Rebecca schrie auf und presste heulend die Hände vors Gesicht.

»Ich … ich habe ihn umgebracht!«

»Ruhig … ganz ruhig …«, sagte Zacharias. Der Therapeut zog sanft an ihren Armen, bis Rebecca sich nicht mehr verkrampfte. »Alles ist gut. Du bist ganz entspannt … Es ist vorbei … diese Nacht ist längst vorbei … Es ist Zeit vergangen …«

Rebeccas Atem beruhigte sich wieder, wurde tief und gleichmäßig.

»Wo bist du jetzt, Rose?«

»Wir … wir sind am Hafen, Joe und ich. Bald geht unser Schiff, schon morgen früh. Wir wollen nach Kanada. Dort sind wir sicher …«

Rose hatte Angst. Sie wusste, was geflohenen Sklaven drohte, wenn man sie erwischte. Sowohl sie als auch Joe trugen ein Brandzeichen, das sie als Eigentum der Familie Reynolds auswies. Aber sie konnte unmöglich auf der Plantage bleiben. Irgendwann würde man die Leiche ihres Herrn finden. Joe hatte ihr geholfen, den toten Körper zu verstecken. Sie hatten alle Spuren beseitigt, so gut es ging, und Rose hatte wie gewohnt am nächsten Tag ihren Dienst angetreten. Natürlich wurde Mr Reynolds bald vermisst, und weil sein Pferd im Stall stand, suchte man das ganze Gelände nach ihm ab. Es war nur eine Frage der Zeit, wann die Hunde die Stelle entdecken würden, wo Joe und Rose ihn verscharrt hatten. Sie mussten fliehen, es gab keine andere Möglichkeit. Mrs Reynolds hatte Rose schon gefragt, warum sie jetzt ein anderes Kleid trug. Außerdem hatte sie das lange Küchenmesser vermisst, das Rose in ihrer Panik zusammen mit dem blutigen Kleid vergraben hatte. Sie wollte das Messer nie wieder in die Hand nehmen … Könnte sie die Tat doch ungeschehen machen! Aber die Zeit ließ sich leider nicht zurückdrehen.

Joe hatte gesagt, er kenne einen Kapitän, der sie heimlich nach Norden bringen würde. Natürlich war es streng verboten, entlaufenen Sklaven bei der Flucht zu helfen, aber der Kapitän war bereit, das Risiko auf sich zu nehmen. Joe hatte Geld gestohlen, mit dem sie in Kanada ein neues Leben beginnen konnten. Rose war mit seinem Plan einverstanden. Was hätte sie auch sonst tun können? Wenn herauskam, dass sie ihren Herrn getötet hatte, war ihr Leben vorbei … Sie war sehr aufgeregt und hatte gleich zu Beginn der Flucht das Gefühl, dass alles schiefgehen würde. Joe versuchte ihr Sicherheit zu geben. Sie war froh, ihn an ihrer Seite zu haben, aber sie hatte ein schlechtes Gewissen, weil sie ihn vielleicht wegen ihrer Tat mit ins Verderben ziehen würde.

Wie von Ferne drang die Stimme des Therapeuten an Rebeccas Ohr.

»Was machst du gerade, Rose?«

Rose hatte sich hinter Säcke gekauert. Es war entsetzlich unbequem und es stank. Der ganze Schiffsbauch war voller

Sklaven, die es nicht mehr in Mississippi aushielten und woanders neu anfangen würden. Der Kapitän verdiente ein Vermögen mit seiner Fracht!

»Wir ... verstecken uns im Schiffsbauch. Es ... ist so voll ... Das Schiff ist völlig überladen. Das geht nicht gut, ich weiß es.«

Ihre Stimme zitterte. Sie hoffte, dass das Schiff endlich ablegen würde. Die Abfahrt hatte sich verzögert. An Deck wurden Stimmen laut. Streit und Schreie. Rose zwischen den Säcken machte sich so klein wie möglich.

Schwere Stiefel trampelten die Holztreppe herunter. Jemand leuchtete in den Laderaum. Säcke wurden weggezerrt.

»Sie ... sie haben uns entdeckt ...«

Die Erinnerung wurde verschwommen. Rose fand sich an Deck wieder, die Hände auf den Rücken gefesselt. Auch ihre Knöchel waren mit Stricken gebunden, sodass sie nur ganz kleine Schritte machen konnte. Man holte sie von Bord. Sie sah, wie Joe auf einen Wagen geladen und weggeschafft wurde.

»Joe!«

Er schaute in ihre Richtung. Diesen Blick würde sie nie vergessen. Wenig später ertönte ein Pistolenschuss und Joe brach zusammen.

»NEIN!« Sie fing an zu weinen. Joe war tot ...

Wieder wechselte der Schauplatz.

Sie befand sich in einem kleinen Raum, vor ihr saß der Friedensrichter.

»Hast du deinen Herrn umgebracht, Rose?«

Leugnen war zwecklos. Rose war nie eine gute Lügnerin gewesen.

»Er ... er wollte mir Gewalt antun ... ich ... hab mich gewehrt ...« Sie schlug die Hände vors Gesicht und hörte, wie man sie verurteilte.

Sie wurde aus dem Raum gestoßen und auf den Richtplatz geführt. Ein Mann in einer schwarzen Kutte. Sein Gesicht lag im Schatten.

»Erbarmen!«

Bevor er die Schlinge um ihren Hals legte, sah sie seine gelben Augen.

»Du kannst noch ein Gebet sprechen.«

Rebecca fuhr hoch und riss sich in wilder Panik die Schlafbinde vom Gesicht. Sie brauchte Minuten, bis sie begriff, dass sie nicht hingerichtet wurde, sondern sich im Zimmer des Therapeuten befand. Zacharias White redete beruhigend auf sie ein, aber sie war viel zu erregt, um ihm zuzuhören. Die Entspannungsmusik schrillte in ihren Ohren.

»Drei, zwei, eins – du bist wieder im Hier und Jetzt.« Zacharias hielt ihren Arm fest.

Sie riss sich los und sprang auf.

»Ich ... ich will nicht sterben ... Was ... was haben Sie getan?«, fuhr sie ihn an.

»Beruhige dich doch, Rebecca. Es ist vorbei. Setz dich wieder hin und atme ganz ruhig und gleichmäßig ...«

»Es war FURCHTBAR!« Rebecca fing an zu schluchzen. Ihr ganzer Körper bebte.

»Du bist mit einem deiner früheren Leben konfrontiert worden, Rebecca. Ich verstehe, dass es ein Schock für dich ist. Offenbar warst du eine Mörderin. Ich hätte dich vielleicht warnen sollen. Nicht in allen früheren Leben ist man ein guter Mensch ...«

»Aber er wollte mich ver– … Es war Notwehr …« Rebecca konnte sich gar nicht beruhigen. Zacharias beauftragte seine Sekretärin, ihr eine Tablette und ein Glas Wasser zu bringen. Rebecca schluckte die Tablette und bat ihn, doch endlich die Musik auszumachen. Eine Viertelstunde später hatte sie sich einigermaßen unter Kontrolle und schämte sich wegen ihres Gefühlsausbruchs.

»Du musst unbedingt wiederkommen«, sagte Zacharias White sanft. »Ich denke, wir haben viel aufzuarbeiten.«

Rebecca nickte automatisch, während sie sich innerlich schwor, niemals hierher zurückzukehren. Sie konnte wirklich darauf verzichten, so etwas noch einmal durchzumachen. Sie verabschiedete sich von Zacharias White, der ihre Hand für ihr Empfinden viel zu lange festhielt, und bezahlte dann die hundert Dollar bei seiner Assistentin.

Laura wartete auf dem Parkplatz. Sie hatte inzwischen einige Zeitschriften gelesen. Als sie Rebecca kommen sah, öffnete sie die Beifahrertür.

»Na, wie war's?«

Rebecca ließ sich auf den Sitz fallen. »Frag nicht! Ich … ich muss das alles erst mal verdauen.«

8

Dr. Rachel Morgenstern schlug zum wiederholten Mal den Ordner mit dem Namen »Andrew Gibson« auf und las sich ihre Aufzeichnungen durch. Langsam fing sie an, sich ernsthafte Sorgen um den Jungen zu machen. Was er ihr vorgestern erzählt hatte, beunruhigte sie. Auch wenn sie versucht hatte, ihn zu beschwichtigen, und ihm gesagt hatte, dass es sicher eine einfache Erklärung für das gab, was er gesehen hatte, ließ es ihr keine Ruhe.

»Glauben Sie, dass es eine Vision war?«, hatte Andy gefragt.

Das Problem war, dass Rachel diese Frage nicht wirklich beantworten konnte. Es sprach einiges dafür, zumal es nicht, wie beim letzten Mal, nachts passiert war, sondern am helllichten Tag und bei vollem Bewusstsein. Allerdings bereitete ihr die vermummte Gestalt, die Andy beschrieben hatte, Kopfzerbrechen. Riesenhafter Körperbau, gelbe Augen – das hörte sich nicht nach einem menschlichen Wesen an. Eher nach einer Figur aus einem Horrorfilm. Sie hatte ihn natürlich gleich gefragt, ob er in letzter Zeit Gruselfilme oder Ähnliches angeschaut hatte, aber Andy hatte strikt verneint, er meide solche Dinge grundsätzlich. Allerdings schlief er in letzter Zeit sehr schlecht und war völlig übermüdet. Rachel hatte ihm fürs Erste ein leichtes Beruhigungsmittel verschrieben.

Eine weitere Möglichkeit war, dass die Vision durch Monsieur Guillorys Einfluss hervorgerufen worden war. Andy hatte berichtet, wie unwohl er sich bei der Sitzung gefühlt hatte. Und Rachel wusste, dass Guillory Menschen unterbewusst beeinflussen konnte. Konnte es sein, dass er an Andys schlimmste Ängste appelliert hatte und dass dadurch die bedrohlichen Bilder entstanden waren? Aber welchen Grund sollte er dafür haben? Er war doch kein Sadist. Oder? Sie nahm sich vor, bei der nächsten Gelegenheit mit Guillory zu sprechen.

Sie sah auf ihre Uhr und stellte fest, dass es schon kurz nach sechs war. Sie würde für heute Feierabend machen. Rachel stand auf und fing an, ihre Sachen zusammenzupacken, als es an der Tür klopfte.

»Herein!«, rief sie, während sie schnell noch den Ordner zurückstellte. Um diese Zeit konnte es eigentlich nur die Putzfrau oder der Hausmeister sein. Umso überraschter war sie über den Besuch, den sie jetzt bekam.

»Guten Abend, Dr. Morgenstern.«

»Was wollen *Sie* denn hier?«, rutschte es Rachel heraus.

»Ihnen ein Angebot machen.«

»Du musst unbedingt mit Dr. Morgenstern reden!« Laura hatte die völlig aufgelöste Rebecca bis zum Büro der Psychotherapeutin gezerrt. Sie hatte ihr unterwegs doch einiges aus der Nase ziehen können, und das, was sie gehört hatte, war entsetzlich.

»Ich glaube nicht, dass das so eine gute Idee ist.« Rebecca sah aus, als würde sie gleich anfangen zu heulen. »Was, wenn sie Rutherford von der Rückführung erzählt? Ich hab ihn ja nicht um Erlaubnis gefragt …«

»Hallo? Sie unterliegt einer Schweigepflicht!«

»Ja, aber vielleicht gilt die nicht gegenüber Vorgesetzten.

Wenn Rutherford davon erfährt, wirft er mich mit Sicherheit raus!«

»Das glaube ich nicht. Jetzt komm schon!«

Als sie näher kamen, hörten sie Stimmen.

»Dann habe ich wohl keine andere Wahl«, sagte Rachel Morgenstern gerade. Neugierig trat Laura an die Tür, um zu horchen. Wer wohl bei der Therapeutin im Zimmer war?

»Lauschen gehört sich nicht!«, sagte Rebecca streng.

»Pst!«, machte Laura.

»Laura Matthews!«, ertönte plötzlich eine Stimme. Beide Mädchen zuckten zusammen und drehten sich um. Alan Cutter hatte sich vor ihnen aufgebaut, in der Hand eine Rohrzange und einen Eimer. Anscheinend hatte er gerade einen Abfluss repariert.

»Darf ich fragen, was ihr beide hier macht? Solltet ihr nicht beim Abendessen sein?«

»Wir … wir haben schon unterwegs gegessen. Wir wollten Dr. Morgenstern nur kurz etwas fragen.«

»Das werdet ihr auf morgen verschieben müssen. Dr. Morgenstern hat schon Feierabend. Du kommst jetzt erst mal mit und holst dein Paket bei mir ab. Ich bin doch kein Lagerservice für eure Post!«

»Ich habe Post bekommen?«, wunderte sich Laura.

»Ja, deine merkwürdigen Hefte sind geliefert worden.«

Jetzt fiel Laura wieder ein, dass sie sich übers Internet einige Ausgaben von *Dark Dreams* bestellt hatte, dem Gothic-Magazin, das Clara bei ihrem Gespräch erwähnt hatte.

»Ich geh dann schon mal in unser Zimmer«, rief Rebecca und schlängelte sich an ihnen vorbei. Laura wollte ihr etwas hinterherrufen, aber Cutter räusperte sich und zeigte in Richtung Treppe: »Nach dir.«

In der Hausmeisterloge sah sie sofort das große Paket, das auf Cutters Schreibtisch stand. Es war geöffnet.

»Warum schnüffeln Sie in meiner Post rum?«, fragte Laura verärgert. Der Hausmeister bewies jeden Tag aufs Neue, dass er seinen Ruf als Ekel verdiente!

»Reine Vorsichtsmaßnahme. Ich muss doch überprüfen, ob ihr nichts Unerlaubtes ins Institut schmuggelt. Schließlich ist das IPP *top secret.*«

Laura wich einen Schritt zurück, um Cutters feuchter Aussprache zu entgehen.

»Ich muss schon sagen, du hast sehr bizarre Interessen«, fügte er hinzu und schnalzte mit der Zunge. »Weiß dein Freund davon?«

Laura warf ihm einen bösen Blick zu und nahm wortlos ihr Paket mit.

Wenig später knieten Rebecca und sie in ihrem Zimmer auf dem Boden und sahen die Hefte durch. Es waren ziemlich viele.

»Hast du etwa alle Ausgaben bestellt, die vorrätig waren?«, fragte Rebecca ungläubig. Zu Lauras Erleichterung schien sie sich inzwischen wieder etwas beruhigt zu haben.

»Nur ab letztem Winter. Clara hat gesagt, dass Josie und Tyler ungefähr seit Anfang des Jahres keinen Kontakt mehr hatten. Um diese Zeit muss sie Vincent kennengelernt haben. Ich wusste nicht, wann die Bilder, die er von Josie gemacht hat, in dem Magazin erschienen sind, deshalb habe ich einfach alle Ausgaben bestellt, die infrage kommen.«

Die Zeitschrift bestand hauptsächlich aus Berichten über Bands, deren Namen Laura noch nie gehört hatte. Daneben wurde auf mehreren Seiten die neueste Gothic-Mode präsentiert.

»Also für mich sehen die Sachen alle gleichermaßen scheußlich aus. Wer zieht denn so was bitte freiwillig an?« Sie zeigte Rebecca ein Bild von einer Frau in einem schwarzen Samtkleid mit Netzärmeln.

Es verging beinahe eine Dreiviertelstunde, ohne dass sie fündig wurden. Laura fragte sich schon, ob sie vielleicht die falsche Zeitschrift erwischt hatte.

Plötzlich schrie Rebecca auf. »Sind das nicht die Fotos, die Andy ausgedruckt hat?«

Tatsächlich waren in der Februar-Ausgabe mehrere Fotos von Josie auf dem Friedhof. Sie waren in einer Rubrik erschienen, in der Leserinnen des Magazins sich vorstellen konnten.

»›Grufti des Monats‹ sozusagen«, kommentierte Laura.

Neben den Fotos war ein kurzer Steckbrief von Josie abgedruckt sowie eines der Gedichte, die sie geschrieben hatte.

»Na ja, nicht sehr spektakulär«, meinte Rebecca.

»Egal, jetzt wird es erst interessant.« Laura schlug die letzte Seite auf, auf der sich das Impressum befand.

»Bingo!«, rief sie. »Hier steht es. *Fotos Seite 19 & 20:* Shadow World *Fotostudio, Cloverville, NY*. Wir haben ihn!«

»Was hast du vor?«

»Ich werde die Adresse dieses Studios raussuchen und da hinfahren, was denn sonst?«

»Bist du wahnsinnig? Der Kerl hat vielleicht einen Mord begangen!«

Laura grinste. »Ich bin doch keine Anfängerin. Ich werde mir einen Vorwand einfallen lassen und so tun, als hätte ich Interesse an seiner Arbeit. Jeff kann ja mitkommen und mich beschützen, wenn es dich beruhigt.«

Rebecca lächelte. »Das macht er bestimmt gerne.«

9

»Soll ich nicht doch lieber mit reinkommen?«, fragte Jeff, nachdem er den Wagen in einer Seitenstraße geparkt hatte.

»Nein, sonst schöpft er noch Verdacht. Wir machen es so wie abgesprochen.« Laura steckte ihr Handy in die Hosentasche. Sobald ihr irgendwas komisch vorkam, würde sie Jeff anrufen.

Laura hoffte, dass ihre Tarnung einigermaßen überzeugend war. Sie hatte eine schwarze Röhrenjeans mit einem dunklen Top kombiniert, das mit Nieten verziert war, und dazu schwarze Lederstiefel angezogen. Die Augen hatte sie schwarz umrandet und jede Menge dunkelgrauen Lidschatten aufgelegt.

Jeff hatte sie ausgelacht, als er sie gesehen hatte. »Du siehst echt heiß aus«, prustete er. »Wie Satans Braut höchstpersönlich.«

Vor ihnen parkte ein schwarzer Toyota, der auf die Beschreibung des Fahrzeugs passte, das in Riverside gesehen worden war. Einzig der Totenkopf auf der Heckscheibe fehlte – vermutlich war er entfernt worden.

Es waren nur wenige Meter bis zum Fotostudio. Von außen wirkte das Gebäude wie ein ganz gewöhnliches Mehrfamilienhaus. Laura drückte auf den Klingelknopf. Sie hatte Glück gehabt, dass Vincent so schnell Zeit gehabt hatte. Am Telefon hatte er eigentlich ganz sympathisch geklungen …

Als der Türöffner betätigt wurde, ging sie hinein. Sie fand einen Türstopper und schob ihn unter die Eingangstür, damit Jeff notfalls ins Haus konnte. Das Treppenhaus war weiß gestrichen, in einer Ecke stand ein Kinderwagen. Irgendwo hörte jemand laute Rapmusik, das Wummern des Basses war im Treppenhaus zu hören. Laura sah sich um. Vincents Studio befand sich im Keller. Sie stieg eine kleine Treppe hinunter und fand sich vor einer gewöhnlichen Holztür wieder. Nur ein kleines Schild verriet, dass sie hier richtig war:

SHADOW WORLD
Fotostudio. Vincent Michalski

»Die Tür ist offen«, rief eine männliche Stimme.

Laura drückte gegen die Tür und stellte fest, dass sie nur angelehnt war.

Als sie eintrat, verschlug es ihr beinahe die Sprache. War sie in einer Parallelwelt gelandet? Die Wände waren dunkelrot gestrichen, die Decke pechschwarz. Von einem Regalbrett grinste ein Totenschädel herab, eine ausgestopfte Katze machte einen Buckel. Im Eingangsbereich hingen außerdem mehrere übergroße Schwarz-Weiß-Fotografien: ein Friedhof bei Nebel, eine mittelalterliche Burg, ein halb verfallenes Herrenhaus … Jedes der Bilder sah aus wie der Schauplatz einer Gruselgeschichte, düster und stimmungsvoll.

»Hallo.«

Laura fuhr herum. Im Türrahmen stand ein hünenhafter Mann. Seine langen schwarzen Haare waren im Nacken zu einem Pferdeschwanz gebunden. Er hatte einen Dreitagebart und mehrere Tattoos auf den Armen. Laura schätzte ihn auf Ende zwanzig, vielleicht Anfang dreißig.

»Hi.« Sie machte einen Schritt auf ihn zu und gab ihm die Hand. »Ich bin Laura. Wir haben gestern telefoniert.«

»Vincent.«

Er war zwar absolut nicht ihr Typ, aber Laura musste zugeben, dass er gut aussah. Blödsinn, worüber machte sie sich da eigentlich Gedanken? Sie stand vielleicht gerade Josies Mörder gegenüber!

»Willst du was trinken?«, fragte er.

Laura registrierte, dass er sie von Kopf bis Fuß musterte.

»Ja, warum nicht?«, antwortete sie zögerlich. Irgendwas an dem Kerl irritierte sie. Vincent verschwand im Nebenraum, und Laura deutete das als Aufforderung, ihm zu folgen. Das Zimmer, das sie nun betrat, war riesig. Es standen mehrere Scheinwerfer sowie eine professionelle Kameraausrüstung darin. Außerdem gab es jede Menge Kerzenleuchter, künstliche Spinnen und seltsame Skulpturen, bei denen sich Laura fragte, ob sie zur Einrichtung gehörten oder als Requisiten für Fotos dienten. Wahrscheinlich beides.

In der Ecke stand eine Couch und auf einem großen Flachbildfernseher lief das legendäre Unplugged-Konzert von *Nirvana.*

»Oh no, not me,
We never lost control,
You're face to face,
With the man who sold the world.«

»Cool, du magst *Nirvana.*«

»Klar. Erinnert mich an meine Jugend.« Vincent reichte ihr eine Dose Limonade. »Ich hätte sonst nur Bier da.«

»Danke, ist schon okay.«

Laura nahm einen Schluck und ließ ihren Blick weiter durch den Raum schweifen. Links hinter dem Fernseher stand eine Schaufensterpuppe, die anstelle eines Kopfes einen Lampenschirm hatte und einen Dolch in der Hand hielt. So grotesk das auch aussah, es war auf eine merkwürdige Art faszinierend …

»Fotografieren war schon immer mein Traum«, sagte Vincent. »Ich hab 'ne Ausbildung zum Kameramann gemacht, aber Film hat mich nie so fasziniert. Die Vorstellung, einen Moment in einem Bild einzufangen, macht für mich das Besondere aus. Ein einziges Bild reicht, um Gefühle wie Freude, Trauer oder Zerrissenheit auszudrücken.«

Laura nickte. Sie war überrascht, wie normal – beinahe zurückhaltend – er wirkte. Nach Claras Erzählungen hatte sie sich Vincent als gefühlskalten Grobian vorgestellt. Stattdessen schien ihn eine geheimnisvolle Melancholie zu umgeben …

»Entschuldige, du bist sicherlich nicht hergekommen, um dir meine Philosophie anzuhören.« Er lächelte kurz. »Du möchtest, dass ich Fotos von dir mache?«

Laura nahm auf dem weißen Ledersofa Platz.

»Ja, ich … ich will meine Demo-CD an einen Musikproduzenten schicken und dachte, mit einem tollen Coverfoto hört er sie sich vielleicht eher an.«

Mist, als sie sich ihre Story gestern zurechtgelegt hatte, hatte sie irgendwie überzeugender geklungen.

Laura lachte nervös. »Du weißt doch, wie viele Demos die heutzutage zugeschickt kriegen. Neuerdings denkt doch jeder, dass er singen kann.«

»Ja, da hast du recht.« Offenbar glaubte er ihr. Laura wollte schon innerlich aufatmen.

»Und wie kommst du da ausgerechnet auf mich? Meine Fotos sind ja doch eher *speziell.*«

Oh nein, warum hatte sie sich dafür keine passende Erklärung überlegt? Die Frage war so naheliegend … Laura hätte sich ohrfeigen können!

»Na ja, also … ich möchte eben Bilder, die wirklich ausdrucksstark sind. Voller Tragik und Sehnsucht – so wie meine Songs. Ich habe deine Fotos in *Dark Dreams* gesehen und fand sie echt klasse.« Sie hoffte, dass sie nicht zu dick auftrug, aber auf die Schnelle fiel ihr nichts Besseres ein. Wenn er jetzt anfing, sie über ihre Musik auszufragen, war sie aufgeschmissen.

Zu ihrer Erleichterung schien ihm das zu genügen.

Vincent zog eine Mappe aus dem Regal und reichte sie ihr. »Du kannst dir ja mal ein paar meiner Arbeiten anschauen und dann entscheiden, ob es das ist, was du möchtest. Eine Preisliste ist vorne drin.«

Laura blätterte in der Mappe. Darin waren etliche Fotos von jungen Frauen, aber kein einziges von Josie.

»Hmm, hast du noch mehr?«, fragte Laura. »Ich hatte an eine etwas düstere Location gedacht. Ein Friedhof oder so.« Vincent zog die Augenbrauen hoch, sagte aber nichts. Er gab ihr einen weiteren Ordner. Er enthielt Bilder von stark verwitterten Grabsteinen und Engelsskulpturen. Auf einem der Fotos war ein Mädchen abgebildet, aber es war nicht Josie. Hatte Vincent die Bilder vernichtet, weil er etwas zu verbergen hatte?

In dem Moment klingelte das Telefon im Nebenzimmer. »Sorry, bin gleich wieder da«, brummte Vincent und erhob sich.

Das war ihre Chance! Laura ging zu dem Regal und nahm den nächsten Ordner heraus. Darin waren nur Landschaftsbilder. Sie stellte ihn zurück. Da fiel ihr ein dünner roter

Ordner ganz am Rand auf. Als sie ihn aufschlug, wusste sie, dass sie einen Volltreffer gelandet hatte. Gleich auf der ersten Seite blickte ihr Josie entgegen. Sie kauerte in einer Art Verlies und war an Händen und Füßen gefesselt. Das nächste Bild zeigte Josie in einem Sarg, das schwarze Haar kunstvoll auf dem Kissen drapiert, das Gesicht bleich geschminkt, Piercings in Augenbraue und Mundwinkel. In den Händen hielt sie einen Apfel. Laura schluckte. Ein modernes Schneewittchen. Nur dass sie jetzt nicht mehr aufwachen würde …

Ein Foto ließ ihr schließlich den Atem stocken: Josie lag in einer Badewanne voller Blut. Neben ihr auf dem Fußboden befand sich ein blutverschmiertes Messer. Am schockierendsten waren ihre Augen, die weit geöffnet in die Kamera starrten. Laura fühlte sich sofort an Josies starren Blick erinnert, als sie leblos und blutverschmiert auf dem Boden gelegen hatte …

»Was machst du da?«

Laura drehte sich um. Sie hatte nicht gehört, wie Vincent zurückgekommen war. Die Mappe glitt ihr aus den Händen.

In zwei Sätzen war er bei ihr und hob die Mappe auf.

»Was soll das?«, fragte er feindselig. »Hab ich dir erlaubt, diese Bilder anzuschauen?«

»Nein, ich … Entschuldige, ich wollte nur …«

»Was?« Seine Augen hatten einen Ausdruck angenommen, der Laura Angst machte. Sie wich einen Schritt zurück.

»Stehst du auf so was? Willst du auch so enden wie sie?« Er funkelte sie bedrohlich an. War er vollkommen wahnsinnig?

»Was hast du mit Josie gemacht?«, schrie Laura ihn an. »Diese Fotos sind pervers!«

»Ob du's glaubst oder nicht, die Bilder waren ihre Idee.« Vincent kam langsam näher. »Wer hat dich geschickt? Clara?«

»Nein, ich …«

»Ich hab ihr gesagt, sie soll sich da raushalten!«, brüllte Vincent. »Ich habe Josie nicht umgebracht! Ich hab sie geliebt!«

»Du hattest eine merkwürdige Art, das zu zeigen. Schlagen und Würgen?! Das ist echt KRANK!«

»Du kleines Miststück!« Vincent packte sie am Arm. Laura schrie auf. »Das war eine Sache zwischen Josie und mir«, zischte er.

»Warum hast du dann mit ihr Schluss gemacht?«

»Das geht dich einen feuchten Dreck an!«

Plötzlich kam Laura ein Gedanke. »Und Tyler Rooney? Du hast gedroht, ihn umzubringen! Vielleicht war es ja gar kein Selbstmord!«

Es war gefährlich, ihn derart zu provozieren, aber Laura hatte keine Ahnung, wie sie hier rauskommen sollte. Sie tastete nach ihrem Handy. Jeffs Nummer war in der Kurzwahl gespeichert. Sie hoffte, dass sie die richtige Taste traf … Doch Vincent war die Bewegung nicht entgangen. Er griff nach ihrem anderen Arm und riss ihr das Telefon aus der Hand. Laura hatte keine Chance, er war wesentlich stärker als sie. Vincent schmetterte das Gerät gegen die Wand, sodass das Gehäuse zersprang und der Akku herausfiel.

Mist, was sollte sie jetzt machen?

Hinter ihr war die Wand. Laura warf einen Blick nach rechts und versuchte, nach links abzuhauen, doch Vincent fiel nicht auf ihr Täuschungsmanöver herein. Er hielt sie fest und legte beide Hände um ihren Hals. Laura schnappte verzweifelt nach Luft und versuchte voller Panik, ihn von sich wegzuschieben. Ihr Herz klopfte wild. Er drückte immer fester zu. Schwarze Punkte tanzten vor ihren Augen. Sie würde jeden Moment die Besinnung verlieren …

Plötzlich gab es einen ohrenbetäubenden Knall. Ein Blitz durchzuckte den Raum und traf Vincent, woraufhin dieser benommen zu Boden sackte.

Laura rang nach Atem. Sie tastete nach etwas, woran sie sich festhalten konnte. Erst jetzt sah sie, dass Jeff ins Zimmer gekommen war. Er atmete schwer, als hätte er einen Marathon hinter sich.

»Wow«, keuchte er, »hätte nie gedacht, dass das so gut funktioniert.«

Vincent wand sich auf dem Fußboden, als habe er starke Schmerzen.

»Was machen wir jetzt mit ihm?«

Laura brachte keinen Ton heraus. Ihre Kehle fühlte sich wund an. Erschöpft ließ sie sich auf das Sofa sinken. Sie war so froh, dass Jeff rechtzeitig gekommen war …

Jeff wühlte in einer Schublade.

»Sieh mal einer an. Für was solche Spielzeuge doch gut sein können.« Er hielt ein Paar Handschellen hoch. Dann zerrte er den immer noch vor Schmerz stöhnenden Vincent zu einem der Heizkörper und kettete ihn daran fest.

»Okay.« Jeff zog sein Handy aus der Hosentasche und rief die Polizei an.

10

DAILY REPORT
28. September

Mutmaßlicher Täter im Fall Josie Bennett gefasst

Exfreund der jungen Frau sitzt in U-Haft
von Helen Rutherford

Cloverville, New York. Die Polizei nahm gestern Vincent Michalski, einen 28-jährigen Fotografen, fest. Er wird verdächtigt, Josie Bennett am 29. August dieses Jahres mit einem Messer getötet zu haben. Der Mann hatte gestern Nachmittag eine junge Frau, die in seinem Studio *Shadow Worlds* Fotos von sich machen lassen wollte, tätlich angegriffen. Der Freund des Mädchens konnte ihn überwältigen.

Die Beamten fanden in Michalskis Studio und auf seinem Rechner etliche Fetisch-Fotos der getöteten Josephine Bennett († 20), darunter Bilder von inszenierten Selbstmorden. Das auf seinen Namen zugelassene Fahrzeug der Marke Toyota entspricht der Beschreibung des Autos, das Zeugen am Tatort gesehen hatten. Michalski gilt als emotional nicht gefestigt und zu Gewaltausbrüchen neigend. Er gibt zu, ein Verhältnis mit Josie Bennett gehabt zu haben, streitet aber bislang ab, sie getötet zu haben. Der Verdächtige sitzt gegenwärtig in Untersuchungshaft und wird noch verhört.

»Tja, wo soll ich anfangen?« Professor Rutherford blickte fragend in die Runde.

»Wie wäre es mit ›Gut gemacht‹?«, schlug Laura vor und grinste.

Rutherford lächelte, wurde aber kurz darauf wieder ernst. »Ich muss euch wohl nicht erzählen, dass ihr durch euer eigenmächtiges Handeln die Geheimhaltung des IPP gefährdet habt«, fing er an.

Rebecca wünschte sich insgeheim weit weg. Es sah ganz danach aus, als stünde ihnen eine Standpauke bevor. Es war nicht das erste Mal. Bestimmt konnten sie sich auf eine Strafe gefasst machen. Doch zu ihrer Überraschung schien Rutherford milde gestimmt zu sein. Er lobte ihr gemeinsames Engagement und äußerte sich wohlwollend über den Ausgang des Falles.

»Allerdings bleibt noch abzuwarten, ob Josies Exfreund den Mord tatsächlich begangen hat. Es ist zwar plausibel, aber solange er nicht gesteht und man ihm nichts nachweisen kann, wird die Polizei ihn nicht allzu lange festhalten können, fürchte ich.«

»Sind die Bilder denn nicht Beweis genug?«, fragte Laura empört.

»Ja, der Kerl hat eindeutig eine abartige Fantasie«, bekräftigte Jeff.

»Da stimme ich dir durchaus zu«, sagte Rutherford. »Jedoch muss man berücksichtigen, dass die Fotos wahrscheinlich in gegenseitigem Einverständnis entstanden sind. Die Einträge in Josies Internet-Tagebuch sprechen auch dafür, dass sie selbst eine Neigung zum Düsteren und Melancholischen hatte. Sicher ist die Polizei mittlerweile auch darauf gestoßen.«

»Und was ist mit der Tatsache, dass Vincent Josie misshandelt hat?«, warf Rebecca ein.

»Na ja, als Tatsache würde ich es nicht bezeichnen. In Josies Einträgen ist nichts darüber zu finden. Ihre Freundin könnte das auch erfunden haben.«

»Na, hören Sie mal, dass er mich angegriffen hat, spricht ja wohl dafür!«, regte sich Laura auf. »Ich bin mir sicher, dass Clara die Wahrheit sagt. Wieso sollte sie mich anlügen? Das Dumme ist nur, dass sie sich weigert, damit zur Polizei zu gehen.«

»Warum zwingen wir sie nicht, eine Aussage zu machen?«, fragte Jeff. »Ich könnte Clara ein bisschen einschüchtern. Der Trick mit dem Blitz, den Mia uns gezeigt hat, ist ziemlich effektiv – bei Vincent hat er ja super funktioniert.«

»Ganz sicher werdet ihr das nicht tun«, sagte Rutherford streng.

»Vielleicht redet sie ja mit der Presse«, überlegte Laura. »Können Sie Ihrer Frau nicht den Tipp geben, mal bei Clara vorbeizuschauen?«

Rutherford seufzte. »Und wie soll ich das deiner Meinung nach anstellen? Ich kann ihr ja wohl schlecht erzählen, woher *ich* diese Information habe. Sie ist ohnehin schon mehr als misstrauisch. Gestern hat sie mich halb im Spaß gefragt, ob ich an meiner Schule Detektive ausbilde. Sie erinnert sich natürlich noch genau an den Fall im letzten Jahr. Ich konnte sie gerade noch davon überzeugen, dass es eben ein seltsamer Zufall war.«

»Und was ist mit diesem Therapeuten, der Josie behandelt hat?«, fragte Jeff. »Vielleicht hat er Informationen über sie.«

»Hmm«, machte Rutherford. »Ich weiß nicht, ob das weiterhilft. Er unterliegt ja eigentlich der Schweigepflicht. Abgesehen davon ist die Polizei bestimmt auch schon auf diese Idee gekommen.«

Rebecca fühlte sich elend. Wenn Rutherford wüsste, dass sie bereits Zacharias Whites Bekanntschaft gemacht hatte … Sie drehte den Kopf zur Seite und begegnete Andys Blick. Er sah bedrückt aus. Und da war auch noch etwas anderes in seinen Augen – etwas, das Rebecca nicht einordnen konnte. Sie musste wieder an das denken, was Jenny gesagt hatte. Hatte Andy Gefühle für sie? *Bitte nicht.* Sie hatte im Moment schon genug andere Sorgen.

Bisher hatte sie es noch nicht fertiggebracht, zu Dr. Morgenstern zu gehen. Sie hatte Angst vor dem, was die Therapeutin sagen würde. Rebecca war klar, dass sie mit der Rückführung einen riesigen Fehler gemacht hatte. Sie hatte sich deshalb nicht nur mit Phil gestritten, sondern auch noch hundert Dollar dafür bezahlt. Was war nur in sie gefahren? Sie war doch sonst vernünftig. Rebecca mochte gar nicht daran denken, was ihre Großeltern dazu sagen würden – von ihrer Schwester ganz zu schweigen. Mary hatte zwei Kinder und war sehr gläubig. Sie durfte davon nichts erfahren.

»Gut, ich denke, dass wir den Fall jetzt erst einmal als abgeschlossen betrachten können«, sagte Rutherford. »Ihr habt sehr viel Zeit und Energie hineingesteckt. Zur Belohnung gebe ich euch allen im Herbst, wenn das Mentorentraining beendet ist, ein paar Tage frei.«

Damit hatte Rebecca nicht gerechnet. Vielleicht würde sie ihre Familie besuchen können! Obwohl die Sommerferien noch nicht so lange her waren, kam es ihr vor wie eine Ewigkeit. Der Gedanke, schon bald wieder gemeinsam mit ihrer Grandma zu kochen und ihre kleine Nichte im Arm zu halten, erfüllte sie mit Zuversicht.

Die anderen schienen genauso überrascht zu sein wie sie. Der Professor lächelte. »Ich hoffe, das motiviert euch, in den nächsten Wochen noch einmal euer Bestes zu geben!«

Gerade als die vier hinausgehen wollten, sagte Rutherford: »Ach, Andrew. Bleib doch bitte noch kurz da.«

Würde der Institutsleiter sich ihn nun wegen seiner schlechten Leistungen vorknöpfen? Andy hatte sich ohnehin schon gewundert, dass auch er Sonderurlaub bekommen sollte. Vielleicht hatte Rutherford vor den anderen nur nichts sagen wollen?

»Du kannst dir sicherlich denken, warum ich mit dir reden möchte«, meinte Rutherford, als sie allein waren.

»Äh … vielleicht, weil ich eigentlich gar nichts zur Lösung des Falles beigetragen habe?«, vermutete Andy.

Rutherford sah ihn eindringlich an. »Nein. Ich mache mir ernsthafte Sorgen um dich, Andrew.« Er bat ihn, sich hinzusetzen.

»Was ist los mit dir?«, fragte er dann ohne Umschweife. »Du hast abgenommen, bist ständig müde, deine Leistungen beim Training sind gelinde gesagt … dürftig. Dr. Morgenstern hat in deine Akte geschrieben, dass du Medikamente bekommst.«

»Nur ein leichtes Beruhigungsmittel, Sir. Damit ich besser einschlafen kann.«

»Du leidest unter Schlafstörungen?«

Andy rutschte unruhig auf seinem Stuhl hin und her. »Ja, ich …«

»Andrew, kann es sein, dass du mit dem Leistungsdruck nicht klarkommst?«

Andy schüttelte den Kopf. »Nein, Sir, das ist es nicht …«

In Rutherfords Blick lag Skepsis. »Dr. Guillory sagt, dass du seit einer Woche nicht mehr beim Einzeltraining warst.« Es klang vorwurfsvoll.

Klar, dass Guillory ihn verpfiffen hatte! Dabei hätte er doch eigentlich froh sein können, dass Andy ihn nicht länger mit seiner Anwesenheit belästigte – wo er ihn doch so offenkundig verabscheute.

Andy schwieg.

Rutherford seufzte tief. »Wenn du mir nicht sagst, worin dein Problem besteht, dann kann ich dir nicht helfen. Ist irgendetwas vorgefallen?«

»J…ja«, antworte Andy schließlich zögerlich. »Bei meiner letzten Sitzung mit Monsieur Guillory … gab es einen Zwischenfall.«

»Möchtest du darüber sprechen?«

Es machte Andy Mut, dass Rutherford sich offensichtlich wirklich um ihn sorgte. Stockend berichtete er dem Professor von seiner Vision.

»Warum bist du damit nicht eher zu mir gekommen?«, fragte Rutherford sichtlich bestürzt.

»Ich habe mit Dr. Morgenstern darüber gesprochen. Sie ist der Meinung, dass es mit meinen … äh … Gefühlen für Rebecca zusammenhängt.«

Zwischen Rutherfords Augen bildete sich eine tiefe Falte. »Ja, bei dem Traum hätte ich das vielleicht auch gesagt. Aber das, was du in Guillorys Büro erlebt hast, finde ich äußerst beunruhigend.«

»Aber könnte es nicht sein, dass …?«

»Was?«

»Na ja, ich werde das Gefühl nicht los, dass Guillory mich irgendwie manipuliert hat.«

Rutherford zog überrascht die Augenbrauen hoch. »Warum sollte er so etwas tun?«

Andy war klar, dass das eine schwere Anschuldigung war. Aber Guillory hatte sich vor seinen Augen in den Henker verwandelt!

»Er kann mich nicht leiden, das hat er selbst gesagt. Und ich habe mich bei ihm von Anfang an nicht wohlgefühlt. Deshalb bin ich nach dem Vorfall auch nicht mehr hingegangen.«

Rutherford kratzte sich am Kinn. »Ich sehe ja ein, dass Jean-Jacques ein etwas eigenwilliger Zeitgenosse ist«, sagte er dann. »Aber ich kenne ihn nun schon ziemlich lange und weiß, dass er im Grunde ehrlich und loyal ist – auch wenn er mit seiner Art manche Leute irritiert.«

Andy konnte nicht glauben, dass der Professor den Mentor in Schutz nahm. Guillory war einfach unheimlich, das fanden auch andere.

»Dr. Guillory nimmt seinen Job hier sehr ernst. Davon abgesehen wird er auch gut dafür bezahlt. Er würde keinem Schüler so etwas antun, davon bin ich überzeugt.«

Andy schluckte. Rutherford glaubte ihm nicht!

Er stand auf. »Nun, Sir, vielleicht irren Sie sich«, sagte er kühl, obwohl er innerlich längst kochte.

»Bitte bleib sitzen.«

»Wozu? Ich erzähle Ihnen, dass Guillory mir Angst macht, und Sie tun das einfach als Lappalie ab!« Andys Stimme zitterte.

Rutherford stand ebenfalls auf und kam auf ihn zu. »Andrew, beruhige dich doch.« Das war zu viel. Wollte Rutherford ihn nicht verstehen?

»Wissen Sie was? Ich glaube langsam, dass es ein großer

Fehler war, an dieses Institut zu kommen! Sie sagen immer, dass Sie nur unser Bestes wollen – aber bisher haben Sie mir überhaupt nicht geholfen, *Professor*!«

Mit diesen Worten ließ er Rutherford stehen und knallte die Tür hinter sich zu.

Rebecca und Phil saßen in einer gemütlichen Ecke in *Bill's Corner*. Sie hatten sich endlich wieder vertragen und wollten ihre Versöhnung mit einem gemeinsamen Abendessen feiern.

»Ich lade dich natürlich ein«, hatte Phil gesagt. »Und danach schauen wir uns einen schönen Film im Kino an. Du darfst aussuchen.«

Rebecca lächelte. Mit einem Kinobesuch hatte letztes Jahr alles angefangen ... Es tat ihr leid, dass sie Phil vernachlässigt hatte. Dabei war er wirklich süß. Vielleicht war es an der Zeit, den nächsten Schritt zu tun? Rebecca hatte Angst davor, obwohl Laura behauptete, das erste Mal sei gar nicht schlimm.

Bill kam an ihren Tisch und nahm ihre Bestellung auf. Dann zündete er eine Kerze an. »Ein bisschen Romantik für euch zwei.« Er zwinkerte ihnen zu. »Habt ihr Jahrestag oder so?«

»Noch nicht ganz«, sagte Phil und grinste.

Bill erzählte ihnen, dass er für Manolo ein Papageienweibchen gekauft hatte. »Sie heißt Loretta. Im Moment ist sie noch ein bisschen schüchtern, aber wenn ihr mögt, könnt ihr sie bald mal besuchen.«

Nachdem er in der Küche verschwunden war, flüsterte Phil Rebecca zu: »Glaubst du, dass er wirklich schwul ist?«

Rebecca zuckte mit den Schultern. »Laura behauptet jedenfalls steif und fest, dass die Polizisten sich darüber unterhalten haben. Er soll in einer Schwulenbar gewesen sein, als Josie ermordet wurde.«

»Hm, schon möglich«, sagte Phil. »Ich könnte es mir vorstellen …«

»Ist doch egal!«, sagte Rebecca. »Es ist schließlich seine Sache.«

»Ja, schon, ich meine ja nur.«

Nachdem ihre Getränke gebracht worden waren, entschuldigte sich Rebecca, um kurz auf die Toilette zu gehen.

Sie betrat den kleinen, gekachelten Raum und wusch sich die Hände. Sie betrachtete sich im Spiegel und musste plötzlich an Rose denken. Die Erinnerung hatte sich so echt angefühlt … Unsinn, sie war Rebecca und sonst niemand! Energisch fuhr sich Rebecca durch die Haare und trug etwas Lippenbalsam auf. Sie würde sich den schönen Abend nicht von solchen Gedanken vermiesen lassen.

Doch plötzlich wurde ihr schlecht. Sie musste sich am Waschbecken festhalten, weil sich alles um sie herum drehte. Der geflieste Boden schien sich auf und ab zu bewegen. Auch die Wände fingen an zu wabern. Die geraden Linien der Fugen verzerrten sich, wurden krumm und bildeten Halbkreise. Rebecca stöhnte. Sie wusste nicht, was mit ihr los war. So etwas hatte sie noch nie erlebt.

Sie zwang sich, ruhig zu atmen. Es gelang ihr, den Wasserhahn aufzudrehen und kaltes Wasser über ihre Handgelenke laufen zu lassen. Vielleicht würde das den Kreislauf stabilisieren. Als sie in den Spiegel blickte, sah sie ein Gesicht, das fremd war und zugleich vertraut. Rose! Ihre braunen Augen blickten sie ängstlich an.

Und noch etwas war anders … Die Kabinentüren waren verschwunden. Hinter Rose war ein freier Platz. Rebecca sah eine hölzerne Tribüne, auf der ein Galgen errichtet war. Die Schlinge baumelte herab …

Rebecca krallte sich am Becken fest. Da nahm sie eine Bewegung zu ihrer Linken wahr. Durchdringender Schweißgeruch drang an ihre Nase. Sie drehte den Kopf.

Kaum einen Meter von ihr entfernt stand der Henker in seinem dunklen Gewand. Er musste über zwei Meter groß sein. Er hatte die Kapuze tief ins Gesicht gezogen.

»Du kannst noch ein Gebet sprechen.«

»NEIN! GEH WEG!«, kreischte Rebecca und presste die Hände vor die Augen. Ihr Körper wurde vor Angst geschüttelt. Sie merkte, wie sie das Gleichgewicht verlor und langsam zu Boden sank. Ihr Hinterkopf prallte auf die Fliesen. Benommen blieb sie liegen.

Ich bin verloren, dachte sie. *Er wird mich töten! Lieber Gott, steh mir bei!*

In diesem Augenblick ging die Tür auf und eine Frau kam herein, die vorhin am Nebentisch gesessen hatte.

»Kann ich dir helfen?« Sie beugte sich zu ihr herunter. »Bist du umgekippt?«

Sie half Rebecca, sich aufzusetzen.

Rebecca blinzelte.

Die Fliesenfugen bildeten wieder gerade Linien. Auch der Fußboden bewegte sich nicht mehr.

Der Henker war verschwunden.

Dritter Teil
Dritter Teil

Oktober

1

Der Oktober verging wie im Flug. Bald würde das Intensivtraining vorbei sein. Rebecca konnte es fast nicht glauben und bedauerte es auch ein bisschen. Ihre anfängliche Abneigung gegenüber Madam Fairweather hatte sich inzwischen in Sympathie verwandelt. Ihre Mentorin hatte ihr vieles beigebracht und ihr auch plausibel erklären können, warum sich Tote manchmal weigerten, mit Lebenden zu kommunizieren. Rebecca würde eine wirklich gute Lehrmeisterin verlieren.

Andererseits würden die Schüler des IPP nach den anstrengenden Trainingswochen endlich wieder mehr Freizeit haben. Die meisten freuten sich darüber und machten Pläne. Rebecca hatte eigentlich gehofft, nach Hause fahren zu können, aber ihre Schwester Mary hatte ihr mitgeteilt, dass sie leider ausgerechnet in dieser Woche mit ihrem Mann und den beiden Kindern verreisen würde. Die Großeltern würden zwar zu Hause sein, aber Rebeccas Grandpa hatte schon seit Wochen eine schlimme Entzündung im Knie und war dadurch extrem unleidlich und wollte nur seine Ruhe haben. Rebecca hatte sich daher entschlossen, auf einen Besuch lieber zu verzichten – zumal sie ohnehin völlig pleite war. Sie schuldete Laura noch immer zwanzig Dollar.

Jeff und Andy wussten noch nicht, was sie an den freien Tagen machen würden. Laura hatte vorgeschlagen, nach New York City zu fahren, um dort shoppen und auch ein bisschen feiern zu gehen. Ihr Vorschlag kam bei den anderen allerdings nicht besonders gut an.

»Mir ist New York viel zu groß und viel zu teuer«, hatte Jeff gesagt, und auch Andy hatte keine Lust.

»Okay, dann bleibe ich eben auch hier«, hatte Laura achselzuckend gemeint.

Phil würde auch nicht wegfahren, worüber Rebecca sehr froh war. So würden sie die freie Zeit zusammen verbringen können. Sie hatte ihm gegenüber immer noch ein schlechtes Gewissen, weil sie seinen Rat missachtet und die Rückführung gemacht hatte. Dass sie an ihrem Versöhnungsabend einen Backflash gehabt und den Henker gesehen hatte, hatte sie ihm nicht erzählt. Ihr sei auf der Toilette schlecht geworden, hatte sie ihm gesagt, danach sei sie umgekippt. Nur Laura kannte bisher die Wahrheit und sie war darüber ziemlich erschrocken.

Zum Glück hatte Rebecca seither keinen weiteren Backflash mehr gehabt. Inzwischen glaubte sie fest daran, dass es eine einmalige Angelegenheit gewesen war.

In den letzten Oktobertagen gab es eine unangenehme Überraschung: Vincent Michalski wurde aus der Untersuchungshaft entlassen!

Er behauptete nach wie vor, dass er nichts mit Josies Tod zu tun hatte. Weil die Polizei auch keine Beweise gegen ihn vorbringen konnte, ließ man ihn schließlich laufen.

Der Fall hatte in der Presse mittlerweile einiges Aufsehen erregt, und der *Daily Report* kündigte an, dass ein nationaler Fernsehsender am kommenden Tag ein Exklusivinterview mit Vincent senden würde. Vincent würde darin angeblich brisante Details über das Opfer preisgeben.

»So ein Mistkerl«, sagte Laura voller Verachtung. »Er will aus Josies Tod auch noch Profit schlagen! Das ist widerlich!«

»Wahrscheinlich denkt er, dass er auf diese Weise Werbung für seine abartigen Bilder bekommt«, meinte Jeff. »Vielleicht erhofft er sich neue Aufträge.«

»Ich glaube kaum, dass sich die Zuschauer für seine Fotos interessieren«, sagte Laura. »Die Leute wollen wissen, was wirklich zwischen ihm und Josie gelaufen ist – und je mehr unappetitliche Details rauskommen, desto besser.«

Rebecca gab ihrer Freundin recht. Trotzdem beschlossen sie, sich das Interview zusammen anzusehen.

Am folgenden Abend trafen sich die vier Freunde im Aufenthaltsraum, in dem ein Fernseher stand. Außer ihnen waren noch einige andere da und warteten auf die Sendung, die sich etwas verschoben hatte. Endlich kündigte ein schmierig wirkender Moderator das Exklusivinterview an, das seine Kollegin Karen Thomas gleich mit Vincent führen würde.

Wenig später wurde in ein anderes Studio umgeschaltet. Eine junge, blonde Journalistin in einem Kostüm begrüßte die Zuschauer und erzählte dann kurz das Wichtigste über Josies mysteriösen Tod.

»Wir haben heute einen Mann hier, den die Polizei vor Kurzem als Hauptverdächtigen festgenommen hat. Inzwischen hat sich das als Irrtum herausgestellt. – Mr Michalski, wie fühlen Sie sich?« Sie wandte sich an Vincent, der ihr gegenübersaß.

Vince trug einen Anzug, war glatt rasiert und hatte seine Haare sauber gescheitelt und zusammengebunden. Im Vergleich zu den Fotos, die kurz nach seiner Festnahme durch die Medien gegangen waren, wirkte er jetzt direkt seriös.

»Nun ja, Karen«, sagte Vincent und lächelte. »Meine Freundin wurde umgebracht und ich saß vier Wochen lang unschuldig im Knast. Wie soll es mir da gehen?« Er erzählte, wie furchtbar es im Gefängnis gewesen war und wie nahe ihm Josies Tod noch immer ging.

»Bäh, ist ja ekelhaft, wie er sich zum Opfer stilisiert«, sagte Laura.

Rebecca verfolgte das Interview mit gemischten Gefühlen. Eigentlich war Vincent ihr unsympathisch, weil sie wusste, dass er Laura angegriffen und gewürgt hatte. Doch jetzt hatte sie fast Mitleid mit ihm, als er erzählte, wie sehr er Josie geliebt hatte. Er hatte dabei sogar Tränen in den Augen. Konnte man so etwas nur spielen? Dann musste er ein verdammt guter Schauspieler sein!

»Josie und ich, wir waren so etwas wie Seelenverwandte«, sagte Vincent und trank einen Schluck Wasser.

»Man wirft Ihnen vor, dass Sie ihre Freundin misshandelt haben«, sagte die Moderatorin. »Wir haben Informationen von einer Person, die anonym bleiben möchte. Diese sagt, dass Sie Josie geschlagen und gewürgt haben.«

Laura und Rebecca wechselten einen überraschten Blick. Anscheinend war Clara doch zur Presse gegangen.

Vincent stieß verächtlich die Luft aus. »Ich kann mir schon denken, wer das gewesen ist. Wie viel Geld haben Sie ihr dafür gezahlt?«

»Das spielt keine Rolle«, sagte die Journalistin sachlich. »Wollen Sie zu den Vorwürfen Stellung nehmen?«

»Für die meisten Leute mag das unvorstellbar sein, aber Josie hatte, so wie ich, gewisse Vorlieben. Sie mochte es, gedemütigt zu werden.«

Die junge Frau war beinahe sprachlos. »Aber ist das nicht … nun ja, etwas unnormal?«

»Für Sie ist es das vielleicht«, antwortete Vincent kühl.

»Aber ich möchte gerne mal wissen, warum die Öffentlichkeit so sehr daran interessiert ist, was Josie und ich im Schlafzimmer gemacht haben!«

»Sie werden verstehen, dass die Fotos, die Sie von Josie gemacht haben, auf viele Leute recht befremdlich wirken. Und in Anbetracht der Art und Weise, wie Josie ermordet worden ist –«

Vincent fiel ihr ins Wort: »Sie versuchen ja schon wieder, den Verdacht auf mich zu lenken. Ich bin Ihrer Einladung nicht gefolgt, um mich von Ihnen verhören zu lassen. Das hat die Polizei lange genug getan.«

Karen Thomas schien etwas sagen zu wollen, aber Vincent hob abwehrend die Hand.

»Ich bin heute nur hierhergekommen, weil ich ein für alle Mal klarstellen möchte, dass ich unschuldig bin. Die Leute haben ein Recht darauf, zu erfahren, wer Josie wirklich umgebracht hat!«

»Wie meinen Sie das?« Die Journalistin wirkte irritiert. Dieser Teil war offenbar nicht abgesprochen.

Die Kamera zeigte nun Vincents Gesicht in Großaufnahme. Es war, als würde er die Zuschauer direkt ansehen. Er holte kurz Luft, dann sagte er: »Tyler Rooney hat es getan!«

Für einige Minuten herrschte absolute Stille, sowohl im Studio als auch im Aufenthaltsraum. Laura und Rebecca sahen sich an.

Schließlich fing sich Karen Thomas wieder. »Mr Michalski, was soll das heißen? Tyler Rooney? Das war doch der junge Mann, der sich einige Wochen nach Josies Tod das Leben genommen hat.«

»Genau. Tyler war schon lange in Josie verliebt. Sie kannten sich seit der Schulzeit. Der Typ war echt krank. Weil er sie nicht haben konnte, hat er sie wochenlang verfolgt und ihr aufgelauert. Er war wohl deswegen auch in Behandlung. Das scheint aber nicht geholfen zu haben.«

Die Journalistin kniff die Augen zusammen. »Warum sagen Sie das erst jetzt? Wenn er Josie verfolgt hat, warum ist sie damit nicht zur Polizei gegangen?«

»Weil sie Mitleid mit ihm hatte. Er hatte wohl ziemliche Probleme mit seinen Eltern. Außerdem hat er Drogen genommen. Als Josie und ich uns kennengelernt haben, hat er versucht, mich bei ihr schlechtzumachen. Mir hat das Ganze irgendwann gereicht, und ich hab dem Kerl gezeigt, was Sache ist. Daraufhin ließ er sie auch erst mal in Ruhe …«

»Wie kommen Sie dann darauf, dass er sie getötet hat?«

»Wie ich bereits sagte: Der Typ war nicht ganz zurechnungsfähig! Er war besessen von Josie. Ein paar Wochen vor ihrem Tod wollte er wieder Kontakt zu ihr aufnehmen. Sie ist zum Glück nicht darauf eingegangen. Vielleicht ist er im Drogenwahn zum Café gefahren, er wusste ja, wo sie arbeitet. Und dann hat er sie umgebracht …« Vincent brach ab.

»Und aus Verzweiflung über das, was er getan hat, hat er sich selbst getötet«, überlegte Karen Thomas. »So könnte es sich abgespielt haben. Seltsam ist nur, dass in seinem Tagebuch nichts darüber steht. Ich durfte es mir ansehen, als wir über seinen Selbstmord berichtet haben. Er erwähnt darin zwar öfter eine Frau, aber ihr Name war Adele, nicht Josie, wenn ich mich richtig erinnere.«

Rebecca griff nach Lauras Arm. Adele war Josies frühere Inkarnation!

Vincent hatte sich inzwischen wieder gesammelt. »Keine Ahnung, wer das sein soll. Aber weil Tyler nicht ganz richtig getickt hat, kann das genauso gut eine seiner Wahnvorstellungen gewesen sein.«

»Was meinen Sie mit Wahnvorstellungen?«

»Na ja, der Typ war ein bisschen schizophren, glaube ich. Er hat sich manchmal als jemand anderes ausgegeben. Kam wahrscheinlich von den ganzen Drogen, die er genommen hat.«

»Das ist wirklich sehr interessant«, meinte die Journalistin. »Wir müssen uns unbedingt weiter über Tyler unterhalten – nach einer kurzen Werbeunterbrechung!«

Erst jetzt merkte Rebecca, wie angespannt sie in ihrem Sessel saß. Unfassbar! Tyler sollte Josie umgebracht haben! Und er kannte Josies früheren Namen! Sie musste unbedingt mit den anderen sprechen! Leider waren jetzt zu viele Leute im Raum ... Sie knabberte nervös an ihren Fingernägeln. Laura legte beruhigend die Hand auf ihren Arm und zwinkerte ihr zu.

Der zweite Teil des Interviews war allerdings enttäuschend, denn man erfuhr wenig Neues. Vincent erzählte noch, wie Tyler Josie angeblich verfolgt hatte. Er sei immer wieder unvermittelt aufgetaucht – bis er, Vincent, es ihm »abgewöhnt« habe.

Dann wurde ein Anrufer zugeschaltet, der anfing, Vincent wüst zu beschimpfen, weil dieser Lügen über Tyler verbreite. Kurz nach dem Zwischenfall war die Sendung auch schon zu Ende.

»Wir müssen reden. Jetzt!«, zischte Rebecca Laura zu.

Sie beschlossen, in Jeffs Zimmer zu gehen. Rebecca bemerkte, dass Phil ihr enttäuscht nachsah, als sie und Laura gemeinsam das Zimmer verließen, dicht gefolgt von Jeff und Andy.

»Es ergibt einfach keinen Sinn«, sagte Jeff. »Warum sollte Tyler Josie in seinem Tagebuch Adele nennen?«

»Das will ich ja gerade herauskriegen«, antwortete Rebecca. Man merkte, dass sie aufgeregt war. »Deshalb schlage ich vor, dass ich ... dass wir versuchen, Kontakt zu Tyler aufzunehmen.«

»Super Idee!«, rief Laura. »Vielleicht erfahren wir dann auch etwas über den Mord.«

Jeff konnte den Enthusiasmus der beiden Mädchen nicht ganz teilen. »Denkt ihr, er redet gleich mit euch darüber? Außerdem glaube ich, dass Vincent lügt. Wenn ich daran denke, was er Laura angetan hat ... Ich zweifle jedenfalls keine Sekunde daran, dass *er* den Mord begangen hat!«

»Aber die Polizei hat keine Beweise«, schaltete sich Andy ein. »Ich finde, es kann nicht schaden, wenn Rebecca mit Tyler spricht. Er könnte uns wichtige Informationen liefern.«

»Genau, vielleicht hat er das fehlende Puzzleteil«, sagte Rebecca. »Bisher passt ja alles noch nicht so richtig zusammen. Und ich werde einfach das Gefühl nicht los, dass Adeles Verurteilung zum Tod in Josies Leben eine größere Rolle gespielt hat, als wir bisher angenommen haben.«

Jeff war überrascht. Er hatte ziemlich gut verdrängt, dass Josies *früheres* Ich eine Kindesmörderin gewesen war. Wahrscheinlich, weil er an die ganze Reinkarnationssache nicht glaubte. Warum war Rebecca nur so sehr davon überzeugt?

»Überlegt doch mal«, fuhr Rebecca fort. »Tyler kannte den Namen, den Josie in ihrem früheren Leben hatte. Und Vincent hat erwähnt, dass Tyler sich manchmal als jemand anderes ausgegeben hat! Das könnte bedeuten, dass auch Tyler eine Reinkarnationstherapie gemacht hat. Vielleicht kannten er und Josie sich in ihrem früheren Leben sogar!«

Jeff schüttelte den Kopf. »Das klingt echt ziemlich abgefahren«, sagte er dann. »Ich verstehe nicht ganz, warum du so fest daran glaubst, dass das mit diesen früheren Leben überhaupt stimmt. Ich kann mir nicht vorstellen, dass so eine Rückführung funktioniert.«

»Doch, das tut sie!«, widersprach Rebecca.

Jeff beobachtete, wie sie und Laura einen Blick wechselten.

»Jedenfalls bin ich davon überzeugt, nach allem, was ich darüber gelesen habe«, fügte Rebecca schnell hinzu.

»Und was willst du jetzt machen?«, fragte Andy. »Wir wissen ja nicht einmal, wie Tyler ausgesehen hat. Ist es nicht schwierig, jemanden zu kontaktieren, den du gar nicht kennst?«

»Doch, schon«, gab Rebecca zu. »Aber nicht unmöglich. Bei Professor Fletcher ist es mir ja damals auch gelungen, ihr erinnert euch sicher. Und mit dem, was ich bei Madam Fairweather gelernt habe, müsste es eigentlich auch bei Tyler klappen.«

»Notfalls kann uns ja Jenny unterstützen«, ergänzte Laura.

»Na ja, ich weiß nicht …« Rebecca verzog das Gesicht.

Jeff überlegte, ob sie vielleicht wieder einmal Streit mit ihrer toten Freundin hatte. »Wir sollten auf jeden Fall Rutherford Bescheid sagen«, meinte er dann.

Sie kamen allerdings nicht dazu, weiter über ihren Plan zu sprechen, weil in diesem Moment Carl und Tom hereinplatzten.

»Ach, hier steckt ihr!«, rief Carl. »Wir haben euch schon überall gesucht. Es gibt tolle Neuigkeiten!«

»Cutter verlässt das IPP?«, fragte Laura hoffnungsvoll.

»Nicht ganz.« Tom ließ sich auf Jeffs Bett fallen. »Aber wir haben eben Jasper getroffen, und er hat gesagt, dass er für uns eine Halloween-Party organisiert!«

»Ja, ist das nicht cool?« Carl schnappte sich Jeffs Basketball und dribbelte ihn durch das Zimmer. »Dann können wir das Ende des Trainings feiern und uns so richtig die Kante geben!«

Tom nickte. »Mein Bruder ist gerade einundzwanzig geworden, der kann uns Hochprozentiges besorgen!«

»Lasst euch bloß nicht dabei erwischen«, meinte Laura. »So wie Cutter momentan drauf ist, wäre das ein gefundenes Fressen für ihn.«

Es stimmte, der Hausmeister war in letzter Zeit besonders ungenießbar. Jeff hatte erst gestern von ihm einen fürchterlichen Anpfiff bekommen, weil er versehentlich ein Kaugummipapier neben den Mülleimer geworfen hatte.

»Cutter wird sich freuen, wenn er nach der Party alles aufräumen darf«, sagte Tom und grinste.

Carl dribbelte den Ball in Richtung Tür. »Komm, Alter! Wir müssen die frohe Botschaft weiterverbreiten.«

»Hey, lasst den Ball hier!«, rief Jeff ihnen noch hinterher, aber Carl und Tom waren schon zur Tür hinaus.

»Eine Halloween-Party«, murmelte Andy. »Ich weiß nicht, ob ich darauf so große Lust habe.«

»Komm schon, Andy, sei keine Spaßbremse«, sagte Laura. »Immerhin gibt es auch für dich was zu feiern: Du bist in ein paar Tagen endlich diesen Guillory los!«

Andy lächelte gequält.

»Vielleicht ist die Party wirklich keine schlechte Idee«, überlegte Jeff. »Auf diese Weise kommen wir mal auf andere Gedanken. Das können wir alle ganz gut gebrauchen!«

2

»Wenn du morgen als Leiche gehen willst, brauchst du dich gar nicht zu verkleiden«, sagte Carl. »Kalkweiß bist du sowieso und dunkle Augenringe hast du auch.«

»Sehr lustig!« Andy sah von seinem Buch auf. Er las gerade *Der scharlachrote Buchstabe* von Nathaniel Hawthorne. Er kannte den Roman zwar bereits, aber nächste Woche würde wieder der normale Unterricht anfangen. Da das Buch auf ihrer Lektüreliste für Englisch ganz oben stand, wollte Andy gut vorbereitet sein. Vielleicht lag sein Engagement auch zum Teil daran, dass er krampfhaft versuchte, sich abzulenken. Er hatte zum Glück keine weiteren Träume oder gar Visionen gehabt, aber in den letzten Tagen hatte ihn eine seltsame Unruhe befallen. Er konnte kaum still sitzen und schlief nach wie vor schlecht. Das lag allerdings daran, dass ihm nachts tausend Dinge durch den Kopf gingen.

Tagsüber beim Training dagegen hatte er sich sogar verbessert. Guillory war ausnahmsweise zufrieden mit ihm. Davon abgesehen war Andy in seiner Kreativität kaum zu bremsen – er hatte innerhalb weniger Tage mehrere Gedichte und eine Kurzgeschichte geschrieben …

Carl hatte ihn ziemlich mitleidig angeschaut, als er eines von den Gedichten gefunden hatte. »Sag mal, nimmst du Drogen, oder so? Das ist ja richtig deprimierend … aber echt gut. Du solltest Schriftsteller werden!«

Es kam selten genug vor, dass Carl etwas ernst meinte, aber er schien Andys Talent ehrlich zu bewundern.

Als er jetzt sah, was Andy las, klappte er seinen Laptop zu und setzte sich neben ihn. »Hey, kannst du mich mal darüber aufklären, worum es in dem Buch geht? Ich hab wirklich versucht, es zu lesen, aber dieses Geschwafel versteht ja kein Mensch.«

Andy seufzte. »Von mir aus.«

Er fasste die Handlung kurz zusammen und wollte gerade anfangen, Carl die wichtigsten Themen der Lektüre zu erklären, als sein Handy piepte. Es war eine SMS von Laura. Natürlich hatte sie sich nach dem Vorfall bei Vincent gleich ein neues Handy besorgt.

Planänderung, wir treffen uns jetzt gleich in Rebeccas und meinem Zimmer zur Geisterbeschwörung …

Andy stand auf. »Ich muss noch mal weg, sorry.«

Carl zuckte mit den Schultern. »Kein Problem, ich drucke mir einfach eine Interpretation aus dem Internet aus.«

Vorsichtig stieg Andy die Wendeltreppe hinunter und sah sich in der Eingangshalle um. Cutter war zum Glück nirgends zu sehen. Es war zwar erst acht Uhr abends, aber Andy hatte keine Lust, blöde Fragen zu beantworten. Zielstrebig ging er zur gegenüberliegenden Treppe, die in den Schlaftrakt der Mädchen führte.

Die anderen warteten bereits auf ihn. In Lauras und Rebeccas Zimmer war es dunkel bis auf einige Kerzen, die jemand in den Zimmerecken aufgestellt hatte. Die Flammen warfen zuckende Schatten an die Wände und es roch intensiv nach Weihrauch. Andy musste husten und seine Augen fingen an zu tränen.

»Warum habt ihr es mit eurer Geisterbeschwörung so eilig? Ich dachte, ihr macht es erst an Halloween.«

»Wer sagt das?« Rebecca kam auf ihn zu. »Wir wollen es schon heute versuchen«, sagte sie. »Rutherford hat uns zwar gebeten, noch zu warten. Wahrscheinlich wollte er dabei sein. Aber das finden wir nicht so gut.«

»Ja, Rebecca glaubt, dass sie dann blockiert ist«, meinte Laura. »Außerdem hatte Rutherford kaum Zeit, als wir heute bei ihm waren. Er hat nur mit halbem Ohr zugehört. Anscheinend muss er irgendeinen wissenschaftlichen Aufsatz schreiben und sich um die Verabschiedung der Mentoren kümmern. Furchtbar wichtige Dinge eben.«

»Komm, setz dich.« Rebecca nahm Andys Hand und führte ihn zu den anderen.

Die Berührung ließ ihn kurz zusammenzucken, doch Rebecca schien nichts zu bemerken.

Auf dem Boden war eine Decke ausgebreitet worden, auf der bereits Laura und Jeff saßen. In der Mitte stand ein Räuchergefäß. Andy setzte sich im Schneidersitz zwischen die beiden. Rebecca schloss die Tür ab, dann kam auch sie zu ihnen, sodass sie einen Kreis bildeten.

Sie atmete kurz durch. »Okay. Ich habe das bisher noch nie im Beisein von anderen ausprobiert, sondern nur mit Madam Fairweather. Ich möchte euch vorwarnen: Es könnte sein, dass … dass euch mein Verhalten seltsam vorkommt oder sogar erschreckt.«

Andy sog die Luft ein.

Rebecca redete weiter: »Egal, was ihr seht oder hört, bitte bleibt ruhig. Und versucht, euch alles ganz genau zu merken. Vielleicht erinnere ich mich hinterher nicht mehr an alles.« Sie nahm ein Stück Papier aus einer Mappe. »In der Zeitung war gestern ein Foto von Tyler Rooney.« Rebecca legte das Bild vor sich hin.

Andy hatte das Foto bereits gesehen. Nach dem Fernsehinterview mit Vincent hatte der Fall erneut Aufsehen erregt und das Bild war in sämtlichen Zeitungen abgedruckt worden. Es stammte aus dem Jahrbuch der High School, auf die Tyler und Josie gegangen waren. Tyler sah völlig unscheinbar aus, lächelte schüchtern in die Kamera – der nette Junge von nebenan. Er trug eine Brille und seine Haare waren sauber gescheitelt. Andy konnte sich nicht vorstellen, dass dieser Junge Josie getötet haben sollte ... Allerdings war das Foto schon ein paar Jahre alt.

»Ich werde jetzt versuchen, Tyler zu uns zu rufen«, sagte Rebecca. »Es wäre gut, wenn jemand von euch die Fragen stellen könnte. Ich schlage vor, dass Laura das macht.«

»Okay. Wie wir es vorhin besprochen haben.« Laura hatte sich auf einem Zettel bereits einige Fragen notiert.

Jeff nickte stumm.

Andy traute sich nicht, zu fragen, warum Rebecca nicht selbst mit Tyler reden konnte, wie sie es sonst mit ihrer toten Freundin tat.

Ruhig und sachlich gab Rebecca den drei Freunden weitere Anweisungen. Sie schien überhaupt nicht nervös zu sein, so als hätte sie das alles schon tausendmal gemacht.

Auf ihre Aufforderung hin fassten sie sich an den Händen. Im Gegensatz zu Andys Hand war die von Rebecca warm und trocken. Laura saß rechts von ihm. Äußerlich war ihr nichts anzumerken, aber sie schien ebenso nervös zu sein wie er – ihre Fingernägel gruben sich in seine Haut.

Andy hatte Weihrauch schon immer gehasst und hatte jetzt das Gefühl, nicht richtig atmen zu können. Hoffentlich wurde ihm nicht schlecht.

Rebecca schloss die Augen und atmete tief ein und aus.

Dann begann sie, leise etwas zu murmeln. Andy beugte sich ein Stück vor, um zu verstehen, was sie sagte.

»Tyler Rooney … wir brauchen deine Hilfe. Bitte komm zu uns.«

Sie wiederholte beide Sätze immer wieder im Flüsterton, die Augen fest geschlossen.

Erst als Laura ihn fragend ansah, wurde Andy bewusst, dass er Rebecca die ganze Zeit über anstarrte. Er senkte seinen Blick.

Einige Minuten vergingen, ohne dass etwas geschah.

Dann schien sich etwas im Raum zu verändern. Andy konnte nicht genau sagen, woran es lag. War das Licht der Kerzen schwächer geworden? Oder war es einfach nur der überwältigende Weihrauchduft, der seine Sinne immer mehr benebelte?

Andy bildete sich ein, ein Geräusch zu hören – ein merkwürdiges Schwirren in der Luft. Alarmiert blickte er hoch und sah in Lauras und Jeffs Gesichtern, dass sie es auch wahrgenommen hatten. Sie schauten sich suchend im Raum um.

Rebecca saß da wie versteinert und gab keinen Mucks von sich. Ihre Hand war plötzlich eiskalt. Andy lief ein Schauer über den Rücken.

»Okay, ich versuche es jetzt«, flüsterte Laura in Rebeccas Richtung, doch es kam keine Reaktion.

Laura warf Andy und Jeff einen unsicheren Blick zu und begann dann, laut und deutlich zu sprechen: »Tyler Rooney, bist du in diesem Raum?«

Keine Antwort.

Stattdessen war wieder das unheimliche Schwirren zu hören. Als Andy hochsah, entdeckte er einen kleinen Lichtpunkt in einer Ecke des Zimmers. Er hielt ihn zuerst für eine Spiegelung, aber dann kam der Punkt näher. Er schwebte dicht an seinem Kopf vorbei. Andy spürte einen eisigen Lufthauch. Überhaupt kam es ihm jetzt im Zimmer viel kälter vor …

Laura wiederholte ihre Frage: »Tyler, bist du hier? Bitte gib uns ein Zeichen.«

Rebeccas Lider flatterten. Sie schlug die Augen auf. Ihre Pupillen waren unnatürlich geweitet und sie starrte ins Leere. Dann öffnete sie den Mund und gab einen eigenartigen Laut von sich.

Sie begann zu sprechen – aber es war nicht ihre Stimme. Es war ein Mann, der redete … abgehackt … verzerrt … so als könnte er sich nur unter größter Anstrengung bemerkbar machen.

»Ich … bin … hier.«

Das war mit Abstand das Gruseligste, was Andy je erlebt hatte. Er schlotterte am ganzen Leib; gleichzeitig war es, als sei jegliches Gefühl aus seinem Körper gewichen.

Laura holte tief Luft. »Tyler … wir wollen dich etwas über Josie fragen. Josie Bennett. Du kanntest sie doch ziemlich gut?«

Nach einer kurzen Pause antwortete Rebecca mit Tylers Stimme: »Josie war … sie war etwas Besonderes.«

»Weißt du, wer sie getötet hat?« Lauras Stimme bebte.

Rebecca öffnete wieder den Mund, doch es war nur ihr lauter Atem zu hören.

Laura wiederholte die Frage, und Andy merkte, dass sie dabei zitterte. Seine eigene Handfläche war feucht, doch er traute sich nicht, Lauras Hand loszulassen.

Schließlich bewegte Rebecca kaum merklich den Kopf.

»Der … *Henker* hat es getan!«

Andy fühlte, wie Laura zusammenzuckte. »Tyler, was meinst du damit?«, fragte sie sofort. »Wer ist der Henker? Vincent?«

»N…nein.«

»Aber er hat Josie doch umgebracht, oder?«

Rebeccas Augen flackerten. Sie keuchte. »N…nein«, stieß sie dann hervor. »Vincent ist unschuldig!«

Jeff, der Andy gegenübersaß, schüttelte ungläubig den Kopf.

»Aber er hat ihr Gewalt angetan!«

Wieder keuchte Rebecca, so, als würde ihr das Atmen große Mühe bereiten.

»Ja … hat er. Aber Josie … hat ihn geliebt. Ich … ich habe sie auch geliebt. Ich … ich wollte das alles nicht …«

Laura warf Andy einen vielsagenden Blick zu.

»Was meinst du damit?«, fragte sie Tyler. »Was weißt du über Josies Tod?«

Rebecca begann plötzlich unkontrolliert zu zittern und atmete schneller.

»Ich … ich wollte das nicht!«, schluchzte Tylers Stimme. »Oh Gott … oh, mein Gott, es ist meine Schuld!« Die Stimme wurde vollkommen hysterisch. »ICH BIN SCHULD, DASS JOSIE TOT IST!«

Rebecca fing an zu zucken. Ihr ganzer Körper schien sich zu verkrampfen und ihr Atem ging rasend schnell.

Jeff riss sich plötzlich los und sprang auf. »Wir brauchen sofort eine Tüte!«

Laura und Andy sahen ihn verständnislos an.

»Sie hyperventiliert!«, rief Jeff. »Wenn wir nichts unternehmen, wird sie vielleicht ohnmächtig.« Er lief zum Schrank, während Laura Rebecca an den Schultern packte und versuchte, sie wach zu rütteln. »Rebecca! Sag doch was!«

Andy fühlte sich wie gelähmt. Rebeccas Hand krallte sich so fest in seine eigene, dass es schmerzte.

Inzwischen hatte Jeff eine Papiertüte gefunden und hielt sie Rebecca vor den Mund. Während Laura ihre Freundin festhielt, ließ er Rebecca mehrmals in die Tüte ein- und ausatmen. Nach kurzer Zeit verlangsamte sich ihre Atmung wieder. Dann ließ sie Andys Hand los.

Laura und Jeff hievten Rebecca, die ganz blass war, gemeinsam aufs Bett, während Andy benommen auf die Beine kam.

Laura strich ihr behutsam übers Gesicht. »Rebecca«, flüsterte sie leise. »Ist alles okay?«

Rebecca öffnete die Augen, dann drehte sie den Kopf und blickte sich verstört um. »Was ist denn passiert?«, fragte sie matt.

Andy war erleichtert, dass sie wieder mit ihrer eigenen Stimme sprach.

Laura umarmte ihre Freundin. »Mensch, Rebecca! Ich hab mir vor Angst beinahe in die Hose gemacht!«

Endlich gelang es Andy, sich aus seiner Starre zu lösen. »Willst du was trinken, Rebecca?«

Rebecca nickte. »Ja, bitte.«

Andy ging ins Bad, um ein Glas Wasser zu holen. Als er wiederkam, hatte sich Rebecca aufgesetzt. In ihr Gesicht war schon wieder etwas Farbe zurückgekehrt.

»Danke«, sagte sie, als er ihr das Glas reichte. Sie lächelte und trank einen großen Schluck.

»Kannst du dich an gar nichts erinnern?«, wollte Jeff wissen.

Rebecca setzte das Glas ab und machte ein nachdenkliches Gesicht. »Hm … es ist alles ziemlich verschwommen, so wie in einem Traum. Aber ich habe Tyler gesehen, glaube ich.«

Sie berichtete ihnen von der Begegnung, an die sie sich nur bruchstückhaft erinnern konnte. »Irgendwann hat er angefangen, mich anzuschreien. Er schien vollkommen verzweifelt zu sein.«

»Tyler hat gesagt: *Ich bin schuld, dass Josie tot ist*«, meinte Jeff. »Das würde ja bedeuten, dass Vincent die Wahrheit gesagt hat.«

Rebecca schaute ihn überrascht an. »Woher weißt du denn so genau, was Tyler gesagt hat?«

Laura legte ihr beruhigend die Hand auf die Stirn. »Ich glaube, das willst du lieber nicht wissen …«

3

Rebecca stand vor dem Spiegel und zupfte an ihrem schillernden Rock herum. Das Feenkostüm war zwar nicht besonders originell, aber es stand ihr ausgezeichnet. Sie war froh über die Ablenkung, die die Halloween-Party versprach. Sie konnte sich immer noch nicht vollständig an das Gespräch mit Tyler erinnern, aber was die anderen ihr erzählt hatten, klang gespenstisch. Madam Fairweather hatte ihr zwar erklärt, dass bei einer Séance der Geist des Verstorbenen häufig durch das Medium sprach, aber Rebecca hatte sich das nie so richtig vorstellen können. Auf ihre Freunde musste das Ganze wie eine Szene aus einem Horrorfilm gewirkt haben.

Rebecca musste wieder an Andys Gesichtsausdruck denken. Er hatte so hilflos ausgesehen und sich offensichtlich große Sorgen um sie gemacht …

»Na, meine Schöne! Darf ich dich entführen?« Ein Handschuh, an dem Plastikmesser befestigt waren, legte sich auf ihre Schulter.

Rebecca drehte sich um und grinste. »Uaah, na, ich weiß nicht. Du siehst nicht sehr attraktiv aus! Genauer gesagt, du bist abscheulich!«

Phil hatte sich eine Freddy-Krueger-Maske aufgesetzt und trug dazu einen ausgeleierten rot-grün gestreiften Pullover sowie den obligatorischen Schlapphut. »Ich dachte, ich habe drei Wünsche frei.« Er nahm die Maske ab und gab ihr einen Kuss. »Die Party fängt gleich an.«

»Ja, ich bin auch fast fertig.« Rebecca prüfte ein letztes Mal ihr Make-up.

Kurz darauf verließen sie gemeinsam das Zimmer und gingen ins Foyer, wo sich schon viele Schüler versammelt hatten.

Rebecca war beeindruckt. Jasper hatte sich bei der Dekoration große Mühe gegeben. Die Fenster waren mit schwarzen Tüchern verhängt und künstliche Spinnweben quer durch die Halle gespannt. Aus allen Ecken grinsten Kürbisgesichter und Musik dröhnte aus großen Lautsprechern.

Phil stieß Rebecca an. »Guck mal, da kommt ja Draculas Braut!«

Laura schritt gerade mit hoheitsvollem Gesichtsausdruck die Treppe herab. Sie hatte ihre Haare toupiert und hochgesteckt und trug eine Netzstrumpfhose zum schwarzen Minikleid. Ihr Make-up wurde ergänzt durch Vampirzähne und künstliche Blutstropfen. Sie wusste einfach, wie man sich in Szene setzte!

Als sie Rebecca und Phil entdeckte, kam sie zu ihnen herüber. »Sagt mal, habt ihr Jeff gesehen?«

»Er steht da drüben.« Phil deutete auf einen Teufel, der sich gerade mit Mia Malloy unterhielt.

»Ah, danke.« Laura lächelte und war schon verschwunden. Rebecca konnte ihr nicht verübeln, dass sie sich ein bisschen amüsieren wollte.

Als alle da waren, machte Jasper die Musik aus. Zunächst hielt Professor Rutherford eine kurze Rede. Er bedankte sich bei den Mentoren und lobte die Schüler für ihre guten Fortschritte. Als er fertig war, trat Jasper ans Rednerpult und rief: »Das war's mit dem offiziellen Teil, jetzt kann die Party losgehen!«

Wie auf Kommando schallte ein *Marilyn-Manson*-Song aus der Stereoanlage. Die Schüler jubelten und einige fingen sofort an zu tanzen. Rebecca sah Laura und Jeff durch die Menge wirbeln.

Phil nahm Rebeccas Hand. »Lass uns auch tanzen.«

Sie winkte ab. »Das Lied ist nicht mein Geschmack. Später vielleicht. Ich hole mir erst mal was zu trinken.«

Im hinteren Bereich des Foyers waren mehrere Tische mit Snacks und Getränken aufgebaut worden. Rebecca überlegte, was sie nehmen sollte.

»Probier mal die alkoholfreie Bowle, die ist echt lecker!«, sagte Emily und reichte Rebecca ein Glas.

Die Bowle schmeckte wirklich gut, süß und fruchtig. Sie trank das halbe Glas leer. Jetzt erst bemerkte sie, dass Andy nur wenige Meter von ihr entfernt stand.

»Möchtest du auch Bowle?«, fragte sie ihn.

»Danke, ich stehe nicht so auf eingeweichtes Obst.« Andy trug ein Kopftuch und eine schwarze Augenklappe, hatte sich aber ansonsten keine große Mühe mit seiner Verkleidung gegeben.

»Wie geht es dir?«, wollte er wissen. Er meinte natürlich die Geisterbeschwörung.

»Gut«, antwortete Rebecca. »Keine bleibenden Schäden.« Sie lächelte ihn an.

Andy erwiderte das Lächeln nicht. »Du musst nicht versuchen, das Ganze herunterzuspielen«, sagte er ernst.

»Es ist doch nichts passiert«, widersprach sie.

»Es hätte aber was passieren können!«, sagte Andy. Seine Stimme klang so, als wollte er sie vor etwas warnen.

Rebecca runzelte die Stirn. »Andy, du musst dir keine Gedanken machen. Ich habe das vorher oft genug geübt.«

Er griff nach ihrem Arm. »Rebecca, bitte sei vorsichtig. Vielleicht bist du in Gefahr.«

Wovon redete er? Rebecca versuchte, ihren Arm wegzuziehen, aber Andy hielt sie fest.

»Bitte, Rebecca …« Er sah ihr in die Augen. »Versprich mir, dass du nichts im Alleingang unternimmst.«

»Gibt es ein Problem?« Plötzlich stand Phil hinter ihnen. Rebecca hatte gar nicht mitbekommen, dass er ihr gefolgt war. Er warf Andy einen ärgerlichen Blick zu, woraufhin dieser Rebecca losließ.

»Nein, ich … ich wollte Rebecca nur was sagen.«

Als Andy außer Hörweite war, wandte sich Phil Rebecca zu. »Was sollte das?«

Rebecca zuckte mit den Schultern. »Keine Ahnung. Er ist im Moment ein bisschen durch den Wind. Ich glaube, er hat Probleme mit seinen Eltern oder so.«

Die Antwort schien Phil zu genügen. Rebecca hatte ein schlechtes Gewissen, weil sie ihn angelogen hatte, aber sie wollte ihn nicht beunruhigen. Andys Auftritt eben war mehr als merkwürdig gewesen … Sie hatte keine Ahnung, warum er sich auf einmal solche Sorgen um sie machte. Allerdings neigte Andy dazu, manche Sachen zu dramatisieren. Vielleicht war er nur einfach schlecht drauf.

Sie nahm sich noch ein Glas Bowle und ließ sich von Phil in Richtung Tanzfläche ziehen. Gerade kam ein Lied, das ihr gefiel, und sie fing an, sich im Takt der Musik zu bewegen. Phil lachte sie an und sie tanzten.

Nach dem dritten Stück fühlte Rebecca sich ziemlich benommen. Vielleicht lag es an der schlechten Luft oder daran, dass sie zu wenig zu Abend gegessen hatte. Sie setzte sich auf einen Stuhl, der am Rand der Tanzfläche stand. Erst jetzt merkte sie, wie schwindelig ihr war. Alles drehte sich um sie. Was war nur los? Rebecca blickte in die ausgelassene Menge und versuchte, einen Punkt zu fixieren. Laura und Jeff standen eng umschlungen in einer Ecke des Saals. Andy war nirgends zu sehen. Neben der Treppe unterhielt sich Jasper mit Guillory. Beide schienen aufgeregt zu sein. Oder stritten sie sich? Rebecca konnte nicht hören, was sie sagten. Die Musik war viel zu laut. Der Bass hämmerte in ihren Ohren. Plötzlich fand sie das Ganze ausgesprochen komisch und konnte gar nicht mehr aufhören zu kichern.

Carl kam grinsend auf sie zu. »Na, geht's dir gut? Die Bowle hat es in sich, nicht wahr?«

Rebecca hatte Mühe, ihn zu verstehen. Langsam dämmerte ihr, dass die Bowle wohl ganz und gar nicht alkoholfrei gewesen war.

»Was habt ihr da reingetan?« Ihre eigene Stimme klang fremd.

»Wodka.« Carl schien auch noch stolz darauf zu sein.

»Oh nein! Wo ist Phil?«

»Keine Ahnung. Ist doch auch egal. Komm, wir tanzen!« Er versuchte, Rebecca mit sich zu ziehen, aber sie riss sich los. Die Luft hier drin war so stickig. Sie musste raus!

Rebecca bahnte sich ihren Weg durch die Schüler, die tanzten oder sich laut unterhielten. Sie hatte das Gefühl, überhaupt nicht voranzukommen. Ein grinsendes Skelett tippte ihr auf die Schulter, dann versuchte ein Clown, ihren Rock festzuhalten.

Plötzlich stand eine Gestalt in einer schwarzen Kutte vor ihr, die Kapuze tief ins Gesicht gezogen. Rebecca erstarrte. Es konnte unmöglich einer der Schüler sein. Oder doch? Und wenn nicht, wer war es dann?

Der Fremde war groß und breitschultrig. Er versperrte ihr den Weg. Seine rechte Hand war hinter dem Rücken verborgen, jetzt bewegte er den Arm, hob ihn …

Rebecca stolperte rückwärts und prallte gegen einen Tisch. Sie nahm den Schmerz an ihrer Hüfte kaum wahr. Nur weg! Ihre Bewegungen waren alles andere als sicher. Sie rempelte beinahe Monsieur Guillory an, der mit dem Rücken zu ihr stand. Er unterhielt sich immer noch mit Jasper.

»Ich warne Sie, van Baarle«, sagte er gerade. »Wenn Sie sich nicht an unsere Vereinbarung halten, wird es ziemlich ungemütlich für Sie werden.«

Rebecca hörte nicht, was Jasper antwortete, denn sie stürzte blindlings in Richtung Eingangstür, stieß sie auf und stolperte die Treppe hinunter ins Freie.

Kühle Nachtluft schlug ihr entgegen. Über ihr wölbte sich ein sternenklarer Himmel. Es war Vollmond und Rebecca sah auf dem Kiesweg ihren eigenen Schatten. Er machte ihr noch mehr Angst und sie rannte schneller. Steinchen bohrten sich durch ihre dünnen Schuhsohlen. Erst auf der Hälfte des Kiesweges hörte sie auf zu laufen und drehte sich um.

Niemand war ihr gefolgt. Sie hörte nur den gedämpften Lärm der Party. Erschöpft ließ sich Rebecca in das feuchte Gras sinken. Ihr Atem ging keuchend und die Umgebung schien Karussell zu fahren.

Nach einer Weile begann sie in ihrem dünnen Kostüm zu frieren, aber das war ihr egal. Sie wollte sich einfach nur ausruhen. Ihr Kopf war so schwer … Sie legte sich auf den Rücken. Unter ihr raschelte vertrocknetes Laub.

Rebecca starrte in den Sternenhimmel. Ihr Atem war inzwischen ruhiger geworden, aber noch immer drehte sich alles um sie herum. Sie schloss die Augen.

Sie wusste nicht, wie lange sie so dagelegen hatte, als sie ein Schnüffeln hörte. Kurz darauf berührte etwas Feuchtes ihre Wange. Als Rebecca den Kopf drehte, sah sie den Rottweiler, der vor ihr stand und hechelte.

»Sieh mal einer an, Brutus«, sagte Alan Cutter. »Die erste Alkoholleiche des Abends. Ich hab doch gewusst, dass diese Taugenichtse sich Schnaps besorgen! Das gibt Ärger!«

4

Zu Cutters maßloser Enttäuschung ging die Sache glimpflich für die Schüler aus. Rutherford glaubte Rebecca, dass sie nichts von dem Wodka in der Bowle gewusst hatte, und da niemand Carl und Tom verpetzen wollte, konnte der Schuldige nicht ausfindig gemacht werden. Sie kamen also mit einer Standpauke davon, was wohl auch daran lag, dass der Institutsleiter im Moment so viel um die Ohren hatte. Zum Glück war er nicht auf die Idee gekommen, den Sonderurlaub zu streichen, den er den Schülern versprochen hatte.

Laura, Jeff, Rebecca und Andy saßen im Aufenthaltsraum und schmiedeten Pläne für die freien Tage. Jeffs Vater, der seit letztem Jahr eine Ferienhütte in den Adirondack Mountains besaß, hatte sie zu sich eingeladen, und sie überlegten, ob sie gemeinsam dorthin fahren sollten.

»Bergwandern im November?«, fragte Laura skeptisch. »Na, ich weiß nicht so recht … Ob uns das Wetter da nicht einen Strich durch die Rechnung macht?«

»Ach was, die Vorhersage für die nächsten Tage ist super«, meinte Jeff. »Und mit der richtigen Ausrüstung ist das gar kein Problem. Mein Vater hat alles da, was wir brauchen. Außerdem wäre der Trip für uns fast umsonst, wir müssten nur das Benzin bezahlen.«

Eigentlich war die Aussicht auf ein paar Tage in der Natur gar nicht so schlecht. Laura war zuletzt vor drei Jahren mit der Schule in die Berge gefahren. Ihre Mutter zog exotische

Urlaubsziele und Nobelhotels vor, und meistens traute sich keiner, ihr zu widersprechen.

»Es wird bestimmt toll«, versuchte Jeff es weiter. »Bevor die Skisaison beginnt, ist dort wenig los. Wir hätten die Hütte ganz für uns alleine.«

Laura dachte nach. Das hörte sich nicht schlecht an. Und die Aussicht, endlich ein paar ungestörte Momente mit Jeff verbringen zu können, sprach ebenfalls für den Ausflug. Seit gestern Abend waren sie wieder offiziell zusammen.

»Ich glaube, mir würde es auch guttun, mal rauszukommen«, sagte jetzt auch Andy. »Also – ich bin dafür.«

Nur Rebecca schien noch nicht richtig überzeugt zu sein.

»Und was mache ich mit Phil? Ich habe ihm eigentlich versprochen, mehr Zeit für ihn zu haben. Wenn ich jetzt wegfahre …« Sie stützte den Kopf in die Hände. Seit heute Morgen hatte sie schlechte Laune und an allem etwas auszusetzen. Laura schob es darauf, dass Rebecca ihren unfreiwilligen Rausch noch nicht ganz verkraftet hatte.

»Phil könnte ja auch mitkommen«, schlug sie vor. »Oder hat dein Dad was dagegen, Jeff?«

»Bestimmt nicht«, meinte Jeff. »Er freut sich garantiert über unseren Besuch. Ich habe das Gefühl, dass er manchmal ein bisschen einsam ist.«

Laura pikste Rebecca in die Seite. »Jetzt hab dich nicht so. Willst du lieber in der Bibliothek vermodern? Los – frag Phil schon, ob er Lust hat.«

»Okay.« Rebecca sprang auf und verließ den Raum, um Phil zu suchen.

Zehn Minuten später kam sie zurück. »Er fährt mit.«

Sie beschlossen, schon am nächsten Morgen loszufahren, um die Zeit voll auszunutzen.

Während Laura und Andy das Gepäck im Auto verstauten, ging Jeff kurz zurück ins Institut, um seine Regenjacke zu holen. Im Gang lief er Jasper van Baarle über den Weg.

»Ah, Jeff. Gut, dass ich dich noch treffe«, sagte Jasper. »Ich wollte gerade zu dir. Es gibt etwas, das wir unbedingt besprechen müssen.«

»Hat das nicht Zeit?«, fragte Jeff ungeduldig. »Wir wollen gleich losfahren.«

»Tut mir leid, aber es ist wirklich wichtig. Es wird auch nicht lange dauern.«

Jeff hatte keinen blassen Schimmer, was Jasper meinte, aber er war viel zu überrascht, um ihm zu widersprechen.

Jasper zeigte auf Jeffs Zimmertür. »Sind wir in deinem Zimmer ungestört?«

»Ja, ich … denke schon.«

»Gut.«

Jeff öffnete die Tür und ließ ihn herein. Jasper ging zum Fenster, sodass er mit dem Rücken zu Jeff stand.

»Ich habe tolle Neuigkeiten für dich, Jeff.«

Jetzt wurde Jeff neugierig. »Hat dich Professor Rutherford geschickt? Hat es etwas mit dem Fall zu tun?«

»Nein.« Jasper drehte sich um. Erst jetzt fiel Jeff auf, dass er ein bisschen nervös wirkte.

»Ich bin zu dir gekommen, weil ich und … mein Partner in dir sehr großes Potenzial sehen. Du hast von allen Schülern bislang die größten Fortschritte gemacht.«

»Danke. Äh … aber worauf willst du eigentlich hinaus?«

»Um es kurz zu machen, ich glaube, dass dein Talent am IPP nicht ausreichend gefördert wird. Du solltest die Möglichkeit bekommen, all deine Energie in die Ausbildung deiner telekinetischen Fähigkeiten zu stecken – ohne dich dabei mit sinnlosen Dingen wie Mathe- oder Erdkundeunterricht auseinandersetzen zu müssen. Das Intensivtraining hat gezeigt, dass das der richtige Weg für dich ist.«

Was waren das denn auf einmal für Töne? Rutherford hatte doch immer darauf bestanden, dass sie neben der Förderung ihrer paranormalen Kräfte eine gute Schulbildung bekamen.

»Hat Professor Rutherford das gesagt?«, fragte Jeff irritiert.

Jasper sah zu Boden. »Nein, Jeff. Er weiß nichts davon. Und ich möchte auch nicht, dass er davon erfährt. Dieses Gespräch muss unter uns bleiben.«

Jeff hatte das Gefühl, dass irgendetwas faul war. Dass Jasper Geheimnisse vor dem Professor hatte, kam ihm mehr als seltsam vor.

»Es gibt ein neues Projekt in New York City, für das ich dich gewinnen möchte«, fuhr Jasper fort. »Das Ganze ist wesentlich exklusiver als das IPP, nur eine Handvoll Leute dürfen daran teilnehmen. Du könntest einer von ihnen sein – und ich verspreche dir, dass es für dich auch finanziell äußerst lukrativ wäre.«

Jeff kniff argwöhnisch die Augen zusammen. »Du willst, dass ich das IPP verlasse?«

»Wenn du dich entscheidest, Teil des Projekts zu werden, ist das leider notwendig. Ich erkläre dir gerne kurz, worum es dabei geht.«

Ungläubig hörte Jeff zu, wie Jasper erzählte, dass er und sein Partner in New York City ein Projekt starten wollten, das Jugendliche mit übernatürlichen Kräften medienwirksam vermarkten sollte. Es gebe bereits einen Fernsehsender, der großes Interesse an seinem Vorhaben bekundet habe.

»Im Grunde ändert sich für dich nicht viel – außer, dass sich dein Lebensstandard deutlich verbessern würde. Du bekommst ein schickes Apartment in New York und ein Jahresgehalt, von dem die meisten Menschen nur träumen können. Das Einzige, was du tun musst, ist, dich für ein paar Stunden am Tag von Kameras begleiten zu lassen.«

»Du meinst, so eine Art Big-Brother-Haus mit übersinnlich Begabten?«

»So könnte man es nennen.« Jasper lächelte. »Die Möglichkeiten, die sich uns bieten, sind enorm. So etwas gab es noch nie. Ich habe die Chance, mit diesem Projekt den großen Durchbruch zu schaffen – und du und deine Freunde, ihr werdet berühmt! Wie du siehst, würden beide Seiten nur profitieren. In Managerkreisen bezeichnet man so etwas als *Win-win-Situation*.«

Jeff konnte nicht fassen, was ihm da angeboten wurde. Es klang so, als habe Jasper bereits alles ganz genau durchgeplant.

»Und was ist mit Professor Rutherford?«, fragte Jeff zweifelnd. »Er hat ja wohl kaum etwas davon!«

Jasper kam ein paar Schritte auf ihn zu. »Ich bin mir sicher, dass er darüber hinwegkommen wird.« Er lachte kurz auf. »Hast du schon einmal darüber nachgedacht, dass der *Professor* gar nicht so selbstlos ist, wie er vorgibt? Er interessiert sich zwar dafür, eure Fähigkeiten zu erforschen, und hofft auf wissenschaftliche Anerkennung. Aber er vergisst darüber hinaus nur das eigentlich Naheliegende. *Geld.* Sehr viel Geld.«

Jeff stieß die Luft aus. »Jetzt übertreibst du.«

»Ach ja?« Jasper hob die Augenbrauen. »Dann gefällt es dir also, ein Testobjekt zu sein? Und es ist dir egal, dass du dich finanziell einschränken musst – obwohl du angesichts deines Könnens *reich* sein könntest?«

Jeff schluckte. So hatte er das Ganze noch nie betrachtet.

»Denk darüber nach. Bisher hat deine Fähigkeit dir das Leben eher erschwert. Jetzt hast du die Chance, das zu ändern.«

»Angenommen, ich gehe mit dir nach New York – was ist mit meinen Freunden?«

»Ein paar von ihnen könnten vielleicht mitkommen. Bislang haben wir nur die Schüler gefragt, von denen wir uns am meisten versprechen. Einige haben sofort zugesagt, aber die endgültige Entscheidung steht noch aus. Deine Freunde, vor allem Laura, hätten sicher auch gute Chancen, aufgenommen zu werden. Sie würden natürlich die gleichen Vorzüge genießen wie du.«

Jeff stand auf. »Ich muss jetzt los.«

Jasper hielt ihm die Hand hin. »Ich verstehe, dass es zu viel verlangt wäre, dass du dich sofort entscheidest. Es reicht, wenn du mir bei deiner Rückkehr Bescheid sagst. Unser Projekt startet im Dezember.«

Jeff hatte keine Ahnung, was er sagen sollte.

»Ich bin mir sicher, du wirst die richtige Entscheidung treffen.« Jasper ging zur Tür. »Ach, und bevor ich es vergesse: kein Wort zu Rutherford oder anderen Mitarbeitern des IPP! Sollte dir etwas *herausrutschen*, erfahre ich davon.«

»Ist das eine Drohung?«

Jasper lächelte. »Betrachte es als gut gemeinten Ratschlag.« Mit diesen Worten verließ er Jeffs Zimmer.

An der Pforte verabschiedete Rebecca sich von Madam Fairweather, deren Taxi bereits vor der Einfahrt wartete und sie zum Flughafen bringen würde. Alan Cutter half dem Fahrer, die Koffer einzuladen.

»Vergiss nicht, du kannst mich gerne jederzeit in London anrufen, Rebecca«, sagte Madam Fairweather. »Nun ja, fast jederzeit ... Denk an die Zeitverschiebung.« Sie zwinkerte ihr zu.

Rebecca hatte einen Kloß im Hals. »Ich werde es mir merken. Vielen Dank für alles, Madam Fairweather.«

Traurig sah sie zu, wie die Mentorin das Institutsgelände verließ. Alan Cutter stapfte mit grimmigem Gesicht an Rebecca vorbei. »Man sollte nicht meinen, dass eine alte Lady so viel Gepäck braucht«, grummelte er.

Rebecca ging zum Parkplatz. Laura, Phil und Andy saßen bereits in Lauras rotem Ford, als sie einstieg.

»Jetzt warten wir nur noch auf Jeff«, sagte Laura. »Keine Ahnung, warum er so lange braucht. Er wollte nur schnell seine Jacke holen.«

»Vielleicht hat er gemerkt, dass er noch mehr vergessen hat«, meinte Andy und grinste. »Kann ja sein, dass du ihn so durcheinandergebracht hast, Laura.«

Laura streckte ihm die Zunge heraus.

In diesem Moment kam Jeff angelaufen. »Sorry, ich habe noch kurz meinen Vater angerufen und ihm Bescheid gesagt, dass wir jetzt losfahren. Er wollte noch ein paar Sachen wissen, damit er sich auf uns einstellen kann. Natürlich habe ich ihm auch gesagt, dass du Vegetarierin bist, Rebecca.«

»Gut«, sagte Rebecca zufrieden.

»Dann können wir ja jetzt starten«, sagte Laura und ließ den Motor an. Die anderen jubelten, als sie auf die Landstraße fuhren.

Zu fünft war es ein wenig eng in Lauras Auto, aber Rebecca machte es nichts aus, dass sie zwischen Phil und Andy auf der Rückbank sitzen musste. Sie freute sich auf die erholsamen Tage. Phil legte den Arm um sie und sie schmiegte sich an ihn. In letzter Zeit war einfach zu viel passiert ... die Séance, die Party. Sie musste wieder an die vermummte Gestalt denken, die ihr den Weg versperrt hatte, und spürte Panik in sich hochsteigen. Wer war der Mann mit der Kutte gewesen? War er wirklich da gewesen oder hatte sie wieder einen Backflash gehabt und den Henker gesehen?

Phil spürte ihre Unruhe und streichelte ihren Arm. »Ich finde es schön, dass wir in den nächsten Tagen viel Zeit für uns haben«, flüsterte er.

Sie nickte automatisch. Sie hatte ein schlechtes Gewissen, weil sie Phil nichts von ihren Sorgen erzählt hatte. Aber er war ja von Anfang an gegen die Rückführung gewesen. Bisher wusste nur Laura etwas von dem Henker, der Rebecca solche Angst machte.

Sie dachte wieder an die Party. Sie war zum ersten Mal richtig betrunken gewesen, wahrscheinlich hatten ihre Sinne ihr deswegen einen Streich gespielt. Es war sicher nur ein Schüler gewesen, den sie für den Henker gehalten hatte.

Rebecca beschloss, nicht mehr darüber nachzudenken. Diese Rückführungstherapie war ein Fehler gewesen, den sie ein für alle Mal abhaken wollte. Und in den kommenden Tagen würde ihr das bestimmt gelingen.

5

Nach einer gut fünfstündigen Fahrt hatten sie endlich die Hütte gefunden und waren am Ziel. Rebecca war schon unterwegs aufgefallen, wie traumhaft schön die Adirondacks waren – Seen, Berge, wildromantische Flüsse. Eigentlich endete die Wandersaison bereits Ende Oktober, aber das Wetter war herrlich. Der Himmel schimmerte tiefblau und das Laub an den Bäumen leuchtete in allen Farben.

Laura parkte den Wagen auf einem Kiesplatz neben der Hütte und sie stiegen aus. Während sie das Gepäck ausluden, sprang ihnen ein junger Labrador entgegen, wedelte mit dem Schwanz und bellte aufgeregt.

Aus der Hütte trat ein bärtiger Mann, der sie freundlich begrüßte. »Herzlich willkommen! Ich bin Ralph, Jeffs Dad, und das ist Mowgli.« Er deutete auf den Hund. »Er ist noch ein Baby und ziemlich übermütig.«

Er und Jeff umarmten sich steif. Rebecca wusste, dass Jeff ein etwas zwiespältiges Verhältnis zu seinem Vater hatte. Ralph Davis hatte schon unzählige Male etwas begonnen und war dann regelmäßig mit seiner Geschäftsidee gescheitert. Auch diesmal war Jeff skeptisch, ob sein Vater mit dem Vermieten der Wanderhütte auf Dauer genug verdienen würde, um seinen Lebensunterhalt zu bestreiten.

Die Hütte war recht klein, dafür aber umso gemütlicher.

Nachdem sie das Gepäck in ihre Zimmer gebracht hatten, gab es auch schon Abendessen, das Jeffs Vater selbst zubereitet hatte.

Sie aßen an einem großen Holztisch. Es war sehr gemütlich, und Rebecca fiel auf, dass sich Jeff langsam entspannte und etwas lockerer mit seinem Vater umging. Ralph Davis schien ein äußerst sympathischer und unkomplizierter Typ zu sein. Er war Anfang vierzig, hatte aber eine jugendliche Art und ein ansteckendes Lachen. Wenn man sich den Vollbart wegdachte, war die Ähnlichkeit zwischen ihm und Jeff frappierend.

Die ersten beiden Tage vergingen wie im Flug. Ralph zeigte ihnen auf der Karte, welche Wanderrouten um diese Jahreszeit besonders empfehlenswert waren.

Von der Hütte aus waren es nur zwei Kilometer bis an einen großen See und Rebecca sah zum ersten Mal in ihrem Leben einen Fischotter. Das Wasser schimmerte einladend, aber es war natürlich viel zu kalt zum Baden. Als sie den halben See umrundet hatten und auf großen Steinen am Ufer saßen, um sich auszuruhen und sich die Herbstsonne ins Gesicht scheinen zu lassen, flog eine Schar Wildenten über sie hinweg und verschwand im Wald.

Sie genossen die wunderschöne Landschaft und die Ruhe, die sie umgab. Die Blätter der Ahornbäume waren leuchtend rot, und Rebecca sammelte einige davon, um sie zwischen Buchseiten zu pressen. Außer den fünf Freunden waren nur wenige Wanderer in diesem Teil der Adirondacks unterwegs.

Die Abende verbrachten sie im Wohnzimmer vor dem Kamin. Da es in der Hütte keinen Fernseher gab, vertrieben sie sich die Zeit mit Kartenspielen und waren von ihren Wanderungen meistens so geschafft, dass sie bald darauf in ihre Betten fielen.

Am dritten Abend musste Ralph in die Stadt, um einige Besorgungen zu machen. Die Vorräte in seiner Tiefkühltruhe gingen zur Neige, außerdem wollte er eine Bekannte besuchen. Weil er über Nacht weg sein würde, hatte er die Freunde gebeten, auf Mowgli aufzupassen. Seine Bekannte war leider allergisch gegen Hunde.

»Es wäre gut, wenn jemand vor Einbruch der Dunkelheit noch mal mit ihm rausginge. Und morgen früh dann auch gleich, sonst pinkelt er wieder auf den Holzboden und das habe ich ihm gerade abgewöhnt.«

Phil, in den Mowgli völlig vernarrt war, erklärte sich sofort bereit, diese Aufgabe zu übernehmen.

Während Phil mit Mowgli spazieren ging, bereiteten die anderen in der Küche das Abendessen vor. Rebecca hatte von ihrer Grandma ein Rezept für Gemüseauflauf bekommen, das sie unbedingt ausprobieren wollte. Sie hatte den Vorratsschrank und die Tiefkühltruhe geplündert und zum Glück fast alle Zutaten gefunden.

»Vielleicht bringt Ralph ja morgen eine Zeitung mit«, sagte Laura, während sie Kartoffeln schälten. »Mich würde interessieren, ob die Polizei schon etwas Neues über Tyler herausgefunden hat.«

»Du glaubst also tatsächlich, dass er Josie umgebracht hat?«, fragte Jeff und ließ eine geschälte Kartoffel in eine Schüssel mit Wasser fallen. Es spritzte.

»Ich weiß nicht, was ich glauben soll«, sagte Laura. »Wenn Tyler wirklich der Täter war, müsste es doch Anhaltspunkte geben. Vergiss nicht: Bei der Geisterbeschwörung hat er ja gesagt, dass er an Josies Tod schuld ist.«

»Genau, er hat gesagt, dass er *schuld ist*«, mischte sich Andy ein, der gerade Zwiebeln schnitt. Er wischte sich über die tränenden Augen. »Aber er hat nicht gesagt, dass *er* sie getötet hat.«

Die anderen sahen Andy irritiert an.

»Was meinst du damit?«, fragte Jeff.

»Erinnert ihr euch nicht mehr?« Andy legte das Messer weg. »Er hat doch gesagt, dass es der *Henker* getan hat.«

Rebecca ließ vor Schreck ihr Schälmesser fallen. »WAS?«

Laura wollte sich bücken, um es aufzuheben, aber Rebecca hielt sie am Arm fest.

»Laura, hat Tyler wirklich den *Henker* erwähnt? Warum hast du mir das nicht gesagt?« Sie sah ihre Freundin an. Laura konnte doch unmöglich vergessen haben, was Rebecca bei der Rückführung passiert war!

Laura wich ihrem Blick aus. »Ich dachte, du wüsstest noch, was Tyler gesagt hat.«

Rebecca schüttelte den Kopf. »Ich hab doch schon gesagt, dass meine Erinnerung ziemlich verschwommen ist.«

Laura ließ sich nicht beirren. »Außerdem kann es doch sein, dass der Henker so eine Art *Alter Ego* war – wenn Tyler mehrere Persönlichkeiten hatte, könnte er Josie getötet haben und selbst glauben, dass es ein anderer war.«

»Ja, aber ein Henker?!« Rebecca merkte, dass ihre Stimme beinahe hysterisch klang. »Das kann doch kein Zufall sein, verdammt!«

»Warum redet ihr dauernd von einem Henker?«, fragte Jeff verständnislos, aber niemand gab ihm darauf eine Antwort.

Rebecca setzte sich auf einen Stuhl, während ihre Gedanken Achterbahn fuhren. Sie fühlte sich, als hätte ihr jemand einen Schlag in die Magengrube versetzt. Josie hatte gesagt, dass sie in ihrem früheren Leben als Adele hingerichtet worden war. Und sie hatte erzählt, dass sie ihrem Henker in die Augen gesehen hatte.

Was, wenn Josies und Tylers Henker dieselbe Person waren? Hing Josies Tod möglicherweise mit dem ihres früheren Ichs zusammen? Rebecca erinnerte sich an die Blog-Einträge, in denen Josie von einer vermummten Gestalt gesprochen hatte, die sie verfolgt hatte. Und – war es am Ende dieselbe Gestalt, die Rebecca auf der Toilette und auf der Party gesehen hatte? Nein, das konnte nicht sein!

»Rebecca, was ist denn los?«, fragte Andy. »Du bist ja ganz blass.«

In diesem Moment kam Phil mit Mowgli zur Tür herein. »So, da sind wir wieder. Mowglis Blase ist leer und mit einem Wasserschaden ist heute Nacht nicht zu rechnen.«

Niemand lachte über seine Bemerkung.

Phil runzelte die Stirn. »Ist alles okay bei euch?«, fragte er. Er sah zu Rebecca.

»Ja, mir ist nur … ein bisschen schwindelig«, antwortete sie ausweichend. »Ich glaube, die Tour heute war einfach zu lang.«

»Du bist wahrscheinlich unterzuckert«, sagte Laura. Sie öffnete den Kühlschrank, holte einen Schokoriegel heraus und warf ihn Rebecca zu. »Hier, nimm! Es dauert ja noch eine Ewigkeit, bis der Auflauf fertig ist.«

Rebecca packte dankbar den Riegel aus und ließ sich die Schokolade auf der Zunge zergehen. Mowgli setzte sich auf den Boden neben sie und winselte.

»Gib ihm bloß nichts ab«, warnte Jeff. »Sonst bettelt er später alle Gäste an.«

»Ich komme mir vor wie ein Tierquäler«, sagte Rebecca zerknirscht. »Aber Schokolade ist wirklich nichts für dich,

Mowgli.« Sie beugte sich nach vorne und streichelte sein Fell.

»Ich bin so was von pappsatt!« Laura strich zufrieden über ihren Bauch. Jeff schob den leeren Teller von sich weg. Er blickte in die Runde.

»Ich glaube, ich muss euch noch was über Jasper erzählen.« Jeff berichtete, was sich kurz vor der Abreise ereignet hatte. »Die Sache lässt mir keine Ruhe!«

Laura starrte ihn ungläubig an. »Jasper wollte dich *abwerben*?« Sie sprang auf. »Das ist doch wohl die Höhe! Erst schleimt sich Jasper bei Rutherford ein, und dann hintergeht er ihn, sobald sich die erste Gelegenheit bietet.«

»Also, ich konnte Jasper noch nie leiden«, bemerkte Phil. »Von Anfang an nicht.«

»Na ja, ich fand ihn eigentlich schon ganz nett«, sagte Rebecca. »Er hat immer so getan, als ob er voll und ganz auf der Seite der Schüler steht.«

»Ich fasse es nicht!«, sagte Laura. Sie war richtig angewidert von dem, was Jeff eben erzählt hatte. »Da organisiert Jasper Partys für uns und versucht, unser Vertrauen zu gewinnen – und dann das!« Sie erinnerte sich an die Komplimente, die Jasper ihr wegen ihrer Stimme gemacht hatte. »Wir müssen Rutherford unbedingt Bescheid sagen, dass sein *Assistent* in Wahrheit gegen ihn arbeitet.«

»Ich musste Jasper versprechen, dass ich den Mund halte«, sagte Jeff.

»Ich finde es auch nicht gut, einfach zu petzen«, meinte Rebecca.

»Mich interessiert brennend, wer Jaspers Partner ist«, sagte Andy. »Jemand aus dem Institut?«

»Zu Dr. Crane würde es gut passen«, warf Phil ein. »Vielleicht hat er Angst, dass er am IPP versauert. Er spielt ja da nur eine kleine Nebenrolle. Mich würde es nicht wundern, wenn er auf einmal den Ehrgeiz entwickelt, reich und berühmt zu werden.«

»Hm ... ich weiß nicht.« Rebecca wiegte den Kopf. »Ich glaube, Dr. Crane ist im Grunde seines Herzens eine ehrliche Haut.«

»Meiner Meinung nach hat er zwei Gesichter«, widersprach Phil. »Erinnere dich doch an den Skandal, in den er verwickelt war.«

Laura setzte sich wieder hin. Sie hatte nachgedacht. »Vielleicht ist es auch einer von den Mentoren. Überlegt doch mal – warum kommt Jasper ausgerechnet jetzt mit der Idee an?«

»Hm, könnte sein«, sagte Jeff. »Aber wer von den vier Mentoren kommt am ehesten infrage?«

»Madam Fairweather bestimmt nicht«, meinte Rebecca.

»Das glaube ich auch nicht«, stimmte Laura ihr zu. »Ich tippe eher auf Guillory, das würde irgendwie zu ihm passen.«

»Oh ja«, sagte Andy und nickte grimmig. »Das traue ich ihm auch zu.«

»Da fällt mir etwas ein.« Rebecca erzählte aufgeregt, wie sie auf der Halloween-Party gesehen hatte, dass sich Jasper und Monsieur Guillory unterhielten. »Sie wirkten beide ziemlich aufgeregt. Leider habe ich nicht wirklich verstanden, worüber sie geredet haben. Aber Guillory hat Jasper eingeschärft, dass er sich an irgendeine *Vereinbarung* halten soll.«

»Also, ich bin schon dafür, dass wir Rutherford einweihen

sollten«, meinte Phil. »Jasper verhält sich absolut unfair. Und Monsieur Guillory auch. Schließlich hat Rutherford ihn eingeladen, damit er uns etwas beibringt – und nicht, damit er die besten Schüler abwirbt und nachher wie Affen im Zoo vor Kameras zur Schau stellt.«

Jeff runzelte die Stirn. »Findest du das? Wie Affen?«

Phil nickte. »Ja, irgendwie schon. Du nicht?«

»Darüber muss ich nachdenken«, sagte Jeff.

»Wir müssen ja jetzt noch keine Entscheidung treffen, ob wir Rutherford einweihen«, schlug Laura vor. »Es reicht, wenn wir auf der Rückfahrt einen Entschluss fassen. Einverstanden?«

»Sehr diplomatisch«, meinte Jeff und griff nach ihrer Hand. »Das bin ich gar nicht von dir gewohnt, Laura. Du entwickelst immer neue Qualitäten.«

6

Man hatte ihr einen Sack über den Kopf gestülpt, sodass sie nicht sehen konnte, wohin sie lief. Ihre Hände waren gefesselt und aus der Ferne hörte sie Stimmen und Rufe. Es klang so, als sei eine große Menschenmenge versammelt. Tränen liefen ihr übers Gesicht. Sie fühlte sich völlig erschöpft. Schon seit Tagen hatte sie nichts Richtiges mehr gegessen. Mühsam stolperte sie vorwärts. Schließlich konnte sie nicht mehr und blieb stehen.

Jemand versetzte ihr von hinten einen Tritt. Rose schrie vor Schmerz auf.

»Geh schneller, du Miststück! Wir haben nicht den ganzen Tag Zeit!«, brüllte eine Männerstimme sie an. Dann packte der Mann sie am Arm.

Rose zwang sich, weiterzulaufen. Sie näherten sich der Menschenmenge. Schließlich wurde sie eine hölzerne Treppe hinaufgestoßen und jemand riss ihr den Sack vom Gesicht.

Ungläubig sah Rose in die Menge, die sich auf dem Platz versammelt hatte. Es mussten Hunderte sein!

»Mörderin!«, schrien sie.

Mrs Reynolds stand mit versteinerter Miene in der ersten Reihe. Sie war ganz in Schwarz gekleidet.

»Mrs Reynolds!«, rief Rose in ihrer Verzweiflung. »Bitte … Ich wollte ihn nicht töten! Sie müssen mir glauben. Es tut mir leid!«

Ihre ehemalige Herrin hob den Kopf und starrte Rose an.

Sie machte keine Anstalten, etwas zu unternehmen. Ihr Blick war eine einzige stumme Anklage.

Rose war klar, dass sie ihr niemals verzeihen würde. Sie wusste nicht, ob diese Frau überhaupt in der Lage war, so etwas wie Mitleid zu empfinden. Jedenfalls nicht für eine Sklavin, die in ihren Augen das schlimmste Verbrechen begangen hatte, das man sich vorstellen konnte.

Unsanft wurde sie zur Mitte des Podestes gestoßen, wo ein Galgen aufgebaut war. Eine Schlinge baumelte herab.

Jetzt erst sah Rose die Gestalt in der schwarzen Kutte, die vor ihr stand. Der Fremde war riesengroß. Er ging um Rose herum, und sie spürte, wie sich die Holzbalken unter seinen schweren Schritten bogen.

»Du kannst noch ein Gebet sprechen«, zischte er.

Rose senkte den Kopf und schloss die Augen. Sie war verloren … Niemand würde sie retten.

»Lieber Gott«, murmelte sie. »Bitte beschütze meine Seele …« Sie dachte an Joe, bald würde sie bei ihm sein …

»Hängt sie!«, brüllte die Menge. »Hängt sie auf!«

Als Rose die Augen wieder aufschlug, sah sie über sich den Henker. Er zog die Schlinge tiefer herab und für eine Sekunde sah sie seine Augen. Sie glühten vor Hass.

Er legte die Schlinge um ihren Hals und zog sie enger. Dann ließ er sie los. Rose starrte auf die Menschenmenge. Sie konnte die Leute nur noch verschwommen erkennen. Dann öffnete sich die Bodenklappe und sie fiel in eine dunkle Leere …

Rebecca schreckte hoch und stellte fest, dass sie ihre eigenen Hände um den Hals gelegt hatte. Sie atmete schnell. Sie brauchte eine Weile, um sich wieder zurechtzufinden.

Sie war nicht gehenkt worden, sondern lag im Bett. Vor ihr fiel ein schmaler Lichtstrahl in den Raum, der blasse Mond leuchtete durch die halb zugezogenen Vorhänge.

Sie musste geträumt haben. Rebecca stand auf und ging zur Tür. Ihr ganzer Körper schmerzte. Sie versuchte sich daran zu erinnern, was passiert war, aber ihre Erinnerungen schienen völlig durcheinandergeraten zu sein. Für einen Moment hatte sie das Gefühl, im Lagerraum des Schiffes zu sein, spürte sogar die Wellen, die das Schiff bewegten. Wo war Joe? Sie hörte wieder den Schuss ...

Im nächsten Augenblick war sie in der Küche des großen Herrenhauses. Mr Reynolds presste sie gegen die Wand und versuchte, ihr Kleid hochzuschieben ... Rebecca keuchte und hielt sich am Geländer fest. Wo kamen diese Bilder her? Sie sollten aufhören! Sie war Rebecca, nicht Rose!

Die Rufe der Menschenmenge. *»Mörderin! Henkt sie!«* War es wirklich nur ein Traum gewesen?

Langsam ging Rebecca die Treppe hinunter. Sie wollte in die Küche gehen, um ein Glas Wasser zu trinken.

Plötzlich hörte sie Schritte hinter sich. Schwere Stiefel, die über Holz gingen. Rebecca wagte es nicht, sich umzudrehen. Wie angewurzelt blieb sie am Fuß der Treppe stehen. Hinter ihr atmete jemand.

Im Garderobenspiegel sah Rebecca auf der Treppe eine Bewegung. Eine schwarze Kutte!

Sie schrie und riss die Tür auf. In panischer Angst rannte sie hinaus in die Nacht.

Andy fuhr mit klopfendem Herzen hoch. Rebeccas Schrei gellte noch immer in seinen Ohren. Er hatte wieder diesen Traum gehabt ...

Er war sich absolut sicher, dass etwas Schreckliches passieren würde. Er musste sofort nach Rebecca sehen! Hektisch schlug Andy die Decke zurück, setzte seine Brille auf und rannte aus dem Zimmer. Er knipste das Licht im Flur an. Es war totenstill in der Hütte.

Rebecca schlief im Raum gegenüber. Mit zitternden Fingern drückte Andy die Klinke herunter.

»Rebecca?«, flüsterte er. Als keine Reaktion kam, versuchte er es noch einmal, diesmal lauter. »Rebecca!«

Doch das Zimmer war leer. Er sah, dass die Bettdecke zerknüllt war.

Andy geriet in Panik. Er klopfte an Phils Zimmer und öffnete die Tür.

»Phil! Wach auf!«

»Was ist denn los?«, fragte Phils schlaftrunkene Stimme. Er knipste die Nachttischlampe an.

»Andy? Was ist passiert?«

»Rebecca ist weg!«, antwortete Andy. »Phil, wir müssen sie suchen! Ich glaube … ich *weiß*, dass etwas ganz Schlimmes passieren wird, wenn wir sie nicht finden!«

Jetzt war auch Phil hellwach. Ohne weitere Fragen zu stellen, sprang er aus dem Bett. »Okay, ich zieh mir schnell was an.«

Andy rannte zurück in sein Zimmer und schlüpfte in seine Jeans und in die Schuhe. Das T-Shirt, in dem er geschlafen hatte, stopfte er einfach in den Bund. Sie durften keine Zeit verlieren!

Im Erdgeschoss fand er den Beweis, dass ihn sein Gefühl nicht getäuscht hatte: Die Eingangstür stand sperrangelweit offen. Hinter ihm polterte Phil atemlos die Treppe herunter. Er hatte eine Taschenlampe mitgebracht.

Mowgli, der in seinem Körbchen im Flur geschlafen hatte, wachte auf und tappte schwanzwedelnd auf sie zu.

»Nicht jetzt, Mowgli«, murmelte Phil abwehrend und war im Begriff, hinauszugehen.

»Warte!«, rief Andy, dem eine Idee gekommen war. »Vielleicht kann uns Mowgli helfen.« Er schnappte sich Rebeccas Jacke vom Garderobenständer und hielt sie Mowgli hin. Der Hund schnupperte interessiert daran.

»Und jetzt such Rebecca! Los!« Andy zeigte nach draußen.

Mowgli schien zu begreifen, was er von ihm wollte. Er preschte sofort los, die Nase dicht am Boden. Phil und Andy hatten Mühe, hinterherzukommen.

Der Hund lief zu einem schmalen Pfad, der einen Hang hinaufführte. Diesen Weg kannten sie noch nicht, aber er führte zu einem Berg. Die Tour hatten sie für morgen geplant gehabt. Andys Gedanken überschlugen sich, während er Mowgli folgte. Der Hund war in der Dunkelheit kaum zu erkennen. Nur der Mond und Phils Taschenlampe spendeten etwas Licht. Andy fror, Phil hatte wenigstens eine Jacke angezogen. Wortlos rannten sie nebeneinanderher, beide vor Anstrengung keuchend. Während der Weg immer steiler wurde, redete Andy sich ein: *Es ist anders als in meinem Traum. Es wird alles gut ausgehen. Es muss!*

Phil und der Hund waren in seinem Traum nicht dabei gewesen. Auch der Mond hatte anders ausgesehen. Aber das waren nur Nebensächlichkeiten. Das Wichtigste war jetzt, dass sie Rebecca fanden und das Schlimmste verhinderten.

Andy musste wieder daran denken, wie panisch Rebecca reagiert hatte, als das Gespräch beim Kochen auf den Henker gelenkt worden war. Hatte sie ihnen etwas verschwiegen? Er erinnerte sich an die schwarze Gestalt, die er in seinem Traum gesehen hatte, kurz bevor Rebecca abgestürzt war …

Andy hatte keine Ahnung, wie lange sie schon unterwegs waren. Er hatte jegliches Zeitgefühl verloren. Ob Laura und Jeff ihr Verschwinden bereits bemerkt hatten? Der Weg vor ihnen wurde zunehmend steiler. Andy stolperte über einen Stein und fiel hin. Seine linke Hand pochte vor Schmerz, und im Mondlicht konnte er sehen, dass sie blutete.

Genau wie in dem Traum, dachte er.

Je höher sie kamen, desto schlechter wurde die Sicht. Nebel. Irgendwie mussten sie vom Weg abgekommen sein, aber Mowglis Kläffen verriet, dass er nicht weit entfernt war. Also war auch Rebecca hier entlanggelaufen …

Phil und Andy kämpften sich durch das Gebüsch. Es konnte nicht mehr lange dauern. Nach ein paar Minuten wurde der Boden schließlich eben. Sie liefen über aufgeweichte Erde, und als der Kegel der Taschenlampe auf den Boden fiel, sahen sie Fußspuren. Es war nur ein Paar, das von jemandem mit kleinen Füßen stammen musste. Rebecca!

»Sie ist ganz in der Nähe!«, flüsterte Andy Phil zu.

Plötzlich fing Mowgli an, wie wild zu bellen. Sie liefen in die Richtung, aus der das Bellen kam, und fanden sich auf einer Art Plateau wieder. Rundherum ragten Felsen empor. Der Hund war stehen geblieben und bellte etwas an, das Andy nicht genau erkennen konnte. Doch als er näher kam, sah er die Gestalt, die zitternd an einem Felsvorsprung stand.

»Rebecca!«, schrie Andy. »Bitte bleib stehen! Wir kommen zu dir!«

Der Henker wandte den Kopf und sah in die Richtung der beiden Jungs.

»Deine Freunde können dir nun auch nicht mehr helfen, Rose!«, sagte er verächtlich.

Rebeccas Zähne schlugen aufeinander. »A...aber ich bin nicht Rose. Ich b...b...bin Rebecca. Ich habe doch gar nichts getan!« Es war nur ein Flüstern. Ihre Kehle war wie zugeschnürt.

Von Weitem hörte sie Phils Stimme: »Mowgli, du hast sie gefunden! Guter Junge!«

Der Henker kam auf Rebecca zu und hob den Arm. In seiner Hand blitzte das Beil.

»Ich werde dich töten ...«

»Bitte«, versuchte es Rebecca noch einmal. »Ich kann nichts für das, was Rose ... was ich in meinem früheren Leben getan habe. Ich habe mich doch damals nur gewehrt!«

Der Henker hob den Kopf und sie konnte unter seine Kapuze blicken, sah die graue Haut und seine grausamen Augen. Seine schmalen Lippen verzogen sich zu einem hässlichen Grinsen.

»Sünder wie du verdienen kein neues Leben! Deswegen musst du sterben!«

Seine Stimme klang in ihren Ohren wie Donnergrollen.

Mowgli sprang auf den Henker zu und knurrte ihn an. Doch der Henker schwang das Beil in Richtung des Hundes, woraufhin dieser winselnd den Schwanz einzog und zurück zu Phil und Andy lief.

»Oh Gott, da ist irgendwas!«, hörte Rebecca Andy mit erstickter Stimme sagen.

Der Henker kam immer näher. *»Du kannst deinem Schicksal nicht entgehen«*, flüsterte er.

Rebecca wich einen Schritt zurück.

»Rebecca, bleib stehen!« Phil kam jetzt auf sie zugerannt.

Nein, komm nicht näher!, wollte sie rufen, aber sie brachte keinen Ton heraus. Sie versuchte, Phil mit den Händen zu signalisieren, dass er wegbleiben sollte, aber er verstand ihre Zeichen entweder nicht oder ignorierte sie.

Der Henker holte aus – Rebecca konnte in letzter Sekunde ausweichen. Sie wusste, dass sich dicht hinter ihr der Abhang befand, doch sie konnte aufgrund des Nebels nicht sehen, wie tief es dort hinunterging. Sie konnte nur beten, dass es kein tiefer Sturz sein würde.

Zum zweiten Mal schwang der Henker sein Beil. Sie machte einen weiteren Schritt nach hinten, rutschte aus, schwankte und merkte, dass ihre Füße ins Leere traten!

Hilflos rutschte sie ab und konnte sich in letzter Sekunde an einem der Felsen festklammern. Nur nicht nach unten sehen! Sie krallte sich fest, so gut es ging. Verzweifelt versuchte sie, ein Bein wieder nach oben zu bekommen, aber es gelang ihr nicht. Sie versuchte es wieder und wieder.

Die Luft war eiskalt und sie hatte kaum noch Kraft. Sie würde jeden Moment abstürzen … Da packte sie jemand an den Armen! Rebecca blickte nach oben. Sie rechnete damit, in die Augen des Henkers zu sehen – doch es war Phil!

Er hielt sie fest und versuchte, sie nach oben zu ziehen. »Ich hab dich, Rebecca. Du kannst loslassen.«

Zögerlich ließ Rebecca mit einer Hand los, und es gelang ihr mit Phils Hilfe, ein Bein über den Rand zu hieven. Für einen Moment hing sie halb in der Luft. Dann half auch Andy mit und Rebecca hatte kurz darauf wieder sicheren Boden unter den Füßen. Erleichtert stellte sie fest, dass der Henker verschwunden war.

»Puh, das war knapp!«, murmelte Phil und lächelte sie an.

Da tauchte hinter ihm eine scheußliche Fratze auf. Die bösen Augen leuchteten in der Dunkelheit. Rebeccas Herz setzte einen Schlag aus.

»Phil, pass auf!«, kreischte Rebecca. »Hinter dir!«

Phil drehte sich um. »Was soll da sein?«

Offenbar konnte er den Henker nicht wahrnehmen.

Rebecca sah voller Entsetzen, wie der Henker ausholte und Phil einen Stoß vor die Brust versetzte, sodass er nach hinten taumelte.

Weder Rebecca noch Andy konnten rasch genug reagieren.

Phil stürzte rücklings in den Abgrund, hinab in den Nebel.

Ein dumpfer Aufprall irgendwo weit unten. Dann tödliche Stille.

»NEIN!«, schrie Rebecca.

7

Tage vergingen, ohne dass Rebecca aus der seltsamen Starre erwachte, die sie gefangen hielt. Sie kam sich vor wie eine Figur in einem Marionettentheater. Alle um sie herum redeten, bewegten sich, trafen Entscheidungen. Nur ihr hatte man die Fäden abgeschnitten. Sie verharrte in der immer gleichen Position, stumm, gelähmt, unfähig, selbstständig zu denken oder zu handeln.

Andy hatte mit seinem Handy sofort die Bergwacht verständigt, aber für Phil war jede Hilfe zu spät gekommen. Er war über hundert Meter tief gestürzt – es hatte Stunden gedauert, bis seine Leiche geborgen werden konnte.

Immer wieder blitzten Erinnerungsfetzen an das auf, was danach geschehen war.

Die Männer von der Bergwacht brachten Rebecca und Andy zurück zur Hütte, wo Laura und Jeff bereits warteten. Laura stand auf und nahm Rebecca in den Arm.

Ralph kam in den frühen Morgenstunden zurück. Er kochte ihnen Tee, während Mowgli sich auf Andys Schoß legte und die Ohren hängen ließ. Alle waren sprachlos an diesem Morgen.

Rebecca wusste nicht mehr, wie sie zurück ins IPP gekommen war. Sie hatte mit Dr. Crane und mit Dr. Morgenstern gesprochen, doch an die Einzelheiten der Gespräche konnte sie sich nicht erinnern. Laura hatte ihr später erzählt, dass Phils Mutter einen Nervenzusammenbruch erlitten hatte, als man ihr die Nachricht überbracht hatte.

Für Rebecca stand die Zeit still. Immer und immer wieder sah sie den schrecklichen Moment vor ihrem geistigen Auge vorbeiziehen, ohne dass sie etwas daran ändern konnte. Der Henker, Phils Sturz und die schreckliche Stille, die darauf folgte.

Das Begräbnis fand auf einem kleinen Friedhof in Syracuse statt. Während der Predigt des Pastors saß Phils Vater kerzengerade und mit regloser Miene auf seinem Stuhl. Seine Frau wurde von heftigen Weinkrämpfen geschüttelt. Rebecca hatte Phils Eltern nicht besonders gut gekannt, aber es brach ihr das Herz, sie so zu sehen.

Nachdem ein Verwandter eine Rede gehalten hatte, sagte auch Professor Rutherford ein paar Worte. Man sah ihm an, wie erschüttert er über den Unfall war. Sein Gesicht war aschfahl, er wirkte um Jahre gealtert.

Außer den Schülern und Mitarbeitern des IPP waren auch viele Jugendliche und einige Lehrer aus Phils alter Schule gekommen. Alle hatten ihn gerngehabt.

Als sich die Prozession hinter dem Sarg zum Grab bewegte, glaubte Rebecca, ein Wort immer wieder zu hören. Es war nur ein Flüstern, aber doch deutlich zu verstehen. *»Warum?«*

Es war die gleiche Frage, die sie sich selbst immer wieder stellte.

Während der Sarg in das Grab hinuntergelassen wurde, fingen viele an zu weinen. Rebecca fühlte sich vollkommen leer.

Laura hatte ihre Gitarre mitgebracht. Rebecca hatte sie gebeten, *My Immortal* von *Evanescence* für Phil zu spielen. Es war eines seiner Lieblingslieder gewesen.

Alle hörten Laura zu, als sie anfing zu singen. Es war faszinierend, wie sie es schaffte, nur mit ihrer Gitarre und ihrer Stimme so viel Gefühl auszudrücken.

Während Laura sang, warfen die Schüler die weißen Rosen, die sie mitgebracht hatten, in das offene Grab.

»These wounds won't seem to heal, this pain is just too real. There's just too much that time cannot erase.«

Es war bitterkalt geworden, als ob der Winter über Nacht eingebrochen war. Rebecca trug Handschuhe und einen dicken Daunenmantel und trotzdem spürte sie die Kälte bis in ihre Knochen.

Sie trat als Letzte ans Grab und blickte stumm auf den Sarg tief unter ihr. Er war bedeckt mit weißen Rosen.

»Mach's gut, Phil«, sagte sie leise. »Ich liebe dich.«

»When you cried, I'd wipe away all of your tears
When you'd scream, I'd fight away all of your fears
And I held your hand through all of these years
But you still have all of me, me, me.«

Rebecca ließ ihre Rose ins Grab fallen, eine einzige rote Blüte in einem Meer aus lauter weißen.

8

»Ich habe Angst, dass Rebecca das nicht verkraftet«, sagte Laura zu Jeff.

Sie kamen gerade aus Riverside zurück, wo sie ein paar Dinge eingekauft und Bill besucht hatten. Bill war von Phils Tod tief betroffen. »Erst Josie und dann auch noch einer meiner liebsten Gäste.«

Er bot ihnen Kuchen an, aber beide hatten keinen rechten Appetit. Nicht einmal Manolo und seine neue Gefährtin Loretta hatten sie aufheitern können. Die beiden Aras waren übermütig auf der Vorhangstange herumgeturnt und hatten entzückte Pfiffe ausgestoßen – ein lustiger Anblick, über den sich aber im Moment weder Jeff noch Laura freuen konnten.

»Klar, für Rebecca ist es echt hart«, sagte Jeff jetzt. »Aber sie wird irgendwann darüber hinwegkommen. So wie wir alle. Auch wenn wir uns das jetzt nicht vorstellen können.«

Sie hielten an einer Ampel und Laura warf ihm einen skeptischen Blick zu. »Ich weiß nicht ... Sie kommt mir völlig apathisch vor. Sie starrt nur vor sich hin und hört ständig dieses Lied.«

»Weil es sie an Phil erinnert. Sie braucht eben Zeit.«

Als Laura den Wagen vor dem Institut parkte, fiel Jeffs Blick plötzlich auf eines der anderen Autos. Er beugte sich nach vorne. »Sieh mal, der schwarze BMW neben Rutherfords Mercedes. Ist das nicht das Auto von –«

Sie sahen sich an.

»Monsieur Guillory!« Laura stieg aus und knallte die Tür zu. »Dass der sich hierher traut!«

Sie rannte zum Eingang.

»Halt, wo willst du denn hin?«, rief Jeff ihr hinterher.

Laura drehte sich um. »Zu Rutherford natürlich. Ich werde nicht einfach zusehen, wie Jasper und Guillory sein Projekt zerstören!«

Jeff seufzte. »Laura, warte ...«

»Was? Hast du es dir etwa anders überlegt? Willst du Jaspers Angebot annehmen und ein *Fernsehstar* werden?«

»Nein, aber ...« Bevor Jeff etwas sagen konnte, kam ihnen Guillory entgegen. Er rauchte einen seiner Zigarillos und sah zufrieden aus. Als er sie entdeckte, nickte er ihnen zu.

»Ich hoffe, dass Sie an Ihrem Glimmstängel ersticken!«, fauchte Laura ihn im Vorbeigehen an.

Guillory drehte sich überrascht um. »Wie bitte, Mademoiselle?«

»Schämen Sie sich eigentlich nicht?«, fragte Laura herausfordernd. Jeff legte beschwichtigend die Hand auf ihre Schulter, aber sie hatte sich bereits in Rage geredet. »Professor Rutherford hat Sie hierher eingeladen, Sie haben sicher eine Menge Geld für die zwei Monate bekommen, und Sie danken es ihm *so*?«

Der Mentor hob verwundert die Augenbrauen. »Was meinen Sie?«

»Was Sie und Jasper van Baarle zusammen vorhaben«, erwiderte Laura, und ihre Augen funkelten vor Zorn. »Sie brauchen gar nicht so unschuldig zu gucken. Sie und Jasper wollen die besten Schüler für Ihre eigenen Zwecke abwerben und damit Rutherfords Lebenswerk kaputt machen. Aber das wird Ihnen nicht gelingen!«

Guillory wirkte zuerst überrascht, dann begann er zu lächeln. »Ihre Loyalität in allen Ehren, Mademoiselle, aber hier liegt ein Missverständnis vor.«

»Wohl kaum!«, widersprach Laura.

»Gut, dann gehen wir doch gemeinsam zu Professor Rutherford und klären die Sache«, schlug Guillory vor.

Jeff runzelte die Stirn. Dachte Guillory, dass er sie mit seinen Fähigkeiten manipulieren konnte? Trotzdem folgten er und Laura dem Mentor die breite Treppe nach oben. Im ersten Stock klopfte Guillory an die Tür zu Rutherfords Büro.

»Ah, Jean-Jacques!«, rief Rutherford, als er eintrat. »Ist dir noch etwas eingefallen?« Der Professor sah überrascht aus, als Laura und Jeff hinter Guillory das Büro betraten.

»Kenneth, deine Schüler haben wirklich detektivisches Talent!«, sagte Guillory belustigt. »Allerdings sind sie diesmal auf der falschen Fährte.«

Rutherford schaute Laura und Jeff fragend an. »Was gibt es denn?«

»Jasper hintergeht Sie, Professor Rutherford!«, platzte Laura heraus. »Er treibt ein doppeltes Spiel.«

Rutherford verzog keine Miene. »Ich weiß.«

Jeff starte ihn ungläubig an. »Aber –«

»Hat er euch angeboten, mit ihm nach New York City zu gehen?«, fragte Rutherford.

Jeff und Laura wechselten einen Blick. Dann berichtete Jeff von dem Angebot, das Jasper ihm gemacht hatte.

»Das hatte ich befürchtet«, sagte Rutherford, als Jeff fertig war. »Ich bin froh, dass ihr zu mir gekommen seid.«

»Aber das ist nicht alles«, sagte Laura. »Jasper hat einen Komplizen. Und zwar den da!« Sie zeigte auf Guillory.

Rutherford musste unwillkürlich lachen. »Jean-Jacques? Das halte ich für ausgeschlossen.«

Jetzt war Jeff vollkommen verwirrt. »Aber wenn nicht er, wer dann?«

Rutherford seufzte. »Ich merke schon, ihr lasst nicht locker. Aber um euch das zu erklären, muss ich wohl etwas weiter ausholen …«

Er berichtete, dass er bereits in den ersten Wochen des Mentorentrainings einen Verdacht gehabt hatte. »Rachel Morgenstern hat mir berichtet, dass einer der Mentoren versucht hat, sie zu bestechen. Ihr wurde ein lukratives Gehalt in Aussicht gestellt, wenn sie mit nach New York ginge und bei der Betreuung des *Projekts* mithelfe. Sie wollte mir nicht sagen, wer es ist, da diese Person ihr gedroht hatte.«

Er machte eine kurze Pause und setzte seine Brille wieder auf.

»Ich habe daraufhin meinen alten Freund Jean-Jacques gebeten, sich ein wenig *umzuhören*. Was er dabei herausgefunden hat, ist äußerst interessant. Er hat mich schon vor einigen Wochen über den Plan informiert, den Jasper und sein Partner ausgeheckt hatten.«

Guillory nickte. »*C'est vrai.* Monsieur van Baarles Gedanken anzuzapfen, ist wahrhaft ein Kinderspiel. Ich konnte in ihnen lesen wie in einem Buch.«

Rutherford fuhr fort: »Auf meine Bitte hin hat Jean-Jacques versucht, Jasper zu warnen. Er hat ihn mit seinem Wissen konfrontiert und ihm gedroht, ihn auffliegen zu lassen. Doch leider, leider war mein ambitionierter Assistent auch dadurch nicht von seinem Vorhaben abzubringen …«

Jetzt wurde Jeff einiges klar. Guillory hatte Jasper mithilfe seiner mentalen Fähigkeiten beschattet. Bei den Gesprächsfetzen, die Rebecca aufgeschnappt hatte, hatte es sich um ein Ultimatum gehandelt – Jaspers letzte Chance, seinen Plan aufzugeben, die er ignoriert hatte.

»Aber wer ist denn nun Jaspers Komplize?«, fragte Laura ungeduldig. Auch Jeff konnte vor Spannung kaum noch still sitzen.

Guillory lachte heiser. »*Ils sont très curieux,* Kenneth.«

Rutherford lächelte und wandte sich wieder an Laura und Jeff. »Was glaubt ihr, wer besitzt genug Charme, um Jasper zu einem solchen Unsinn zu überreden? Alleine wäre er doch nie auf diese Idee gekommen.«

Jeff fiel aus allen Wolken. »Mia Malloy? Nein!« So etwas hätte er seiner Mentorin nie und nimmer zugetraut.

»Allerdings.« Rutherford lehnte sich zurück. »Ich hätte es eigentlich wissen müssen. Bei ihr war ich mir von Anfang an unsicher. Sie besitzt zwar beeindruckende Fähigkeiten, aber sie ist eben auch sehr berechnend.«

»Jasper glaubt, dass sie ihn liebt, aber sobald sie erreicht hat, was sie will, wird sie ihn fallen lassen wie eine heiße Kartoffel«, bemerkte Guillory abfällig.

»Das befürchte ich auch«, sagte Rutherford. »Nichtsdestotrotz musste ich aus dieser Geschichte die Konsequenzen ziehen. Ich habe Jasper heute entlassen.«

Laura sog hörbar die Luft ein. »Wow. Das heißt, wir sehen ihn wohl nicht wieder.«

»Nein, ich denke nicht«, sagte Rutherford, und in seiner Stimme schwang Bedauern mit. »Ich hätte es gerne verhindert. Aber ich werde mich wohl um einen neuen Assistenten bemühen müssen. Jean-Jacques hat sich freundlicherweise bereit erklärt, mich so lange zu unterstützen.«

»Auweia«, sagte Laura. »Dann ist wohl eine Entschuldigung fällig.« Sie wandte sich an Monsieur Guillory. »Tut mir wirklich leid, dass wir Sie verdächtigt haben.«

Auch Jeff entschuldigte sich bei ihm. Der Mentor nahm es gelassen.

»Ihr seid nicht die Ersten, die mich für einen Bösewicht halten. Dabei predige ich meinen Schülern immer, dass sie sich nicht so leicht täuschen lassen sollen. Wie heißt dieser Spruch doch gleich wieder? – Der äußere Schein trügt oft.«

9

Rebecca sah noch blasser aus als früher und wirkte zerbrechlich. Sie hatte sich vollkommen in sich zurückgezogen. Im Unterricht sprach sie nur, wenn sie gefragt wurde, und in ihrer Freizeit unternahm sie nie etwas mit den anderen zusammen. Laura berichtete, dass sie meistens auf ihrem Bett hockte und las.

»Aber sie liest nicht wirklich«, sagte Laura. »Ich habe nachgeschaut, wo ihr Lesezeichen steckt. Seit drei Tagen ist sie keine Seite weitergekommen.«

Andy entschied, dass es so nicht weitergehen konnte. Er musste mit Rebecca reden. Sie brauchte unbedingt Hilfe. Es war nicht gut, dass sie sich so abschottete. Er fand, dass sie Therapiestunden bei Rachel Morgenstern nehmen sollte, damit es ihr wieder besser ging.

Er passte Rebecca ab, als sie mit einem Stapel Bücher aus der Bibliothek kam.

»Hi, Rebecca.«

»Hallo, Andy.« Sie sah ihn kurz an, dann senkte sie den Blick und wollte an ihm vorbei.

Er fasste sie am Arm.

»Rebecca, bitte lass uns miteinander reden, ja?«

Rebecca schien erstaunt zu sein, so als habe er sie gebeten, mit ihm in die Hausmeisterloge einzubrechen und Cutters Werkzeugkasten zu stehlen. Aber immerhin ging sie mit ihm in die Bibliothek zurück. Sie setzten sich an einen Tisch, wo sie ungestört waren.

Andy überlegte, wie er ein Gespräch beginnen sollte. Rebecca war ihm dabei nicht die geringste Hilfe. Sie sah ihn mit großen Augen stumm an. Er hätte gerne ihre Hände, die auf dem Bücherstapel ruhten, in seine genommen, doch er traute sich nicht.

»Wie geht's dir, Rebecca?«, fragte er schließlich.

Sie zuckte die Achseln. »Gut, danke.« Sie lächelte pflichtschuldig und wirkte nervös.

Andy schluckte. Dann fasste er sich ein Herz und nahm doch ihre rechte Hand. »Das stimmt nicht, Rebecca«, sagte er. »Es geht dir nicht gut, das sieht jeder. Ich möchte dir so gerne helfen. Ich bin doch dein Freund.«

Sie lächelte wieder, ohne etwas zu sagen, und entzog ihm ihre Hand.

Andy seufzte. »Ich weiß, dass du Phil vermisst«, meinte er. »Wir alle vermissen ihn. Aber das Leben muss trotzdem weitergehen.«

Oh Gott, hatte er das wirklich gesagt? Platter ging es nicht. Aber wenigstens reagierte Rebecca jetzt.

Sie schüttelte den Kopf. »Manchmal glaube ich, dass mein Leben überhaupt keinen Sinn mehr hat – jetzt, wo Phil tot ist …« Sie blickte auf den Tisch.

»So etwas darfst du nicht denken«, sagte Andy.

»Ich wünschte, ich wäre auch tot«, flüsterte sie, ohne ihn anzusehen. »Ich mache mir solche Vorwürfe. Wenn ich in jener Nacht nicht rausgerannt wäre, wäre Phil jetzt noch am Leben.« Sie presste die Lippen zusammen und unterdrückte ein Schluchzen.

Andy nahm wieder ihre Hand. »Du solltest mit Dr. Morgenstern reden, Rebecca. Sie wird dir sagen, dass du nicht schuld bist an Phils Tod.«

»Wenn ich nicht schuld bin, wer dann?«, fuhr sie ihn an. Ihre Augen glänzten fiebrig. »Natürlich bin ich schuld. Ich hatte in der Nacht schlecht geträumt. Ständig habe ich Traum und Wirklichkeit durcheinandergebracht. Ich … Ich habe mir eingebildet, dass der Henker hinter mir her ist … dass er mich verfolgt … Ich bin vor ihm weggelaufen …«

»Becky«, sagte Andy. Die ganze Zeit hatte er sich gefragt, warum Phil plötzlich grundlos das Gleichgewicht verloren hatte und in den Abgrund gestürzt war. Jetzt wurde ihm klar, was passiert war. »War es der Henker, der Phil gestoßen hat?«

Ihr Blick flackerte. »Wie … wie kommst du darauf?« Ihre Stimme wurde wieder ein Flüstern. »Du … du hast ihn doch nicht gesehen, oder? Niemand hat ihn gesehen …«

»Doch«, widersprach Andy. »Ich hab den Henker gesehen. In meinem Traum. Ich weiß, dass er dich verfolgt hat, Rebecca. Du hast geschrien – und dann …« Er musste heftig schlucken. »Und dann bist du in den Abgrund gestürzt – und ich konnte dich nicht retten …«

Rebecca sah ihn ungläubig an. »Das hast du geträumt?«, fragte sie dann. »Wann?«

»Zum ersten Mal vor einigen Wochen«, antwortete Andy. »Und dann immer wieder. Es war so furchtbar!«

Sie sprang auf. »Warum hast du mir das nicht gesagt?«, schrie sie ihn an. »Warum hast du mich nicht gewarnt, wenn du wusstest, dass es so kommen wird?«

»Rebecca, ich –«

Sie ließ ihn nicht ausreden. Sie war außer sich vor Wut. »Und jetzt bist du froh, dass es Phil erwischt hat und nicht mich, ja? Er war dir doch die ganze Zeit im Weg, gib es zu! Es hat dir nicht gepasst, dass wir zusammen waren … und dass ich ihn geliebt habe … so geliebt … Und jetzt ist er tot!« Sie schlug die Hände vors Gesicht und schluchzte.

Andy war wie erstarrt. Wie konnte sie so etwas sagen? Nie und nimmer hatte er sich Phils Tod gewünscht!

»Das stimmt nicht«, sagte er leise. »Ich … ich habe mich gefreut, dass du … mit Phil so glücklich warst …« Er konnte nicht weiterreden. Wirklich zu lieben, so hatte er einmal gelesen, bedeutete, dass es nicht darum ging, selbst glücklich zu sein, sondern dem anderen das Glück zu gönnen. Und das hatte er getan, auch wenn er manchmal sehr traurig darüber gewesen war, dass er nicht mit Rebecca zusammen sein konnte.

»Du lügst«, sagte Rebecca jetzt und sah ihn kalt an. »Ich glaub dir kein Wort. Bitte lass mich in Zukunft in Ruhe, Andy. Wir sind fertig miteinander, für immer.« Dann nahm sie ihre Bücher und ging.

Andy blieb am Tisch sitzen, bis Mr Li kam und ihn rauswarf, weil er die Bibliothek schließen wollte.

Wütend knallte Rebecca die Zimmertür hinter sich zu. Was bildete sich Andy eigentlich ein? Wie konnte er glauben, dass sie ihm jemals verzeihen würde?

Er hatte ihr bewusst nichts von seiner Vision erzählt und nun war es zu spät. Rebecca legte sich in ihr Bett und zog die Decke über den Kopf. Es war alles so sinnlos …

»Rebecca«, sagte eine Stimme.

»Lass mich in Ruhe, Laura«, fauchte sie.

»Ich bin's doch. Jenny.«

Rebecca schlug die Decke zurück. Jenny saß auf Lauras Bett und ließ die Beine baumeln. Rebecca hatte sie schon lange nicht mehr gesehen, und zum ersten Mal fiel ihr auf, wie jung Jenny aussah. Sie waren beide dreizehn gewesen, als Jenny gestorben war. Während Rebecca sich seitdem verändert hatte, war Jenny um keinen einzigen Tag gealtert.

»Was willst du?«, fragte Rebecca.

»Es tut mir leid, was passiert ist«, sagte Jenny. »Und was ich damals über Phil gesagt habe, war gemein von mir. Ich weiß, dass du ihn geliebt hast.«

Rebecca starrte das Muster ihres Bettbezuges an.

»Du weißt gar nichts«, sagte sie tonlos. »Du warst noch nie verliebt, wie kannst du mich da verstehen …«

Vielleicht war Jenny jetzt beleidigt und würde verschwinden, doch das war Rebecca in diesem Moment völlig egal. Sie wollte mit sich und ihrer Trauer allein sein.

Doch Jenny blieb.

»Eigentlich bin ich wegen etwas anderem hergekommen«, sagte sie nach einer Weile. »Es gibt nämlich jemanden, der dringend mit dir sprechen möchte.«

Rebecca sah überrascht hoch. »Wen denn?«

»Er heißt Tyler.«

Rebeccas Kinnlade klappte herunter. »Tyler Rooney?«

Jenny nickte. »Soll ich ihn holen? Oder passt es dir gerade schlecht?«

Beunruhigt stand Rebecca auf. »Nein, bitte sag ihm, er kann herkommen.«

»Okay.« Jennifer verschwand und kurz darauf wurden am Fenster die Umrisse einer Gestalt sichtbar.

Je deutlicher die Figur wurde, desto sicherer war sich Rebecca, dass es wirklich Tyler war. Er sah fast genauso aus wie auf dem Foto, das in der Zeitung abgedruckt war. Nur seine Haare waren etwas länger und er trug keine Brille mehr. Er war sehr blass und hatte dunkle Ringe unter den Augen.

Rebecca hätte ihn beinahe für eine lebendige Person halten können, wenn nicht die Streben des Fensters durch ihn hindurchgeschimmert hätten.

»Hallo, Rebecca.« Tyler lächelte schüchtern.

Sie machte einen Schritt auf ihn zu. »Hi. Jenny hat gesagt, dass du mit mir reden willst.«

»Das stimmt.« Tyler schien nicht genau zu wissen, wo er anfangen sollte. »Du hast mich ja vor ein paar Wochen kontaktiert wegen ... wegen Josie. Es hat nicht so richtig geklappt. Du musst wissen, dass es das erste Mal war, dass Lebende versucht haben, mit mir zu kommunizieren.«

»Versteh ich.« Rebecca sah ihn an. »Es stimmt nicht, was die Zeitungen schreiben, oder? Du hast Josie nicht umgebracht.«

Tyler schüttelte den Kopf. »Ich hätte ihr nie wehtun können. Als ich erfahren habe, dass sie tot ist, da ... da habe ich mir gewünscht, auch zu sterben.« Er schluckte. Rebeccas konnte ihn so gut verstehen.

»Und deswegen hast du keinen anderen Ausweg gesehen, als dich zu ...«

»Nein!«, sagte Tyler plötzlich laut. »Es war kein Selbstmord, auch wenn es so ausgesehen hat.«

Rebecca schnappte nach Luft. »Aber –«

»Ich habe neulich schon versucht, dir das zu sagen. Es war der Henker, der Josie getötet hat. Er hat auch mich verfolgt. Und schließlich hat er mich erwischt.«

Rebeccas Hände fingen an zu zittern. Das war doch unmöglich!

»Warum hast du dann gesagt, dass du schuld bist an Josies Tod?«, fragte sie.

»Weil ich sie überredet habe, diese ... diese Therapie zu

machen«, gestand Tyler. »Josie hat mir anvertraut, dass sie Probleme hatte. Nach dem Tod ihrer Mutter ist sie in ein tiefes Loch gefallen. Sie hatte Depressionen und ihre Beziehungen mit Männern gingen immer nach kurzer Zeit in die Brüche.«

»Und du hast ihr zu der Reinkarnationstherapie geraten?«

»Ich dachte eben, dass dadurch ihre Probleme gelöst würden. Ich bin durch Zufall auf das Buch von Zacharias White gestoßen und neugierig geworden. Vor ein paar Monaten habe ich dann die Therapie gemacht. Und sie hat mir auch geholfen, zumindest dachte ich das. Ich habe aufgehört, Drogen zu nehmen und –«

»Moment mal«, unterbrach Rebecca ihn. Ihr Herz klopfte plötzlich wie wild. »Soll das etwa heißen, dass *du auch* bei Zacharias White in Behandlung warst?«

Tyler nickte. »Ein paar Wochen nach der letzten Sitzung fingen auf einmal diese Träume an. Ich wurde verfolgt. Ich konnte nicht mehr zwischen meinem früheren und meinem aktuellen Leben unterscheiden.«

Rebeccas Gedanken überschlugen sich. Sie hatte das Gefühl, der Lösung ganz nahe zu sein, und doch hatte sie Angst davor.

»Wurdest du in deinem früheren Leben hingerichtet?«, fragte sie leise.

»Damals … ich habe in England gelebt. Man hat mir vorgeworfen, die Tochter des Gutsherren verschleppt und umgebracht zu haben. Es war ein Irrtum, ich hatte die Tat nicht begangen.«

»Und trotzdem musstest du dafür sterben«, ergänzte Rebecca.

»Ja. Und diese Träume, sie … sie kamen immer wieder. Ich konnte nicht mehr schlafen, habe alles versucht, um sie loszuwerden. Überall habe ich den Mann in der Kutte gesehen. Ich war sogar bei einem Psychotherapeuten, aber er hat gesagt, dass es Wahnvorstellungen sind, die durch den Drogenmissbrauch verursacht wurden. Ich wollte noch mal zu White, aber er war angeblich komplett ausgebucht. Eines Tages habe ich vor seiner Praxis auf ihn gewartet.«

»Was hat er gesagt?«

»Er war wie ausgewechselt. Überhaupt nicht mehr so nett wie in den Sitzungen. Er wollte nichts von meinen Albträumen wissen. Ich habe ihn angeschrien, dass er daran schuld sei und ich so nicht mehr weitermachen kann. Darauf hat er geantwortet: ›Du hast eben in der Vergangenheit zu viel Unrecht getan. Sünder verdienen kein neues Leben.‹«

Rebecca wurde schwindelig und sie musste sich hinsetzen. »DAS hat er gesagt?!«

»Ja.«

»Oh, mein Gott. Natürlich.«

Während sie noch versuchte, sich wieder zu sammeln, ging die Tür auf, und Laura kam herein. Als sie Rebecca sah, machte sie ein besorgtes Gesicht. »Becky, ist alles okay?«

Tylers Umrisse begannen zu verschwimmen.

»Danke für deine Hilfe, Tyler!«, rief Rebecca ihm hinterher. Sie stand auf.

»Laura, ich weiß jetzt, wer Josie und Tyler auf dem Gewissen hat … und Phil.«

Laura sah sie verständnislos an.

»Es ist White«, sagte Rebecca.

»Von wem redest du?«

»Zacharias White! Er ist der Henker!«

10

Gleich am nächsten Morgen gingen die Mädchen zu Rutherford und erzählten ihm, was sie über Zacharias White herausgefunden hatten. Sie berichteten auch von der Rückführung, die Rebecca ohne Rutherfords Wissen gemacht hatte.

Der Leiter des IPP war alles andere als begeistert, aber er wusste, dass für Vorwürfe und Ermahnungen jetzt nicht der richtige Zeitpunkt war. Sie mussten, was Zacharias White betraf, sofort etwas unternehmen.

Gegen Mittag waren sie bereits unterwegs zu seiner Praxis. Sie hatten Rutherfords Wagen genommen. Außer Rebecca, Laura und Jeff war auch Monsieur Guillory mitgekommen. Andy war nirgends zu finden gewesen, und Laura vermutete, dass Rebecca und er sich gestritten hatten. Aber dafür war jetzt keine Zeit. Laura fiel auf, dass Rutherford zu schnell fuhr. Offensichtlich regte ihn das Ganze mehr auf, als man ihm ansah. Rebecca knabberte nervös an ihren Fingernägeln.

»Was machen wir, falls er handgreiflich wird?«, fragte Jeff.

»Ich hoffe zwar nicht, dass wir sie brauchen werden, aber überleg dir am besten, wie du deine Fähigkeit im Notfall einsetzen kannst«, antwortete Rutherford. »Bisher hast du in gefährlichen Situationen immer richtig reagiert. Aber da wir Jean-Jacques dabei haben, wird es hoffentlich gar nicht so weit kommen – er wird versuchen, White mittels Gedankenkraft zu manipulieren.«

»Wenn sich herausstellt, dass er tatsächlich der Henker ist, werde ich ihn hypnotisieren und ihm befehlen, sich der Polizei zu stellen«, sagte Guillory.

Der Plan klang logisch. Trotzdem hatte Laura Herzklopfen, als sie vor der Praxis parkten und ausstiegen. Was, wenn irgendetwas schiefging?

Rebecca sah aus, als würde sie gleich ohnmächtig werden. Natürlich hatte sie Angst, White gegenüberzutreten – dem Verursacher ihrer Albträume.

»Wir müssen unbedingt mit Mr White sprechen«, sagte Rutherford zu der Assistentin, die sie etwas irritiert ansah.

»Es tut mir leid, Sir, aber ohne Termin kann ich Sie nicht zu ihm lassen«, erwiderte sie.

»Lass mich das machen«, raunte Guillory dem Professor zu und wandte sich an die Assistentin. »Es ist sehr wichtig, dass wir mit ihm reden. Wenn Sie also so freundlich wären, uns zu ihm zu führen, wäre ich Ihnen äußerst verbunden, Madame.« Dabei sah er der Frau intensiv in die Augen.

Laura hatte keine Ahnung, was sich gerade abspielte, aber kurz darauf stand die Assistentin ruckartig auf und ging auf eine Tür zu.

»Hier ist sein Büro.« Ihre Stimme klang, als habe man sie unter Drogen gesetzt.

»Vielen Dank, meine Liebe.« Guillory lächelte, als die Assistentin mit roboterartigen Bewegungen zurück an ihren Platz ging.

Zacharias White sah von seinem Schreibtisch auf, als sie eintraten.

»Was zum Teufel …? Hat Amanda Sie etwa alle hereingelassen?«

»Richtig«, antwortete Rutherford ruhig. »Mr White, wir haben einige Fragen an Sie. Genauer gesagt, diese junge Dame«, er zeigte auf Rebecca, »hat nach Ihrer Therapie eine sehr unangenehme Erfahrung gemacht. Wir wüssten gerne, was Sie uns darüber sagen können.«

Als White Rebecca erkannte, erschien auf seinem Gesicht ein freundliches Lächeln, aber Laura konnte sehen, dass es nur gespielt war.

»Oh, Miss Hamilton … Rebecca! Warum bist du nicht mehr gekommen? Wie geht es dir?«

Er machte keine Anstalten, aufzustehen. Laura sah, wie sein rechter Arm unter den Schreibtisch glitt.

»Es geht mir schlecht«, sagte Rebecca wütend. »Seit der Sitzung bei Ihnen habe ich Albträume. Außerdem ist mein Freund tot. Und Sie sind schuld daran!«

Das Lächeln verschwand aus Whites Gesicht, aber der Therapeut redete immer noch in einer betont ruhigen Stimmlage.

»Na, na, ich kann mir nicht vorstellen, was ich damit zu tun haben soll. Ich glaube, du bist ein wenig durch den Wind. Verständlich, nach so einem Schicksalsschlag.«

Rebecca machte einen Schritt auf ihn zu. »Sie brauchen sich nicht zu verstellen. Ich weiß, wer Sie wirklich sind.«

White lachte kurz auf. Es klang gekünstelt.

»Sie haben Josie und Tyler getötet!«, rief Rebecca jetzt. »Ich weiß nicht, wie Sie es gemacht haben, aber Sie sind der *Henker*!«

In diesem Moment sprang Zacharias White auf. Seine Gesichtszüge waren vor Wut verzerrt. »Keinen Schritt weiter!« Er hatte eine Pistole auf sie gerichtet, die er aus einer Schublade geholt haben musste.

»Ich muss schon sagen, Respekt! Ich hätte nicht gedacht, dass es jemand herausfindet.«

Lauras Mund wurde trocken. Der Mann war vollkommen wahnsinnig! Sie griff nach Jeffs Hand und spürte seine Angespanntheit.

Plötzlich fing White an, hysterisch zu lachen. Laura sah ungläubig zu, wie die Luft vor ihm zu flimmern begann.

Eine riesenhafte Gestalt schien sich aus dem Nichts zu manifestieren. Schwere Stiefel, eine schwarze Kutte, eine Kapuze, die tief ins Gesicht gezogen war. In seinen Händen hielt er ein großes Beil.

War das eine Sinnestäuschung? Ein kurzer Blick zu den anderen verriet Laura, dass auch sie den Henker sahen.

»Wie kann das sein?«, flüsterte Laura Guillory zu, der neben ihr stand.

»Er besitzt unglaublich starke telepathische Kräfte«, antwortete dieser leise. »Ich werde versuchen, ihm entgegenzuwirken.«

Whites Augen waren weit aufgerissen. Sie schienen fast aus seinem Schädel herauszuquellen. Die Hand mit der Pistole zitterte.

»Ihr werdet alle sterben!«

Es war nicht nur seine Stimme. Auch der Henker hatte gesprochen.

Laura fiel auf, dass sich White und sein unheimliches *Alter Ego* fast synchron bewegten.

Plötzlich trat hinter Guillory eine leuchtende Gestalt hervor. Laura schrie auf und klammerte sich an Jeff fest.

Sie traute ihren Augen nicht. Die Gestalt war ein zweiter Monsieur Guillory! Er schien aus purer Energie zu bestehen und bewegte sich auf den Henker zu.

»Hören Sie sofort auf damit!« Zacharias White richtete die Pistole auf den Mentor. »Ich schwöre Ihnen, ich drücke ab!«

Der Henker holte gleichzeitig mit seinem Beil aus, doch es glitt durch Guillorys Abbild hindurch. Dann stürzte sich der leuchtende Guillory auf den Henker und riss ihn zu Boden. Die beiden Gestalten rangen miteinander.

»Ich habe Sie gewarnt!«, schrie White Guillory an. Dann drückte er ab.

Nichts geschah.

Ungläubig betrachtete White die Waffe.

»Ich würde sie vielleicht erst entsichern«, sagte Jeff, während sich seine Augenbrauen zusammenzogen.

In diesem Moment durchzuckte ein weißer Blitz den Raum und traf Whites Hand. Er ließ die Pistole fallen. Gleichzeitig löste sich der Henker in Luft auf.

Jeff rannte auf White zu und drehte ihm den Arm auf den Rücken. Der Therapeut wehrte sich kaum, er schien durch den Blitz schwer gehandicapt zu sein.

Guillorys leuchtende Gestalt stand vom Boden auf und verschmolz wieder mit dem Mentor.

Laura atmete erleichtert auf.

»Gott sei Dank, Jeff«, sagte Rutherford. »Ich wusste doch, dass wir uns auf dich verlassen können. Deine telekinetischen Fähigkeiten sind wirklich enorm.«

»Und was geschieht jetzt mit White?«, fragte Rebecca mit zitternder Stimme.

»Ich denke, das können wir getrost Jean-Jacques überlassen«, erwiderte Rutherford.

DAILY REPORT

13. November

Fall Bennett endlich gelöst?

Angeblicher Täter stellt sich der Polizei

von Helen Rutherford

Nach neuesten Erkenntnissen hat Tyler Rooney († 22) seine Bekannte Josie Bennett († 20) nicht getötet. Gestern hat sich ein Mann der Polizei gestellt, der angibt, er habe sowohl Bennetts als auch Rooneys Tod zu verantworten.

Es handelt sich um den 53-jährigen Zacharias White, einen Therapeuten aus Timberwick bei Syracuse. Er hatte sich auf Reinkarnationstherapie (Rückführung in frühere Leben) spezialisiert. Bennett und Rooney waren beide bei ihm in Behandlung. White behauptet, in seinem früheren Leben ein Henker gewesen zu sein. Josie Bennett und Tyler Rooney waren laut seiner Aussage »Sünder«, die sterben mussten.

Wie genau White die Taten begangen hat, ist aber noch unklar, da der Mann sich in immer neue Widersprüche verstrickt. Eine Polizeipsychologin sagte, dass Zacharias White vermutlich an einer Persönlichkeitsspaltung leidet. Aller Wahrscheinlichkeit nach muss er in die Psychiatrie.

»Wir sind trotz allem zuversichtlich, den Fall bald aufklären zu können«, sagte Deputy Sheriff Curtis Rodgers gestern bei einer Pressekonferenz.

11

»Was ist denn los? Hab ich dir nicht gesagt, dass du auf den Backofen aufpassen sollst?«

Hektisch öffnete die Frau die Klappe. Eine Rauchwolke stieg daraus empor. Rebeccas Großmutter griff nach zwei Topflappen und zog das Backblech heraus. Die Plätzchen darauf waren allesamt verkohlt.

»Die können wir jetzt nur noch wegschmeißen«, grummelte Evelyn Hamilton. »Dabei ist es eine Sünde, Lebensmittel zu vernichten. Woanders verhungern Kinder …«

»Es tut mir leid, Grandma«, sagte Rebecca schuldbewusst. »Aber ich war mit meinen Gedanken gerade woanders.«

»Das bist du in der letzten Zeit ständig«, sagte ihre Großmutter und begann, die verkohlten Plätzchen mit einem Messer vom Blech zu kratzen. »Du bist zerstreut und unkonzentriert. Nicht einmal deinen Geburtstag wolltest du feiern.«

»Aber du kennst doch den Grund.« Rebeccas Augen füllten sich mit Tränen. »Alle Personen, die ich liebe, sterben. Erst Mum und Dad, dann meine beste Freundin und jetzt Phil. Es ist wie ein Fluch.«

»Aber Kind, so etwas darfst du nicht sagen.« Evelyn wischte ihre Hände an der Schürze ab und drückte Rebecca an sich. Rebecca nahm ihren vertrauten Geruch wahr. Einen Moment lang war es fast wie früher, als sie noch geglaubt hatte, dass ihre Großmutter in der Lage war, alle Probleme zu lösen …

Dann schob Evelyn ihre Enkelin von sich. »Du solltest wieder einmal in die Kirche gehen. Gott wird dich trösten.«

»Vielleicht Weihnachten, Grandma«, antwortete Rebecca ausweichend. Sie war längst nicht so religiös wie ihre frommen Großeltern.

Evelyn machte sich wieder an dem Backblech zu schaffen und warf die verdorbenen Plätzchen in den Müll. »Wirklich schade. Damit kann man nicht mal mehr die Hühner füttern.«

»Ich werde neue Weihnachtsplätzchen backen«, bot Rebecca an. »Die mit den Feigen, die Grandpa so gerne isst.«

»Das lass mal«, meinte Evelyn. »Pete darf nichts Süßes mehr essen, er hat Zucker.«

Rebecca rollte die Augen. Das hatte sie nicht gewusst. »Seit wann?«

»Ach, wie lange er das schon hat, weiß niemand. Der Arzt hat es neulich festgestellt, als er Pete gründlich durchgecheckt hat. Du weißt ja, wie dein Großvater ist – geht nie zum Arzt … Aber wegen seines Knies ist ihm nichts anderes übrig geblieben. Jetzt muss er Insulintabletten schlucken, damit seine Werte runtergehen. Und außerdem Diät halten. Wenn er das nicht macht, muss er sich spritzen, hat der Arzt gesagt.«

Rebecca konnte sich vorstellen, wie schwer es ihrem Großvater fiel, auf Süßigkeiten zu verzichten.

In diesem Moment läutete im anderen Zimmer das Telefon.

»Ich geh schon ran!«, rief Rebecca und lief los, um den Hörer abzunehmen.

»Rebecca Hamilton«, meldete sie sich.

»Hallo, Rebecca«, sagte eine leise Stimme.

Rebecca erkannte sie sofort. Es war Andy.

»Bitte leg nicht auf«, bat er sie. »Ich weiß, du willst nichts mehr mit mir zu tun haben, und ich werde es auch ganz kurz machen. Eigentlich will ich dir nur nachträglich alles Gute zum Geburtstag wünschen.«

»Danke.« Rebecca spielte mit der Telefonschnur des altmodischen Apparats.

»Und … und wie geht's dir sonst so?«, fragte Andy.

»Geht so«, antwortete Rebecca knapp. »Und dir?«

Andy lachte traurig. »Jetzt, wo du wieder mit mir sprichst, geht's mir besser.«

Sie schwiegen eine Zeit lang, weil sie nicht wussten, worüber sie reden sollten.

»Es kann übrigens sein, dass ich nicht zurückkomme«, sagte Rebecca dann unvermittelt.

»Wie meinst du das?«

»Nach den Weihnachtsferien gehe ich vielleicht auf eine andere Schule.«

»Du willst nicht mehr ans IPP zurück?« Andy konnte es nicht glauben.

»Nein. Das heißt, ich weiß es nicht. So ganz entschieden ist es noch nicht.«

»Überleg's dir noch mal, Becky, bitte«, bat Andy. »Wir werden dich alle ganz furchtbar vermissen, Jeff, Laura – und ich natürlich besonders.«

»Mal sehen«, wich Rebecca aus. Sie würde ihre Freunde auch vermissen, aber im IPP gab es zu viele schmerzliche Erinnerungen an Phil. Vielleicht war es wirklich besser, einen Schlussstrich zu ziehen und woanders neu anzufangen.

»Bitte, Rebecca. Denk noch mal drüber nach.«

»Okay.«

»Na ja … dann … Ich wünsche dir und deiner Familie ein frohes Weihnachtsfest«, sagte Andy förmlich.

»Danke, dir auch«, erwiderte Rebecca.

»Und ... und viel Glück ... egal, wie du dich entscheidest.« Seine Stimme klang erstickt.

»Ebenso«, antwortete Rebecca, aber Andy hatte schon aufgelegt. Sie hielt noch eine Weile den Hörer in der Hand und starrte an die Wand, ohne das Muster der Tapete wahrzunehmen.

Andy ... Sie stellte fest, dass ihr Zorn auf ihn verflogen war. Jetzt tat es ihr leid, dass sie sich gestritten hatten. Es war so sinnlos gewesen ...

Plötzlich spürte Rebecca, wie sich ihre Nackenhärchen aufrichteten. Sie fühlte, dass sie nicht mehr allein im Zimmer war. Da war noch jemand ...

»Jenny, bist du das?«, fragte sie laut.

In der Ecke, wo sich Evelyns Blumenständer befand, flimmerte die Luft. Die Zweige des blühenden Weihnachtskaktus fingen an, sich leicht zu bewegen. Die Umrisse einer Gestalt wurden immer deutlicher. Es war nicht Jenny.

Rebecca presste ungläubig die Hand auf den Mund.

»Hallo, Rebecca!« Phil trat aus dem Schatten heraus. Er sah heil und unversehrt aus und lächelte.

»Phil!« Rebecca wollte ihn am liebsten umarmen. Aber sie wusste, dass es nicht möglich war.

»Ich wollte nach dir sehen und mich überzeugen, dass es dir gut geht«, sagte Phil.

»Schön ... schön, dass du gekommen bist«, brachte Rebecca mühsam hervor. Ihre Kehle war wie zugeschnürt.

»Ich war schon an deinem Geburtstag da, aber da warst du so traurig, dass du mich nicht gesehen hast.«

»Oh.«

Er kam auf sie zu. Jetzt stand er ganz dicht vor ihr. Sie hätte nur ihre Hand ausstrecken müssen, um ihn zu berühren. Auf einmal fühlte sie sich ganz leicht. Sie merkte, wie die Trauer und der Schmerz von ihr abglitten.

Sie wusste nicht, wie lange sie so dastanden. Wahrscheinlich waren es nur Minuten. Irgendwann beugte sich Phil nach vorne und küsste Rebecca auf die Stirn. Sie glaubte, eine federleichte Berührung zu spüren.

»Ich werde immer bei dir sein, solange du mich brauchst, das verspreche ich dir.«

»Danke, Phil«, flüsterte Rebecca.

Dann war er verschwunden, und sie hörte, wie ihre Großmutter aus der Küche nach ihr rief.

»Ja, ich komme, Grandma!«

Liste der zitierten und erwähnten Songs:

Black Rebel Motorcycle Club, »666 Conducer«
written by Peter Hayes, Robert Turner
© 2007 RCA/Island Records

Johnny Cash, »Hurt«
written by Trent Reznor
© 2002 American Recordings/Universal

Evanescence, »My Immortal«
written by Ben Moody, Amy Lee
© 2003 Wind-up Records

Nirvana, »The Man Who Sold The World«
written by David Bowie
© 1993 Geffen Records

Razorlight, »Wire To Wire«
written by Johnny Borrell
© 2008 Mercury Records

Mystery-Spannung und rätselhafte Morde

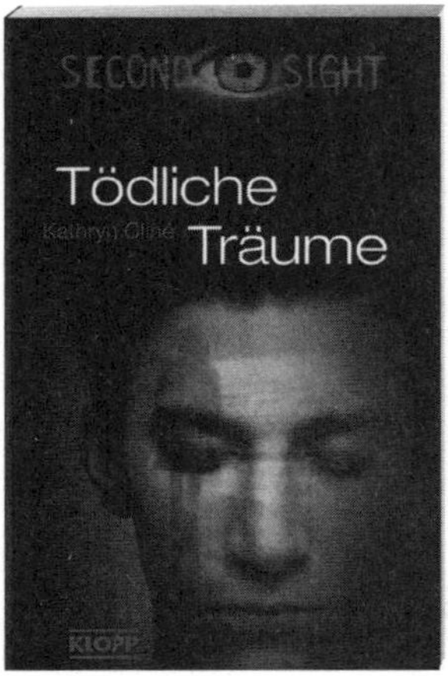

Kathryn Cline
Second Sight 1
Tödliche Träume
ISBN 978-3-7817-0184-7

Seit seiner Kindheit hat Andy Visionen, die ihm Angst machen. Doch als er Laura, Jeff und Rebecca kennenlernt, die ebenfalls übersinnlich begabt sind, stellt er fest, dass er nicht allein ist.

Kathryn Cline
Second Sight 2
Gefährliche Stille
ISBN 978-3-7817-0185-4

Als ein Wissenschaftler ermordet aufgefunden wird, gerät das Institut, in dem Andy, Laura, Jeff und Rebecca ausgebildet werden, in den Fokus der Polizei. Zu Unrecht, wie die vier Freunde glauben.

KLOPP

Weitere Informationen unter: ***www.erika-klopp.de***